一别十年

新月万万岁 著

天津出版传媒集团
百花文艺出版社

图书在版编目（CIP）数据

一别十年 / 新月万万岁著. -- 天津：百花文艺出版社, 2022.9
ISBN 978-7-5306-8294-4

Ⅰ. ①一… Ⅱ. ①新… Ⅲ. ①长篇小说-中国-当代
Ⅳ. ①I247.5

中国版本图书馆 CIP 数据核字(2022)第 133244 号

一别十年
YIBIESHINIAN
新月万万岁　著

出 版 人: 薛印胜　**策划统筹:** 魏　青
责任编辑: 赵　芳　**美术编辑:** 郭亚红
出版发行: 百花文艺出版社
地址: 天津市和平区西康路 35 号　**邮编:** 300051
电话传真: +86-22-23332651（发行部）
+86-22-23332656（总编室）
+86-22-23332478（邮购部）
网址: http://www.baihuawenyi.com
印刷: 天津新华印务有限公司
开本: 880 毫米×1230 毫米　1/32
字数: 235 千字
印张: 9
版次: 2022 年 9 月第 1 版
印次: 2022 年 9 月第 1 次印刷
定价: 58.00元

如有印装质量问题，请与天津新华印务有限公司联系调换
地址:天津东丽开发区五经路 23 号
电话:(022)58160306
邮编:300300

目录

第一章 重逢与往事

三月倒春寒。

江州连日来都是阴雨天，地上湿漉漉的，空中弥漫着雾气，整座城像是被裹在了蒸汽里。

林嘉清扣好白大褂的纽扣，从更衣室出来去接班。她今天值夜班。

她身后，一帮刚下班的同事聚在更衣室里，闹哄哄一阵，没几分钟，走了个干净，整个药房都安静了。

等同事都走了，窗口也没病人了，中药房的陈组长才提着黑色公文包从办公室里出来，踱到发药窗口。

“笃笃笃——”陈组长敲了敲玻璃窗。

林嘉清抬头，放下手上的工作，礼貌地喊了一声：“陈姐。”

“小林啊，我上次和你说的事，你考虑得怎么样啦？”

“陈姐，我觉得不——”“太合适”三个字还没说出来，就被陈组长用手势止住。

“先别急着拒绝，明天你再给我个准话。”陈组长顿一下劝道，“你再想想，对方条件不错，错过了这个村可就没这个店了。”

陈组长见林嘉清低头不语，便用点力撮合：“起码先见个面，不合适再说。”

“陈姐，那你让我再想想。”林嘉清无奈，退了一步。

得了这一句，陈组长满意地拎着包走了。

陈组长今年四十岁，林嘉清从到江州市第二人民医院工作一直在她手下。她为人仗义热情，对工作要求严格，林嘉清挺喜欢她的。

林嘉清在医院里是公认的美女，刚来的时候挺多人追她的，她一连拒绝了几个之后，后边的追求者都退缩了。最近不知道为什么，陈组长对她的终身大事格外上心，亲自牵线做媒。

给她介绍的对象还是本院妇产科盛主任的外甥。

听说盛主任的外甥家里是做生意的，他自己在银行上班，年纪和林嘉清相当。样貌嘛，陈组长给林嘉清看过照片，长得挺白的，模样也俊，给人感觉挺斯文的。

这样条件的人怎么会需要相亲？站着不动都一堆女孩往上扑吧。

林嘉清心里觉得这事不靠谱，所以不太想答应。

当然，只有她自己心里清楚，这不是主要原因。

晚上九点半，林嘉清准时下班。

撑着一把伞，林嘉清走在湿漉漉的街道上。她前面是一对手挽着手的情侣，不时打情骂俏一下，路灯将他们的影子拉得很长。

林嘉清转开视线，望向飘下细雨的天空。她想，有些人是不是这辈子再也不会相见，各自结婚生子，永远不再有交集。

十分钟的路程，林嘉清回到了出租屋。

出租屋在离医院很近的一个老旧小区，小区不少楼栋外墙墙皮已开始脱落。这里也没有电梯。倒是没发生过什么偷盗事件，治安还可以。她租在这里主要是考虑离医院比较近。

洗完澡，林嘉清感觉小腹有些坠胀，这是大姨妈要造访的前兆。

“咕噜——咕噜——”锅里的红糖姜水煮沸了，冒着一丛一簇的白色水汽，林嘉清盯着水汽发了一会儿呆，回过神来后赶紧关火起锅，拿了只白色陶瓷小碗，倒了一碗端到客厅的桌上晾着。

第二天早上，大姨妈果然造访。昨晚的红糖姜水没起作用，小腹坠痛，加上昨晚做了一些乱七八糟的梦，翻来覆去一夜没睡好，林嘉清脸色略显苍白。

昨晚梦到了一个人，却没有看清楚脸，好像冥冥之中要告诉她一些什么。

出门上班前，林嘉清从药箱翻出布洛芬缓释胶囊，吃了一粒救急，希望今天不会太难受。

到了药房，先去了一趟办公室。

“想通了啊，这就对了嘛！”陈组长眉开眼笑，“你心里也别有负担，只是见个面，到时候没感觉就当多个朋友，也挺好。”

林嘉清笑笑。她知道陈组长是真心对她好。

回了药房开始上班，今天还是在窗口发药。

每到周六上午医院总是人满为患，今天也不例外。忙了半天，林嘉清抽空看一眼窗口外，等着取药的病人还是望不到尽头。

周霄走进门诊楼大厅，入眼便是乌泱泱一片人，十分嘈杂。上楼后发现转角处的中医科诊室门口也坐满了人，他有些庆幸自己昨天下午已看过病了。

他咳嗽已经两个多礼拜，一周前去看了呼吸科，拍了CT，测了肺功能，结果都没问题，大夫给开了一些药，服了却不见起色。

昨天上午部门开会的时候，他咳嗽一直压不住，咳得脸都红了。

“老周，咳得这么厉害，还是去看看中医吧，真的，我妈有一次也这样，吃什么西药都不好，看了中医才好的。”部门有个同事建议道。

要不就看看中医吧，他想。正好下午没什么事，请了假过来第二人民医院中医科。中医大夫看过，开了代煎的中药，当天拿不到，只能今天过来取。

周霄径直去了发药窗口。

“您好！我取一下昨天下午代煎的中药。”说着，周霄把手上的取药凭证递进去。

林嘉清正盯着电脑屏幕，听到低沉的男子声音，瞥见窗口伸进一只干净修长的手，指尖按着一张取药凭证，往前推了推。

林嘉清拿过凭证，刷码。

“嘀！”一声，“周霄”两个字出现在电脑屏幕上的电子处方里，旁边是“男，二十九岁”。

林嘉清呼吸一滞，心跳漏掉半拍，不及思索已经抬头，视线对上窗口外的人，怔住了。

回过神来，她赶紧收回视线，努力控制住情绪。

是他。他还是那么耀眼，身上褪去了少年人的稚气，多了成熟和坚毅。

站在发药窗口前的男人，身材挺拔颀长，外貌出众，即便是在医院，也一点都不妨碍成为焦点，林嘉清能感觉到旁边几个女病人频频向这边探头。

咬了一下舌尖，林嘉清用痛感让自己保持清醒。

从架子上找到药放到窗口。视线落在对方胸前的纽扣上，交代道：“周霄，开了七天的内服的中药，请核对一下姓名和数量。”林嘉清做这些的时候装得从容淡定，波澜不惊。

空气凝滞了片刻。

“好的。”窗口外的男人伸手取药，沉声道，“谢谢。”转身离去，身影很快消失了。

周霄。

林嘉清垂眸，嘴里轻声念着这两个字。昨晚才梦到了这个人。

医院停车场。

一辆黑色大众迈腾停在那里，驾驶室里面的人静坐了一会儿，才驱车驶离。

只有他自己知道，看到她的脸的那一刻，有多惊喜。

然而，当两人视线相交，林嘉清脸上未见一丝波澜，这让他的惊喜沉到海底：她没有认出他吗？还是说……她装作不认识？

烦闷在周霄的心底翻腾。

终于熬到了下班时间。

今天上午的班对林嘉清来说格外漫长，本来就腹痛，遇到周霄之后更不舒服。

捂着小腹，一路晕乎乎，到了小区门口，林嘉清想起家里没红糖了，又转身走到小区附近的小卖部。

小卖部门口站着一个男生，高中生的模样，林嘉清走进去的时候，他红了脸，往旁边让了让。

林嘉清要了一袋红糖，掏出手机付了款，离开小卖部，那个男生还在门旁站着。

林嘉清喝完红糖姜水就睡下了。半梦半醒之间，她好像又回到了少年时代。

算起来林嘉清和周霄只高三那年同班了一年。江城一中会在高三重新分班，班里有一部分是原班同学，其余是从别的班分过来的，林嘉清和周霄是分别从不同的班来的。

周霄颜值超高，早在全年级有知名度，说是校草第一也不过分。在校园贴吧里经常可以看到关于他的帖子。

高三开学当天，班主任让同学们逐一做自我介绍

"大家好！我叫胡威，古月胡，威力的威……"第一列第一行的男生站起来自我介绍道。

自我介绍大多无趣，林嘉清听得昏昏欲睡。

直到周霄站起来。

班里骚动了一下，林嘉清惊醒，抬头一看，愣住了。

只见一位少年轻轻推开椅子站起来。他高且瘦，鼻梁高挺，目如朗星。上身一件简约的黑色耐克T恤，下身深灰色运动长裤，手腕上一块精致的黑色运动手表，额前垂下黑黑的几绺头发，两手轻轻撑住桌面，手指修长。

班里竟有颜值这么出色的男生，林嘉清暗暗吃惊。

“大家好！我叫周霄，周吴郑王的周，冲上云霄的霄。很高兴能和大家一起学习，希望在以后的学习生活中可以互相帮助、共同进步，谢谢！”

清朗悦耳的声音。几句自我介绍中规中矩，并不出彩，但还是获得了热烈得多的掌声。

周霄和班上的其他男生处得很好。

“老周，发完卷子记得过来打球啊！”男生们挤出教室，没忘提醒周霄。

教室一角，周霄正发着数学试卷，听到招呼，潇洒地举手示意，表示“收到”。

长相出众的男生一般在同性中是会受到排挤的，因为只要他往那儿一站，女生的目光肯定全在他身上了，别人哪里还有机会。

但是周霄例外，大半个月相处下来，他在男生中混得如鱼得水，以至于有男生们做事都隐隐以周霄为首的态势。

“哎，同桌，你有没有觉得周霄这人和咱们女生有点距离感？”林嘉清的同桌龚问蕊趴在桌子上小声问她。

龚问蕊是个一向神经大条的女生，后知后觉，连她都发现了这一点。

林嘉清点点头。周霄很注意和女生保持距离。到目前为止，她也没有和周霄说过几句话，交流仅限于周霄收发试卷时必要的那几句。估计大部分女生和她一样。

有的女生和周霄说话，头恨不得低到桌面上：他长得实在太好看了，女生会害羞。遇到这种情况，周霄一般当没看到，说完该说的就走。

也有不害羞的，比如江漫。江漫就坐周霄前面，时不时扭过头来问他问题。

林嘉清和周霄真正意义上的交流发生在劳动课上，那天大扫除。

班上一半的人搞班里的卫生，另一半搞学校划分给他们班的清洁区。男生力气大，主要干重活儿，大都被派去提桶接水和倒垃圾什么的了，女生主要负责擦门窗和扫地。

林嘉清分到了擦窗户的任务，擦完了里面，还有外面。

她搬了一张凳子出去。踩上去还是不够高，够不着玻璃的顶部，于是踮起了脚，头也不敢彻底往上抬，一只手拿着抹布尽量往上够，凳子腿随着手臂的摆动一晃一晃的，自己也感觉有些危险。

“林嘉清你下来，我来。”

是周霄。林嘉清看见他两手各拎一只倒空了的垃圾桶，脚已经踩住了凳子的横档。

“啊？”林嘉清停下手上的动作。他会主动帮忙，这令她有些意外，一时愣愣地看着他俊朗的眉眼不动。

周霄目光坦坦荡荡地迎上去：“你下来，太高了，我来帮你擦。”

“哦。”

林嘉清下来，把手上的抹布递给周霄，站在一旁看着，心里不由感叹——

他长得好高啊！

周霄身高手长，动作麻利，挥动长臂，几个来回就擦好了，跳下来，把抹布还给她。

“谢谢帮忙。”林嘉清赶紧接过抹布，干巴巴地道谢。

“不客气。”周霄看她一眼，拎起垃圾桶进了教室。

这是两人开学以来，话说得最多的一次。

这时龚问蕊从教室里跑出来。

“同桌，你擦好没有？”她打算帮林嘉清一把。

“擦好了。”林嘉清回过神来，指着窗户道，没说是周霄帮忙擦的。

之后林嘉清和周霄又回到了无实质交流的状态。

林嘉清事后回忆，当时并未发觉那颗种子已在她心里种下了。

就这样到了高三第一个学期期末考试。林嘉清语文非常好，作文经常被语文老师作为范文在班级里分享，有时候还会被借到别的班作参考。这次考试，她又拿到了年级语文最高分。

试卷发下来，拿在手上。

“啊啊……同桌，你真的不是人，语文居然拿到了一百三十九分！”每次看到林嘉清的语文分数,龚问蕊都是捶胸顿足地一阵感叹,这次也不例外。

林嘉清习以为常。她的语文是好,但是她数学差啊,每次都是在及格线上徘徊。

语文老师讲完阅读理解，到了作文部分，举起林嘉清的试卷一顿猛夸,然后一个转折——

“就是字迹有些潦草,不然可以拿满分！”

全班同学倒吸一口凉气。满分是什么概念？全校也找不出一个！不由自主爆发出热烈的掌声。

周围的同学是一脸钦佩,搞得林嘉清有些不好意思。

“谁来念一下？”语文老师环顾整个教室,找人念范文,“周霄,你来念一下。”

周霄是语文老师重点关照对象,不是因为他长得好看,而是因为他语文成绩不怎么好。

语文老师将试卷递给周霄。

林嘉清心怦怦地跳,害怕他鄙夷自己潦草的字迹。

周霄接过试卷,展开,认真地盯着看。作文被他用清朗的声音念出来,好像被用秀气的字体誊了一遍,变圣洁了。林嘉清感觉脸颊滚烫。

等试卷回到林嘉清的手上,她慌忙把试卷收到课桌抽屉里。

高三的第一个学期就这么过去了。

寒假很短,春节过后没几天,大家又回到了课堂。高考近了,学习氛围明显浓厚了。但总有一些好事之人要搞出一些事情,似乎刻意缓解压力。

开学后第一个周末,林嘉清没回家。她家住在市郊农村,虽然有直达公交车,路程却需要一个多小时。她上中学之后一直都住校的,只有周末才回家。

班里住校的女生不多。宿舍是六人一间,林嘉清和班上的两个女生毛雅爱和罗慧与隔壁班的同学合住。

周日下午不上课。林嘉清在食堂吃了晚饭回来,发现隔壁班的三个女生都不在，卫生间空着，不用排队，就抓紧时间洗澡。

洗好澡，林嘉清爬上床，打算等头发稍微干点再去教室，便拿过 MP4 看英文原声电影。

傍晚六点多，隔壁班的三个女生兴冲冲地跑回宿舍。

“你们有没有看学校的贴吧？”

三个女生中叫钟盼的迫不及待地跟她们分享：“不知道谁在校园贴吧搞了个投票，在选年级级花！”

“有啥好选的，级花不是默认我们班江漫吗？”在洗漱台边洗衣服的毛雅爱一副理所当然的腔调。

毛雅爱说得没错，江漫确实长得很好看。

“不一定哦，我觉得林嘉清就比江漫好看！”钟盼不服气。

“嘉清，你目前排在江漫前面哦！”

钟盼扔出一颗“炸弹”。

“什么？”

“什么！”

两个声音重叠在一起。

一个是林嘉清的，她没注意她们在说什么，听到自己的名字，还以为有人在叫她。

另一个是毛雅爱的，语气里有一丝吃惊，也有一丝不屑。

毛雅爱平时和江漫走得比较近，总在一起玩，她心里偏向江漫多一点。

提到江漫，很少人会说她不漂亮。她高挑苗条、皮肤白皙说，最绝的是那双大眼睛，长得很像高圆圆。江漫常常梳高高的马尾辫，用复古红的绸缎发带绑着，明艳动人。她在一部分男生中被称为“小高圆圆”。

钟盼向来我行我素，不怕得罪人，大声把刚刚的话又重复一遍，还加上一句：“我觉得嘉清比江漫长得好看，还是越看越好看的那种！”虽然有故意和毛雅爱作对的成分，倒是大实话。

她刚搬进宿舍，一进门就看见一个女孩子盘着腿坐在床上摆弄手机，眉目如画，气质温婉，一望之下就令人心生好感。这女孩子就是林嘉清。

林嘉清笑起来更好看，眼睛弯弯的也在笑，酒窝又那么甜，让人忍不住想亲一口。而且林嘉清身材也好。

反正是特别对她的眼。

“不同类型的漂亮吧！”罗慧出来和稀泥，毕竟两个人都和自己同班。

“挺无聊的。”林嘉清摘下耳机说。

“啊？”

宿舍几个人没懂她们意思。

“我是说，选什么级花啊，有那个时间还不如多做两道题。”林嘉清解释道。她已经从床上下来，“头发干得差不多了，可以去教室了。”

选级花这件事，男生是始作俑者。

先是班上一名好事的男生在QQ上建了一个群，把全班的男生都拉进去了。随即群里就炸了。

群内置顶一张截图。

下面跟着——

“谁搞的投票？太有才了！”

“话说你们觉得咱们班这两个谁最漂亮？”

“(*^__^*)嘻嘻……可以啊，咱们班有两个美女上榜了！”

“江漫。”

“江漫+1。”

“林嘉清。”

“林嘉清身材比较好吧……”

“赞同楼上的！”

“明明江漫更漂亮吧……”

“不一样的类型，一样漂亮！”

“林嘉清气质好，笑起来有酒窝，很甜。”

“江漫眼睛长得像高圆圆，但是我觉得林嘉清比较好看。蒙娜丽莎的微笑。”

“还真是，我还一直在想江漫长得像哪个明星呢！”

“林嘉清天天穿校服，楼上的哪里看得出她身材好？！”

“选江漫，穿着打扮比较时尚。”

“同志们，出来踊跃发言啦——”

…………

转眼之间，消息已达“99+”。

“老周，快出来发表你的高见！@周周有雨。”

“老周，快出来发表你的高见！@周周有雨。”

“老周，快出来发表你的高见！@周周有雨。”

有人连续@周霄。

过了一会儿，周霄有了动静。

周周有雨：“不知道。”

周霄就冒了这么个泡，然后就下线了。

群内就此又讨论一番——

“嘻嘻，问老周干吗？老周不爱跟女生一起玩儿。”

“估计老周压根儿就不明白你在问啥。”

“真相了——”

其实江培临等几个平时跟周霄玩在一起的男生对他还是了解的，那么多条消息，估计周霄压根儿就懒得往前翻。但他们心里也好奇周霄会觉得谁更漂亮。

实际情况是这样的。

周霄比往常晚了一点从家里出来，正骑着山地车往学校赶，速度比平时稍快。骑到一半，感觉裤兜里的手机一直嗡嗡地振个不停，而且没有要停下来的意思，他决定靠边停车看一眼。

周霄刹住车，两条长腿撑地。

掏出手机点开QQ群，刚好看到有人@他。周霄回复了一句，随即点开消息免打扰模式，然后下线，脚一蹬，继续往前骑。

林嘉清到教室的时候，班上一半的座位还是空着的。

男生也就到了五六个，课本摊在那里，却是在玩手机。爱打球的那几个都没在。他们考完试又放飞自我打球去了吧。

林嘉清只猜对了一半，那几个男生确实是放飞去了，不过没有跑去打球，而是和一群人窝在宿舍里，讨论她和江漫谁更漂亮的问题，真是操碎了心。

将近七点，余下的男生陆陆续续走进教室。

“丁零零……”上课铃响。周霄几乎是踩着点儿进来的。

今天晚上没讲习题，各科老师都忙着判卷、统分，所以整晚都是自习。

一些男生见老师在隔壁办公室不过来，便壮着胆子偷偷玩手机。其实还是在 QQ 群里讨论级花的事情。

江培临坐前排，与周霄隔着江漫，不方便说话，尤其不方便说级花的事。江培临频频回头看周霄，无奈周霄不抬头，注意不到他。

江培临于是在 QQ 群里问周霄。

钢铁直男 @ 周周有雨：“老周，你觉得江漫和林嘉清，谁更合适当级花？”

这次周霄倒看到了。

周周有雨：“江漫吧。”

周周有雨：“好像林嘉清不喜欢太高调。”

哇！秒回啊！那边江培临激动得手一抖，手机差点摔地上。

周霄当时是见老师没来，便登录 QQ，挂在那儿升级。

刚刚设置好隐身状态，就见江培临 @ 他。

男生们其实蛮赞同周霄这个回答的。

江漫是班里的文艺委员，形象好，又积极参加活动，学校这会那会上总能看到她的身影。上次中秋晚会她就参加竞选，当上了主持人，出尽风头。

林嘉清确实低调，出风头的事能躲就躲，恨不得一个人清静着那种。明明歌唱得很好，中秋晚会音乐老师让她去领唱，她一口拒绝。

男生们喜欢议论女生，但是不喜欢让女生知道他们在议论她们，毕竟女生这种生物记仇得很。

几天来，级花的帖子火到高三整个年级基本都知道了，一堆人跑到下面评论，盖了上千层楼。

“漫漫，你现在排第一哦！”晚自习的时候，江漫的同桌对她说。

投票的人挺多。候选人有三个——江漫、林嘉清和任潇潇。江漫目前票数第一。

任潇潇是艺术生，长相清纯，奶茶妹妹那一型。论五官，比江漫和林嘉清差点，但是她在校园也很活跃，认识她的人多，支持者也不少，排在第二。

林嘉清排第三。

江漫嘴角微微上翘，明显心情愉悦。不过，她有一点别扭在心里。昨天江培临去她家吃饭，她偶然看了他的 QQ 群，周霄的一句话让她不太舒服。

此时她回头看了林嘉清一眼，心里有些躁动。

下了晚自习回到宿舍，林嘉清洗漱完毕，爬上床，取过手机，打算玩到熄灯就睡觉。

登上 QQ 浏览一下空间动态，留意到系统提示：有人发消息给她。

江漫发给她的。

点进去，是一张聊天截图——

钢铁直男 @ 周周有雨：“老周，你觉得江漫和林嘉清，谁更合适当级花？”

周周有雨：“江漫吧。”

愣神之际，截图被江漫撤回去了。

只留下系统提示：对方撤回了一条消息。

半分钟不到就撤了。

林嘉清撇一下嘴，下了线。

次日。下午最后一节课下课铃一响，教室里就跟开战了一样。一阵桌椅乱响。有男生提高嗓门喊人，随即急不可耐地冲出教室。

片刻之后，教室里便安静了。

林嘉清还剩一道数学题没解开，打算找人问一下。一抬头，就看到江漫站在周霄的座位旁边，周霄握着一支签字笔，指点着试卷在讲解。

林嘉清不由握紧了笔，面无表情地收回视线。

其他同学都走了，林嘉清打算再死磕一下，不行再问老师。龚问蕊今天请假不在，不然可以问她。

十分钟后，林嘉清扔了笔，将背靠在椅子背上。林嘉清放弃了。她卡死在一个步骤上，怎么也解不开。

江漫已经不在了，周霄站在自己课桌前收拾东西，看样子准备回家。

这时班长突然走进来。她终于叫住从她身旁走过的班长："班长……可以问你一道数学题吗？"

"你说。"班长停下来。

恍惚间林嘉清仿佛瞥见周霄收拾东西的手顿了一下。

"这题啊，要在这里做一条辅助线……"班长一番详细的讲解。

几分钟过去了。

"懂了。"林嘉清终于弄懂了，"谢谢你啊，班长！"

班长摆摆手，表示不客气。

林嘉清站起身，才发现周霄也走了。

第二章 交集与靠近

三月最后一天，天气终于转晴，江州迎来了许久不见的艳阳天。

天暖了，地上干了，户外多了很多运动和晒太阳的人。

下午下班前，周霄和几名同事约好，晚上七点半去集团篮球场打篮球。

回到怡林园，周霄快速冲了个澡，换上绲红边的白色篮球运动服，打算吃点小面包垫垫。

刚拆开包装，把面包拿在手上，桌上的手机响了。

周霄把一只小面包整个儿塞进嘴里，拍了拍手上的面包屑，接起手机。

是要一起去打球的两名同事，邀周霄先去吃点东西。地点离怡林园挺近，是一家名叫“私家菜”的泰国风味餐厅。正好周霄也不想吃小面包，一口答应。

挂断手机，周霄拿一件黑色运动外套披上，抓过玄关桌上的钥匙，匆匆出门。

“私家菜”餐厅门前，林嘉清看一眼手机。离约定的时间还有十分钟。

林嘉清今天穿一身浅色收腰连衣裙，纤细白皙的手上拎一只精致漂亮的小包。

推门走进餐厅，林嘉清先环顾四周。餐厅内部用了很多绿色植物做装饰，还有流动的池水，十足的东南亚风情。

她问服务员九号桌的位置。

远远望去，对方已经到了。

"你好，我是隋皓。"男人站起来，大大方方打招呼，人和照片上一样斯文。

"你好，我是林嘉清。"

"先看下想吃点什么。"隋皓将菜单递给林嘉清。

林嘉清双手接过，冲他笑了笑："谢谢。"

周霄走进餐厅，一眼就看到了林嘉清。

林嘉清齐肩黑发，眉眼如画。

他看见林嘉清眼睛弯弯地冲着桌对面的男人笑，脸上两个酒窝，可甜了。

周霄继续往同事那边走去。他们那桌与林嘉清隔了一个卡座外加一条过道。

"老周，看什么呢？"一个同事意味深长地问。

"嘿嘿，我可看到了，你走过来时一路盯着那桌的美女看。"另一个同事也跟着打趣，"可惜，名花有主了。"

周霄坐下，一本正经道："以为是熟人，后来发现认错人了。"

"你说什么就是什么吧……"同事觉得周霄无趣，"不承认也就罢了，借口太假。"

打球前不能吃得太多，三人随便吃了一点，很快起身离开。

落在后面的周霄回头再看一眼林嘉清，才推门出去。

隋皓是很健谈的人，林嘉清也不是扭捏的性格，聊得还挺好，一点也不尴尬。

隋皓让人舒服，无论形象、谈吐还是举止都好。给林嘉清印象最好的一点是坦诚。

隋皓无心，林嘉清也无意。

饭吃得差不多的时候，隋皓很认真地道了歉，为他不是真心相亲。

他单身是没错，但他一直忘不掉前女友。前女友最近回国了，但他答应来相亲这事不好反悔，所以他就来了。

“你很优秀，以后会遇上更好的人！”隋皓发自真心地说。

“谢谢。”林嘉清笑了笑，表示理解。起码隋皓没打算骗她。

“那——这顿饭就当我赔礼道歉了？”

“好的，接受你的道歉。”

埋单的理由都这么让人舒心。

既然都说开了，两人也没必要还待着，吃完饭就散了。

隋皓也没有假惺惺地表示要送林嘉清回家，估计微信好友都没保留。

“咣当——”周霄一个跳投，又一个三分。

被汗打湿的几绺头发，贴在眉骨上方，为一张俊脸平添了几分冷峻。

“老周，吃火药啦？”同事气喘吁吁道。其他人一晚上都没抢到几个篮板，周霄一枝独秀了。

周霄也不说话，走到篮板下，弯腰捞了一瓶矿泉水，拧开瓶盖，大口喝着。

球场旁边站着几个女孩，看他们打球有一会儿了，此刻盯着周霄看，眼都直了。

其中一个长腿的跑过来问周霄要微信。

“不好意思，不方便。”

拒绝得很干脆。周霄面无表情，任是谁也能看出他心情欠佳。

女孩在闺密面前下不来台，非常尴尬，快哭了。

“哎，美女，我的你要吗？”

有名同事看不下去了，忍不住过来给女孩解围。

女孩觉得更没面子，也不搭理他，捂着脸跑了。

看着女孩的背影，同事指控周霄：“你也真是的，一点都不懂怜香惜玉！”

周霄瞥他一眼："你懂？人家都没理你。"

同事无以反驳。

周霄点燃一支烟，猛吸一口。

"还打吗？"同事问。

"不打了，抽支烟，你们打。"

同事一阵狂喜。虽然他也累，但周霄不上，他就是王者！

于是同事们进入下半场，直到打爽了，又去吃大排档。

周霄一口气喝掉一罐冰可乐，这才感到憋闷稍缓。

今天偶遇林嘉清，一股说不清道不明的气堵在胸口。

这是第二次。他回江州之后第二次遇到她。

陈组长问林嘉清相亲情况。

"人挺好，就是没眼缘。"林嘉清道。

"双方都说没眼缘，看来是真的。"陈组长叹口气，"回头我跟盛主任说一声。"

缘分这东西自然是玄妙得很。

林嘉清家里的惯例有一项是每年清明节当天去扫墓。

清明节前一天下班的时候，林嘉清没坐公交车，而是直接打了一辆出租车回家。

林嘉清指引司机在一座中式院落大门前停下。院落相当大，透过雕花铁门，可见中央一栋中式大别墅，被花丛和树木环绕着，虽然没有电视剧中的豪华，到底难掩气派。

林嘉清推开铁门进院。

出租车司机一时回不过神来，喃喃道："乖乖……农村真不像从前了。"

"姐！"一个长相、气质都与林嘉清很像的小伙子从楼梯上快步下来，笑眯眯地接过她手上的行李。

一样的眼睛，一样的酒窝，只是稚气未脱。

这是林嘉庆，林嘉清的弟弟。他去年大学毕业，现在跟着父亲打理公司。

林嘉清工作以后，一般节假日才回来，有时姐弟也碰不上面。只要见了面，林嘉庆都欢天喜地的。姐弟俩小时候父母忙，林嘉清带弟弟的时候多，所以一向很亲。

“嘉清回来了啊。”一个气质儒雅的男人迎上来，微笑道。

“爸。”林嘉清的声音带了点撒娇的味道。

任谁都看得出，姐弟俩五官是从林父的模子里倒出来的，哪儿哪儿都像。

“嘉清回来了？”林母从厨房出来，系着围裙，手上还拿着一只长柄汤勺。

“妈——”林嘉清双手搭在母亲肩上，亲热地说道，“煲了什么汤啊，好香啊！”

林嘉清搂着母亲钻进厨房。

林母盛了一小碗汤端给林嘉清，林嘉清用汤匙舀着喝，一口又一口，感觉从头到脚都是满足和幸福。

林嘉清由衷赞叹道：“好好喝啊！”

林母烧得一手好菜，林嘉清是从小就养刁了的，一直吃不惯外面的东西。

林母抚摸着女儿的头发，左看右看：“怎么瘦了？”

“您那是养猪的标准，当然怎么看都觉得瘦。”林嘉庆也钻进厨房来，“你们在吃什么，我也要！”

林嘉庆得到了母亲和姐姐的白眼，也得到了一碗汤。

吃过饭，一家人在客厅里边看电视边聊天。

“这是公司最近进的新品种，很好吃，你尝尝看。”林父从厨房端了一盘切好的水果出来。

林嘉清尝了一块。确实好吃，汁水多，又不过分甜。她又连着吃了好几块。

“这是眼下店里卖得最好的。”林嘉庆这几个月转了几家零售店，对经营状况了解得不少。

林父点点头，看林嘉庆的目光含着几分赞许。

林父农民出身，早年家里地少，挣不到什么钱，加上林嘉清的爷爷早逝，奶奶卧病，很是拮据。林嘉清还记得自己小时候家里是很穷的。所幸林父胆子大，和林母在镇上租了一个摊位，去市里水果批发市场批购了水果回来卖。刚开始没经验，虽然没大亏，也没赚多少。后来渐渐摸出了门道，积累了经验，生意有了起色。跑了几年水果批发市场，结识了一些果农，也有了一些门路，林父就自己找货源做批发，生意越做越大，终于有了现在的林氏集团。

林氏集团做的是种植、批发和零售一条龙，如今已拥有上百家零售连锁店，遍布全省。零售店取名“水果大师”，口碑良好，顾客盈门。

一家人说说笑笑，转眼到十点，林母赶大家去睡觉，因为第二天要赶早去扫墓。

林嘉清洗完澡，坐在梳妆台前敷面膜，一时无事可做，去书架上抽了相册出来看。

翻到高三毕业照，停住了。

照片有些旧了。照片里，最后一排的周霄少年模样，身姿挺拔，面如冠玉。

从最后一排到第一排，差不多画出一条对角线，她的手指找到自己。

少女林嘉清蹲着，笑得好傻气。

再去看周霄。与周霄隔着一排男生，正下方，是笑意盈盈的江漫。

周霄一贯对女生冷淡，只对江漫例外，反正他给江漫讲题时两人凑得很近。

自级花事件后，整个年级都在传周霄喜欢江漫。江漫又发了那对话截图给林嘉清，意思很明显：我江漫，和周霄不一般。自那之后，林嘉清就刻意避免与周霄接触。

一毕业，林嘉清就换了QQ号，旧号没注销，但基本不用了。新的QQ号除了龚问蕊，其他高中同学一个没加。林嘉清害怕冷不丁撞上周霄任何消息。

再后来工作了，微信流行，QQ就没怎么登录过。

手指又回到周霄，那张帅气的脸上几乎没有表情。

林嘉清手指轻轻从他脸上划过，画出他的眉眼，画出他的口鼻，随即打了一个叉。这人长那么好看要干什么？害人不浅！

《红楼梦》里有一句关于薛宝钗的话是怎么说的来着？任是无情也动人。

十年了，偏又让自己遇见他。

差点地动山摇。

林嘉清的目光在周霄脸上又定了一小会儿，“啪”的一声合上了相册。

扫墓回来第二天，早上起床，林嘉清两腿都是酸的，下楼梯时尤其不听使唤。都是扫墓时上山下山搞的。

林父和林嘉庆一大早就去公司了。

林母在厨房和客厅之间穿梭，打包食物，好让林嘉清带回去。林嘉清下午返回市里。

林嘉清一个人在餐厅吃早饭。她一边剥鸡蛋，一边看林母来来回回忙乎，感到哭笑不得。

“妈，您别忙了，帮我装几只水果就行。”

林母充耳不闻，橘子、青枣、山竹、草莓……整整装了两大箱。这是她特地嘱咐林父从公司带回来的。

厨房里小火煨着林嘉清最爱的竹荪排骨汤。昨天她大伯送了两只土鸭过来，打算烧个啤酒鸭——林嘉清的大伯在林父支持下搞了一个养殖场，产品除了土鸭，还有山地鸡，专供江州的高档餐厅，获利颇丰。再煎几条小黄鱼。这些通通让女儿带回去当晚餐。

下午三点左右，林父打电话回来，说被事情绊住了走不开，不能送林嘉清了。不过他安排好了，祁东也回家扫墓来了，刚刚打电话问了下，祁东下午也回市里，走的时候捎林嘉清一程。

林嘉清好久没见祁东哥了。

祁东家与林家是邻居。祁东大林嘉清三岁，从小就是周围一群男孩子里最好看的一个，皮肤白且怎么晒都不黑，不像别的孩子一到夏天就跟黑猴儿似的。

林家与祁东家交好，走得很近，祁父让自家两个儿子让着妹妹，也护着妹妹。林嘉清打小跟在祁东屁股后头跑来跑去，被别的小孩欺负了，立马眼泪汪汪跑去告状，让祁东哥替她报仇。稍大一点，男孩喜欢玩弹弓、养蚕虫，女孩喜欢别的，就各玩各的了，林嘉清不再成天黏着祁东，但关系依旧亲密。

祁东高林嘉清四届，因为他比同龄人早一年上学。村中的小学、镇上的初中、市里的高中，一路念下来，两人念的都是这三所，可除了小学，两人又没同时在一所学习过。这也有点像小时候追着祁东哥跑，总差那么几步。再后来，祁东哥去外地上大学，就很少见面了。偶尔回家在路上碰到，就是他放假回来。

半个小时后，门外传来汽车喇叭声。拖长了的两声，像是很礼貌地在喊："林嘉清——林嘉清——"

林嘉清拎装水果的箱子在前，林母拖一辆小拖车在后，两人向院门走去。

祁东已经从黑色本田 SUV 里出来，此时快步迎上来。

"祁东哥……"林嘉清笑着打招呼。话一出口，林嘉清就发现自己叫得没想象中响亮，也没想象中亲热，犹犹豫豫的。到底很久不见，生疏了。

"好久不见。"祁东微笑道，"我来。"他接过箱子，放进后备厢，又麻利地把小拖车拉杆收好，也塞进去。

祁东和林嘉清一前一后上了车，系好安全带。

“慢点开啊。”林母在车窗外嘱咐道。

“知道了，您放心吧！”祁东身子往前倾，扭头对林母笑道。

林嘉清挥挥手：“妈，快回去吧，怪晒的！”

祁东发动车子，等林嘉清坐好，稳稳地驶出去。

车子转了个弯儿，离开乡间公路，驶入国道。

车内的两人一直静默着。

“祁东哥，你现在在哪儿上班？”林嘉清决定打破这有点别扭的沉默。

“市司法局。”

“啊，那挺好的，公务员啊。”

祁东轻笑：“还行……也就那样吧。”随即问林嘉清：“听说你在市二院药房上班？”

“是。”

“这工作适合女孩子，环境相对单纯一点。也要值班吗？”

聊过几句后，气氛变轻松，林嘉清放松下来。

两人你一句我一句地聊着，说的大多是小时候的事情，以及幼时玩伴的下落。

“你那时可太爱哭了，一被欺负就鼻涕眼泪的，那张脸简直不能看，还来找我告状。你知不知道越爱哭越被欺负？”祁东笑道。

“你们是不是觉得我很烦人？”林嘉清有点不好意思。她当然记得，那时奶奶总叫她“爱哭包”。

差不多一个小时，车子到了白云小区门口。

祁东先去搬箱子，被林嘉清阻止：“不要动！那是给你的，我妈让你都要吃掉。”

“那我就收着。”祁东大大方方道。转头帮林嘉清取下小拖车。

林嘉清抽出小拖车拉杆握在手里，站好，理理头发：“谢谢你载我回来。”

祁东笑道："小时候可没见你这么客气。"

林嘉清要走，祁东说："等下。"

祁东将胳膊伸进驾驶室，够出手机来："加个微信，以后回家，还可以捎你。"

两人加了微信好友。

祁东驱车离开，林嘉清拉着小拖车进了小区。

白云小区大门斜对面，路边停着一辆黑色大众迈腾。

驾驶室车窗开着，周霄在抽烟，左手臂搭在窗口。

他今天从父母家回怡林园，路过这里，正看见林嘉清下车。

鬼使神差地，他把车停下了。

林嘉清今天没化妆，穿得也随意，看着跟高中那会儿几乎没变化。她和一个身材高大、皮肤很白的年轻男子有说有笑，最后还靠得很近加微信。

周霄目送林嘉清进小区，抽完烟，又待了一会儿，才开车离开。

今天小区里很安静，一路上没见几个人影，估计人们都去扫墓了还没回来。

不知为什么，林嘉清总感觉有人跟着自己，几次回头看，却看不见什么可疑的人。

她耸耸肩，继续走。

没有电梯，她把沉甸甸的小拖车拎上五楼，加上昨天上山下山的疲惫未消，可把她累坏了。

进门先躺在沙发上喘了一会儿气，缓得差不多了，起身整理带回来的东西。

她把饭菜放进冰箱，箱子拆开，只取出一部分，再把箱子封好。

明天上班，箱里的水果带去科室给同事们尝尝。

林嘉清拖着小拖车进了休息室。

“大家过来尝尝，这是我从家里带回来的。”林嘉清把水果取出来放到桌上，小山样的一堆。

“哇，又有水果吃，太幸福了！”

“嘉清，爱你，么么哒！”

“又是水果大师啊！”

“水果大师挺贵的，不过品质好，嘉清又破费啦！”

“谢谢啦！”

…………

同事们毫不客气地挑走自己喜欢吃的。

也有人没动。林嘉清并不理会，自己拣出几只，用袋子装了，拿去给陈组长。

林嘉清前脚刚出门，就有一个身材高挑的女孩说道：“哼！人品不行，再大方我也不吃她的东西！”

有同事替林嘉清抱打不平：

“戴丽丽，没影儿的不要乱说！”

“有本事就当嘉清面说啊，每次都是背着人家嚼舌根！”

“我又不是捏造！”戴丽丽翻个白眼，“门诊有人亲眼见她从一个老男人的豪车里下来！你们动动脑子，她一个农村出来的，在我们这儿上班，能买得起十几万的宝珀手表?！”

抱打不平的无言以对。林嘉清有宝珀手表倒是真的。

“你看她平时吃的穿的，哪样不贵?！”戴丽丽越说越气愤起来，“敢做就不要怕人说！”

“不管怎么说，反正在我心里，嘉清绝不是那样的人！”一个短发女孩瞪一眼戴丽丽，吃着水果走到一边去了。

其余拿了水果又没帮林嘉清说话的，埋头干自己的不吭声。

林嘉清回到休息室，感觉气氛怪怪的。

“蜜蜜，有事？”林嘉清走到短发女孩身边，低声问道。

“没事，”陶蜜犹豫了一下，决定不影响林嘉清心情，“戴丽丽惹毛我了，嚷了几句。你知道她这个人，想人往歪处想，老毛病了。”

“不用理她，”林嘉清拍拍陶蜜肩膀，“省得气坏自己。”

戴丽丽也让林嘉清头疼。

林嘉清知道戴丽丽看自己不顺眼，从林嘉清刚到医院工作不久就开始了。戴丽丽喜欢的男医生向林嘉清表白，被拒绝了。戴丽丽得知后大怒，一口气上不来，憋到现在，对林嘉清一直阴阳怪气的。

当然，林嘉清并不怕她，只是觉得麻烦，索性不怎么搭理就是了。好在戴丽丽跟许多人关系紧张，林嘉清不理她，她也难得寂寞。

今天轮到林嘉清在窗口发药。

上午忙个半死，中午休息时大家都蔫蔫的，话也没有力气说。

林嘉清爬山综合征还没消退，这会儿只想躺着，饭也不想吃了。

每次放假结束刚上班都格外忙碌，好像放假那几天是借了高利贷，需要加紧偿还。

林嘉清和拣药的同事正坐在药架后面歇着，陈组长进来了，手里拿着两页纸。

“青年节院里组织联谊活动，跟几个单位合办的，药房三个指标。”陈组长目光从众人身上扫过去，落在林嘉清身上，“三十六岁以下还单着的找我报名，三天后截止。通知电子版我发群里面了，大家回头看一下。”

陈组长走前又盯了林嘉清一眼。

林嘉清有点慌张。青年联谊活动，说白了就是相亲大会，林嘉清不想去，可陈组长那两眼是什么意思再明显不过。

林嘉清看见手机上群里通知到了，实在提不起兴致去看。

管他呢，到时候再说。她今天约了龚问蕊吃重庆火锅。

高中同学里，林嘉清只跟龚问蕊还有联系。这几年龚问蕊出国深造，一直见不上面。半个月前，龚问蕊回来了，跳着脚要跟林嘉清吃火锅。

红色的牛油汤底沸腾了，一朵朵泡泡从锅底升上来，再绽开，浓香扑鼻。

龚问蕊急急搛了牛百叶去涮，七上八下，然后一口塞进嘴里，也不怕烫。

“啊——还是祖国疼我啊！”龚问蕊把百叶咽下去，满足地叹道，“脆！好吃！”

龚问蕊一筷接一筷，偶尔停下来啜几口冰饮，简直龙卷风一样，直到鼻上泛起了一层薄汗，才放下筷子拿过毛巾揩拭。

“你是不知道法国的东西多难吃，特别是法棍，硬邦邦的，还酸。”龚问蕊开始抱怨，“一到不得不吃饭的时候我就想，自己到底是哪根神经搭错了，非要跑到那里去。”

林嘉清看着她笑。

“后面怎么打算的？”林嘉清咽下一口冰镇酸梅汁，问道。

“打算自己开一间摄影工作室。”龚问蕊用纸巾擦了擦嘴，认真地说，“现在让我坐办公室，朝九晚五，太难受了，不习惯了。你觉得呢？”

“我觉得很好。做自己喜欢做的事，当自己的老板，很多人求之不得呢。”

“我说真的，骗你是小狗！”见龚问蕊用怀疑的目光盯着她，林嘉清赶紧补充道。

龚问蕊严肃起来：“嘉清，你是第一个支持我的人，连我父母都不支持我。”马上又嬉皮笑脸道：“说好了啊，你拍婚纱照必须找我，嗯……五折！”

“说好就说好，到时候你可别不认账！”

“男朋友哪儿呢？先找个男朋友我看过再说！”

“自己不也单着吗，还说我！”

两人斗起嘴来。

“哎，咱们班同学有好几个回江州发展了，听说周霄也回来了。”

“是吗？”林嘉清尽量表现得漫不经心。

“咱们班班长说的。你和周霄，咱们班最好看的女生和男生，当初我可是天天幻想你俩能谈上一场轰轰烈烈的恋爱，可惜……”龚问蕊摇摇头，

“可惜你俩不来电。”

林嘉清僵住。龚问蕊从没跟自己说起过这种话题，当年没有，后来也没有。

“怎么就看出不来电？”林嘉清实在好奇。

“周霄跟女生接触少，他对你来不来电我看不准，但你肯定不来，因为你都不太搭理他。”

“有不搭理吗？”

“有啊！比如他发卷子你眼皮都不抬。”

“那么明显？他不是喜欢江漫吗，我是怕人家误会。”

“谣言吧，反正没听说他们两个在一起。”

林嘉清不想也不敢继续聊这个话题了，赶紧扯远点。她更不敢跟龚问蕊提自己前段时间看见周霄了。

从店里出来，两人在灯火通明的街上走了几步。空气潮热，黏黏糊糊的，两人感觉浑身缭绕着一股红油汤底味儿，连头发丝里都是，于是说好得空再约，赶紧各回各家洗澡。

林嘉清在小区门口下车。她刚察觉自天上飘下几滴雨来，走了没几步，雨点就变大，且越落越急。她把包包顶在头上，脚下不停，一阵小跑进了单元门。站在楼梯口转身一看，楼外雨已瓢泼，闷闷的雷声穿透雨声传至耳畔，空中还隐隐有电光闪过。

林嘉清甩了甩包包上的雨水，然后上楼。

楼梯间的灯不是昏暗闪烁就是彻底不亮，林嘉清转着圈儿上楼，步子稍慢时，就听见身后似乎也有人上楼梯，她探头往下看，却没人。如是几次，林嘉清加快脚步，最后跑起来。开锁，进屋，反锁，开灯，一口气完成。她背靠入室门，心狂跳，腿发软。

好一会儿，林嘉清转过身来，壮着胆子，从猫眼往外看。什么也没有。

此时还不到九点钟。

林嘉清想不明白，是自己胆子变小了，还是真有人跟着她。

"陈姐让你去联谊？"陶蜜边脱白大褂边问林嘉清，"刚看你从她办公室出来，你这又垂头丧气的。"

"是啊。"林嘉清把白大褂在更衣柜里挂好，"说药房三个指标，报名的两个，没完成任务。"

陶蜜幸灾乐祸："之前任我怎么说你都不去，看吧，组长一句话，你还不是得去。"说完笑嘻嘻搂住林嘉清肩膀："就当陪我去啦！"

其实除了差一个人，陈组长还特意强调这次参加的单位都是好单位。眼见陈组长又要苦口婆心，林嘉清赶紧答应了。知道自己扛不过陈组长的攻势，林嘉清认命了。

联谊活动周六下午在江钢宾馆举行。江钢宾馆，顾名思义，江州市钢铁集团的宾馆。叫宾馆实在是谦虚了，那里实际上是四星级酒店。

通知里面写着，两点半入场并签到，三点正式开始。当天中午下班后，林嘉清和陶蜜随便吃了几口，到医院大门口与其他参加者会合。院里安排了一辆大轿车送他们过去，重视程度可见一斑。

江钢宾馆里来参加联谊活动的人挺多，目测有百余人，大多数尤其是女孩子都精心打扮过。陶蜜化了个淡妆，林嘉清则素颜出场。林嘉清有理由：在中药房拣药，脸上很容易就沾上粉尘，她下班后都要用清水洗洗脸，洗过脸再化妆，累了一上午了，没那个精力了。

联谊环节前要开个短会。走进会议室，陶蜜拉着林嘉清在前排坐下。因为近视，陶蜜看电影什么的也一贯挑前排坐。

正等着会议开场，后门一阵小小的骚动。是各单位工会领导和主持人进来了，站在那里商量着什么。陶蜜扭头看了一眼，接着又看了第二眼，越看越激动，拽着林嘉清的胳膊要她也看："快看……颜值超高啊！这趟没白来……"

林嘉清回过头去，目光落在领导们和主持人身上，半晌，茫然道："哪里高了……”

陶蜜急道:“我是假近视,你才是真近视!往那边看,窗户那边……”

林嘉清把视线往窗户一侧挪了挪,先看到并肩坐着的两个女孩子,不知为什么脸红红的,表情既紧张又甜蜜,不断把眼睛瞥向右边。

顺着她们的目光再看去,林嘉清当即石化。

最后一排靠窗,两个女孩子的右边,赫然坐着周霄!

恰在那时,周霄也抬头向林嘉清她们这边望来。

林嘉清不由缩一下脖子,赶紧转身坐好。她脑子里已然一片空白,后来陶蜜跟她嘀咕了些什么,领导们致辞及主持人讲话,一个字也没听进去。

一阵掌声响起,会议结束,主持人请参加活动的人移步活动室,趣味游戏马上开始。

林嘉清被陶蜜拉着,跟着人群往活动室走。

现在她有点清醒了,脑子里来回穿梭着几个问题:周霄有看到我吗?可不可以溜?以及,碰见了该怎么办?

周霄有看到我吗?即使刚才没看见,一会儿看不见的可能性微乎其微。

可不可以溜?陶蜜肯定不干,还要跟她解释,可一时之间又怎么说得清?

碰见了该怎么办?林嘉清脑子都想疼了。好想掏出手机,在线求助:相亲碰到暗恋对象怎么办?

事已至此,该怎么办就怎么办吧。林嘉清下了个决心。倘若周霄已经看见自己,自己又溜掉了,恐怕更说不清,更不要说还要跟陶蜜解释,也许还要跟陈组长解释。

第一个小游戏:“认识他吗?”

游戏要求所有人站成一个圈儿,第一个人报出自己的名字,第二个人重复第一个人的名字,第三个人重复第二个人的名字,依次类推,直到回到第一个人。其实相当于自我介绍。

大家站成一个圈儿的时候,林嘉清和周霄视线相交。林嘉清硬撑着没有避开，而是微微点了一下头。与此同时，周霄也向她微微点头。其实此刻林嘉清脸上已经火辣辣烧成一片，恨不得钻到地底下。

第一个游戏结束，大家明显没那么拘谨了。很多女孩频频看周霄，很多男孩频频看林嘉清。周霄偶尔看林嘉清，林嘉清却不知看谁比较好。

第二个小游戏："一元五角人民币"。

每个女孩都是"一元"，每个男孩都是"五角"。大家还是站成一个圈儿，只是男女间隔着。主持人说"开始"，大家就手拉起手，走着圈儿；主持人大声说出一个金额，参加者要在最短的时间内找到朋友抱在一起，组成这个金额，没找到朋友和金额不正确的淘汰出局。

"好，要开始了。注意，大家先把手牵上。"主持人大声说。

大家开始牵手。

站林嘉清两边的男孩很主动地过来牵住她的手，被牵上的一瞬间，林嘉清很想甩开，忍住了。

林嘉清看看周霄。周霄站在原地没动，也望着林嘉清。他脸上没表情，也没伸手，以至于站他两边的女孩也不敢主动牵他的手。

"不要害羞啊，还没牵上的赶紧牵上。"主持人催促道。

周霄终于张开两只手，分别抓住左右女孩的手腕。

"开始——"主持人一声令下，大家开始走圈儿。

半分钟之后，主持人报出第一个金额："一块五！"

林嘉清被左边的男孩一把扯过去。周霄则松开了右边女孩的手腕。

没找到朋友的和金额错误的淘汰出局。林嘉清瞥见陶蜜出局了。

又玩了几次，还剩下十几个人，圈子大大缩小了。林嘉清和周霄都还在。

林嘉清很想被淘汰，奈何不能自主，每次都有男孩把她拽过去，愣是没机会。

"三块五！"

大家抢着抱团儿，场内大乱。突然，一个男士斜刺里冲过来，差点和林嘉清正面抱上。

之所以差点，是因为他的手臂被人狠狠攥住了。

被攥住手臂的男士不算年轻了，身形微胖，留着板寸，戴一副板正的黑框眼镜，乍一看老实忠厚。虽然场内兵荒马乱，林嘉清对这位倒还有点印象，因为他不止冲过来一两回，每次林嘉清被碰到的部位都有点不地道，只不过顾不上跟他计较罢了。

而攥着这男士手臂的人才是可怕的那一个：周霄！

此时板寸男扭头怒视周霄，无奈比周霄矮了一头，必须仰视，姿态就比较怪异，怎么看都让人觉得狼狈；而周霄一只大手一点也没有要松开的意思，他居高临下看着板寸男，一脸鄙夷。五六秒之后，板寸男泄气了，试图挣脱。

这时主持人冲这边吆喝："哎——被淘汰的往后退，往后退，别影响下一局！"众人的目光也集中了过来。

板寸男趁势挣脱，挤过场下的人墙，溜走了。

林嘉清与周霄对视一眼，不约而同退到圈儿外。

两人并肩站着，都直视前方，一时无话。

半晌，林嘉清向周霄道谢："谢谢你，周霄。"

"还以为你不认识我了。"周霄轻笑道。

林嘉清道："怎么会呢。"随即意识到周霄说的是药房窗口的偶遇。她扭头看周霄一眼，脸微微红了："不会的，你又没怎么变。"

"着急结婚？"

"那倒不是！我们科室没完成任务，领导让来的……"虽是实情，林嘉清越说越觉得像是在洗白，不由得没了底气，声音也低下去。

自己为什么要正儿八经地回答他这么不礼貌的一个问题？！林嘉清懊恼极了。

正琢磨着自己一番答话的后果，只听周霄道："我也是。"语气里似有松一口气的意思。

"你说什么？"林嘉清听清了，但是觉得没有听懂。

"没事。"周霄道。

"一元五角人民币"还在热火朝天地进行,林嘉清和周霄默默地看着,有一阵没说话。

然后是第三个游戏、第四个游戏……原来游戏并非强制性的,不想再玩的和已经配对成功的都走到场下,有的已经场外自由活动去了。

经过林嘉清和周霄身边的都要看他俩几眼,眼神或羡慕或嫉妒,想是都以为他们配对成功了。

周霄不说话,林嘉清是实在想不出说什么,因此打算走人。苦于一时寻不到陶蜜的身影,只得加紧为告别打腹稿。

终于要张嘴,却听周霄道:"走吧,我们吃饭去。"

林嘉清想起活动通知上确实写着主办方提供自助晚餐,这个时间差不多已经开始了。

林嘉清只得把告别的话咽下去。多年不见的老同学不吃顿饭就分手,也似乎很不合情理。

周霄已经在人群中开出一条路来,走在了前面。林嘉清赶紧跟上。

两人一前一后上了二楼,林嘉清几乎是追着周霄的脚步拐进餐厅。

刚想问周霄怎么对这里如此熟悉,周霄长臂一伸,已然从餐柜中捞起两只餐盘:"想吃什么?"

"我自己来……"林嘉清赶紧捧过一只。

林嘉清拿了一盅虫草花乌鸡汤、一份尖椒小黄鱼、一份春卷和一份水果拼盘。转身就见周霄在临窗的一张桌子后面向她招手。

林嘉清在周霄对面坐下。

周霄面前的食物是她的两倍。

她刚想说周霄拿得多,周霄却先开口道:"吃这么少?"

"怕浪费。"林嘉清顺口胡诌道。她有点气恼:刚找了一句话先说,又被抢了。

两人安静地吃饭,偶尔汤匙碰到碗碟,发出细微的"叮当"声。

林嘉清吃了几口就停下了。是饱了还是不想吃了,她自己也不知道,反正也吃不出什么滋味来。

于是林嘉清放下筷子。不便看着周霄吃,她就把目光移到餐桌上的花瓶上。她有些茫然,不知道该怎么自然地结束这一餐饭。茫然着,竟不由露出点愁容来。

周霄瞥一眼林嘉清,明显加快扫盘动作。

周霄放下筷子,用餐巾纸擦擦嘴角:“你在发愁?”

“啊?”林嘉清没反应过来。

“我是说,加个微信?”周霄盯着她,目光如炬。

林嘉清咬一下嘴唇,道:“好。”

交出自己微信二维码的那一刻,林嘉清感觉是交出了最后的武器。

加好微信好友,周霄问:“有车回去吗?这里不好打车。”。

“有!”林嘉清紧张中随便指指窗下一排大轿车中的一辆,“我坐单位的车回去。我跟同事约好了一起,我等等她,你有事就先走吧。”

林嘉清感到自己这一下午都没说顺溜的话终于说顺溜了。

“那好,”周霄微微一笑,站起来摆摆手道,“我先走,回头聊。”

林嘉清也站起来,微笑道:“回头聊。”

目送周霄离开餐厅,林嘉清终于放松下来,恨不得摊在椅子上。她蓦地想起陶蜜,赶紧拿起手机。

“喂,蜜蜜啊,你在哪儿呢?”

“现在才想起我,你个见色忘义的人哪!”陶蜜语气幽怨极了,“我看见你和那帅哥在一起了,还被英雄救美了!害得我不敢跟你说话,也不敢找你吃饭。如实招来,你和他,什么情况?”

“不是你想的那样,是高中同学。”

“啧啧,还不老实哈!我怎么就遇不见高中同学呢。”陶蜜不买账。

“不骗你,真的。你在哪儿,我过去找你再说……”

周霄驱车在路上。音响里传来周杰伦的歌。他将两侧车窗都打开,吹着风,心情甚是愉悦。

今天他是真想开车送她回去，但又怕吓到她。不过进步已经很大了——两人今天说的话比高三一年都多。不急。

周霄确实没有报名参加联谊活动，但也不是像他说的那样被强行凑数。

那天各科室名单上报之后，下午，工会负责这次活动的女同事就找到他办公室来了。在报名名单上没找到周霄的名字，工会女同事感觉万万不该。她单刀直入，说周副科长单身，各方面条件又这么优秀，为集团总公司形象计，也该参加，除非已经在恋爱了。

周霄是三月份从分部调到集团的，一来就造成了轰动。他年轻，长相出众，身材又好，走到哪儿都有人盯着看，尤其是女孩子，再有就是集团工会的女同事们。不用说，工会的女同事们格外重视周霄这样的青年才俊，以能为这样的青年才俊当月老为荣。还有哪个部门能把做媒与本职工作堂而皇之地融为一体的？所以，周霄的情况，边边角角，她们早就打探清楚了。单身是毫无疑问的，就是不知道眼光有多高。说服他去联谊，即便不成，也可以为后面跟进了解埋个伏笔嘛。

本来不去也容易，只要说已经在恋爱就行了，偏偏周霄扫了一眼女同事手里的活动通知，看见了“第二人民医院”几个字。

“我去。”周霄略一沉吟，干脆地说道。

工会的女同事大喜过望，还以为自己语言魅力使然。

第三章 真相与牵手

“明天一定来哈！地址等下发你。”

“好，明天见！”

结束与龚问蕊的视频聊天，林嘉清翻个身，平躺在床上，望着天花板发了一会儿呆。随即举起左手里的手机，盯着屏幕。

转到微信联系人界面，点开“Z”。周霄的微信号静静悄悄地躺在那里。点开聊天对话框，除了那天弹出的系统信息外，一片空白。

距联谊已经过去了半个月，两人谁都没有主动联系过。

林嘉清盯着周霄的头像——一颗糖果——琢磨了半分钟，没猜出来有什么深意。

食指盘旋一下，终于没忍住，点进了他的朋友圈。

林嘉清十分讶异：周霄没有像很多人一样给朋友圈设置时限，全部都可查看。然而，动态很少，没几下就拉到底了，而且绝大多数是转发江州市钢铁集团总公司的新闻。

江州市钢铁集团总公司……林嘉清恍然大悟，不由拍拍自己额头，骂自己笨。

林嘉清回到第一条细看。是一个礼拜之前发的，绝无仅有的个人动态。

标题就两个字：“打球”。

有一张配图。

照片是晚间几个男人在灯光球场上打篮球，其中，周霄身着绲红边白色篮球运动服，正高高跃起，伸长臂揽住篮球，姿态矫健，宛如猎豹。抓拍得很好。

照片像素很给力，放大了五官很清晰。

剑眉星目。

林嘉清想起一件旧事来。

那会儿班上的男生热衷打篮球，一下课就往球场跑，放假也提前一点返校约上一场。周霄是其中一员。

一次她周末从家里回来，拎着许多吃的喝的。公交车上还好，待下了车，背着书包，两手各一只大袋子，走得很是艰难，十几步就停一停。她干脆把袋子抱到胸前，两只手扣住当绳子，打算慢慢走。

学校大门口到教学楼是一条林荫大道，两侧榕树枝繁叶茂，枝条在头顶上相接。隔着成排的榕树，左侧是足球场，右侧是篮球场。教学楼后面再拐个弯才是宿舍楼。

林嘉清慢吞吞沿着篮球场那一侧往前走。篮球场里两拨人，各占据一个场地在打球。林嘉清余光扫见有个身影很像周霄，下意识扭头看了一眼。果真是他。他和本班几个男生在一起。

这时响起一声口哨。

口哨来自另一拨人里面染黄头发的一个，看装束是校外的。林嘉清不予理会，继续往前走。

“砰！”一只篮球从场内飞出来，擦过林嘉清脸颊，落到不远处的地面上。林嘉清吓一跳，差点把手上的东西全扔地上。

“喂，美女——捡个球呗！”是那个黄毛在得意扬扬地喊。

“砰！”另一只篮球狠狠砸到黄毛背上。

黄毛往前踉跄一步，差点趴到地上。他扭头面露狰狞，恶狠狠地喊：“谁?！”然后就往林嘉清他们班男生那边走。

此时周霄站出来，瞪着黄毛：“想干吗?！要动手就过来，奉陪到底！”

周霄身后，打球的本班男生聚拢来，都对黄毛怒目而视。

黄毛的一个同伴拉住他，把他扯到一边嘀咕。

“你们给老子等着！”黄毛不甘心地往地上啐一口唾沫，骂骂咧咧地和同伴离开。

“到底不敢在咱们学校里闹事。”一个男生说。然后冲林嘉清喊：“林嘉清，你没事吧？”

“我没事！还好你们在这里！”林嘉清笑着对男生们说，“别理这些小混混。”

这个年纪的男生身上有一股“少年意气在，不平亦问天”的侠义。

林嘉清也快速地看了周霄一眼。她刚刚看到拿球砸黄毛的正是周霄，好凶的样子，自己还是头一回见识到。

第二天中午下班，林嘉清打车直奔龚问蕊的工作室。

工作室设在人流量很大的万象商圈，一座写字楼底层。

到得工作室门前，只见玻璃门两侧各一溜花篮，自己昨晚在网上订的一对也在其中。地上一层礼炮碎屑，看来自己还是来晚了，剪彩仪式结束了。

门内迎面一面镂空屏风，新颖别致。转过屏风，眼前豁然开朗。工作室很大，分成好几个区域，陈设井然。中间一个人堆，龚问蕊在中间，大家正热火朝天地聊着。

“同桌！”龚问蕊喜笑颜开地扑上来，拉她进去。

众人让开一条路，纷纷打量林嘉清，均一副惊艳的表情。林嘉清向他们点头微笑，眼睛弯弯的，酒窝荡漾。

“你好！”

“你好，美女！”

“哇……好漂亮！”

“老板，这是我们请的模特吗？”

众人七嘴八舌称赞林嘉清。

龚问蕊替他们介绍。一群人里面，有龚问蕊的堂弟、堂妹；两男三女五位大学同学，都是特地赶过来给工作室开业撑场子的；一男一女两个小青年则是她招的员工。

大家又聊了一会儿，就浩浩荡荡去吃饭。

龚问蕊在中环翡翠阁酒楼订了包间。

龚问蕊那几位大学同学太会搞气氛，这一顿饭吃了几个小时。

在座的或多或少都喝了一点。林嘉清只喝了半杯葡萄酒，就感觉脸颊发烫，赶紧停杯。而龚问蕊简直太飒了，居然对瓶吹。龚问蕊从来大大咧咧的，但这么放得开，林嘉清还是头一回见。

吃饱喝足，一群人又在包间里合影。龚问蕊趁着酒兴，挑了一张欢天喜地的，和工作室开业剪彩的照片一起发了朋友圈。

这条配着“开业大吉”四个字的朋友圈很快就开始收获点赞和评论，龚问蕊挑好玩的播报出来。

林嘉清也去点了个赞。

点完赞，林嘉清顺便看了眼评论。除了恭贺开业大吉、预祝财源滚滚的，就是问龚问蕊啥时回的国、啥时回的江州，也有人问照片里的美女都是谁。

林嘉清猛然发现点赞的头像里有“一颗糖”。

不会是巧合吧？林嘉清随即否定：哪有那么巧，自己还从没见过头像是同一张照片的呢。

那么，难道他每遇老同学都加微信，而自己不过是因为这个被加了？意识到有这种可能性存在，林嘉清禁不住骂自己自作多情，一时间心下颇为失落。

也没法问龚问蕊，自己两次遇到周霄的事还没向龚问蕊坦白呢。

从翡翠阁出来，已经九点半了，龚问蕊吆喝着转战 KTV。

林嘉清明天还要早起上班，就和大家在酒楼门口分了手。

林嘉清拦下一辆出租车。

“到家报个平安！”龚问蕊嘱咐道。

“知道了。你们好好玩！”林嘉清上了出租车，从车窗探出头来向他们挥手道别。

包间里歌声激越，重低音锤击心脏。除了二重唱的一对，大家几乎都在玩色子，“喝”声一片。

周霄一个人坐在一边刷手机。

今天部门有同事过生日，大家一起吃了饭过来继续嗨。周霄不喜欢这样的应酬，也不喜欢 KTV 的氛围，要不是需要他埋单，他早走了。况且今天喝得有点多，闷在这里很不舒服。

他刚刚顺手给龚问蕊“开业大吉”的朋友圈点了赞，现在又看朋友圈，没有新内容，就点开没仔细看过的那两张照片。第二张照片里，他看见了林嘉清。

一群人在包间里合影，林嘉清靠着龚问蕊坐着，眉眼弯弯，双颊微微潮红，很是动人。

他也看到了林嘉清的点赞，以及评论里不少人都在打听林嘉清是谁。

蓦地，周霄很想抽根烟。

周霄从包间出来，一转弯，迎面撞见龚问蕊一群人由服务生带着去包间。

“周霄！”龚问蕊一眼认出他来，惊喜地大喊。

“龚问蕊？”周霄也惊喜。他看看龚问蕊身后一群人，不见林嘉清。

“开业大吉啊！你们这是……换个地方庆祝？”

“对啊！哎呀，林嘉清刚还跟我们一起，她回家了，你们没见着，可惜，可惜！”龚问蕊说着，给了周霄一记粉拳，“老同学，你也太不像话，加我微信这么久，一句话也没有。”

龚问蕊上次和林嘉清吃完火锅，就在 QQ 空间发了一条动态，宣告自己回江州了。QQ 空间现在没什么人玩了，他们班只有班长还偶尔去逛逛，看到她发的动态，便在底下评论她，随后两人就加了微信，班长一转手就把她拉进了高中班级微信群。群里有差不多三十个人，大部分都留在江州发展。

龚问蕊入群后，陆续有同学加她好友，周霄也在其中。

不好堵在走廊太久，两人说了几句，就先散了。

“问蕊，你们高中什么情况，同学的颜值都这么高的吗？”一边往包间走，一个大学同学忍不住问，“这帅哥，还有那美女，是按颜值录取的吗？”

龚问蕊直乐：“那倒不是，就怪你运气好，最好看的两个今天都被你遇上了。”

“话说他们真般配！”

“谁说不是，我还总幻想他们俩成一对呢。”

说到这儿，龚问蕊想起一件事来：她忘记把林嘉清拉进班级微信群了。

龚问蕊看眼微信，林嘉清发来一条新信息，说她已经平安到家。

龚问蕊回个 OK 的手势，当下拉她进群，怕过后又忘了。

林嘉清发现自己被龚问蕊拉进了班级微信群。

群主是班长。

正如自己所料，“一颗糖”也在里面。位置挺靠后，也是后来才进群的吧。

现在对于周霄的出现，林嘉清已经不那么敏感了。躲了那么多年，兜兜转转，面也见了，还是在那么尴尬的场合，微信也加了，命运弄人啊。

看看微信群里面的同学，颇有用孩子的照片当头像的，绝大多数都成了家吧。

林嘉清把手机塞进白大褂口袋里，从更衣室出来。

药房里几个同事聚在一起，在议论什么持刀抢劫案。

“好像就在医院南门那边，嫌犯没抓到。”

“被抢的是个女的。”

“早上路过急诊科，护士说出了好多血，转重症监护室了！”

“南门那边都是旧楼，没有物业管理，摄像头也特别少。”

“好恐怖啊，以后下班不敢走那边了！”

“哎，你怕不怕？”陶蜜冷不丁用胳膊肘碰碰林嘉清，“就在你住的小区那边。”

“怕——”林嘉清白她一眼,“不怕也被你吓怕了。”

林嘉清是真怕。她做了个决定:抓紧搬到新房子里。

趁着周末,天气又好,林嘉清把床单被罩枕套等等都洗了,挂在阳台上晾晒。

然后就是整理出租屋里的东西,该扔的扔,该归位的归位,自己的则打好包。她跟房东说好了,就租到这个月月底。月底前她会搬到新房子里。

放在客厅桌上的手机响了起来。

林嘉清抓起来看,是龚问蕊。

“嘉清,晚上有空吗,一起吃饭? 和你想不到的人哟……”

前几天龚问蕊店里来了位准备给宝宝过百日的宝妈,约了今天带宝宝过来拍照。夫妻俩带着宝宝一进门,龚问蕊便呆住:原来宝爸竟是班长!

三个人都觉得这事好笑,也太巧。

宝宝的照片预定五个主题,估计要花一下午,班长就提议拍完大家一起吃晚饭。龚问蕊问班长要不要叫上林嘉清。

班长说:“可以啊!说起来毕业后我都还没见过咱们班这位大美女呢!”

傍晚七点多,林嘉清按照龚问蕊发来的定位赶到了青云路夜市街。

南方城市江州,大排档和消夜文化盛行,青云路夜市街正是最火爆的大排档汇集地。

眼前青云路上灯火通明,人声鼎沸。不少店家把桌椅摆到了人行道上,一桌挨一桌,挤挤插插,看不到尽头。

林嘉清一边小心地沿着马路牙子走,一边留意饭店招牌。找到招牌,视线下移,就看见了亮堂堂的店面里龚问蕊他们那一桌,服务员站在桌边,正在点菜。

“林嘉清! 这边! 这边……”林嘉清刚一推门,班长就看到她了。

“班长,好久不见! ”林嘉清笑着打招呼。

这么多年过去，班长除了长了点肉，变化不大。

“这是我老婆。”班长向林嘉清介绍他身边的女人。

“这是林嘉清。我没骗你吧，大美女！”班长向老婆介绍林嘉清。

“非常有气质的美女。”班长老婆笑嘻嘻地说。

“嫂子好！”

坐下后，林嘉清注意到班长老婆的目光在自己和班长之间打了好几个来回，有些警惕的样子。

林嘉清俯身去看婴儿车里的宝宝。宝宝白白胖胖，睡得正香。

“肉嘟嘟的，好可爱啊……”林嘉清转向班长老婆，笑道，“长得像妈妈，跟妈妈一样漂亮。”

班长老婆立刻眉开眼笑，看得出心花怒放。

菜陆续上桌，烤鱼、开心花蛤、凉拌牛杂、炒螺蛳粉和车螺芥菜汤等等，都是时令菜，摆了一桌子。新晋妈妈还在喂奶，口味不能太重，林嘉清又特地跟服务员要了一小份粥。班长老婆见林嘉清如此照顾自己，跟她分外热络起来。

正要动筷，龚问蕊阻拦：“且慢！”说着就举起手机拍照。

班长一家和满桌菜出镜，还有林嘉清的一只手。

林嘉清看着龚问蕊输入朋友圈标题：“巧不巧，顾客老公竟是班长！”不由揶揄道：“承认吧，你承包了晚报的社会趣闻版。”

龚问蕊点击发布，眉飞色舞道：“有时存在感确实是刷出来的！”

几人边吃边聊，说到高中趣事，都忍俊不禁。

“林嘉清，你太低调了，以至于我们男生都不敢追你。”班长道。

“啊？”林嘉清一愣。心想：这句话逻辑是通的吗？

“记得选级花吧？”

“记得！”龚问蕊一指林嘉清，“嘉清排第三，我气了好久。”

“你们女生可能不知道，我们男生另拉了一个群，讨论投谁，毕竟咱们班林嘉清和江漫都上榜了。江培临——江培临记得吧，江培临在群里问周霄，林嘉清和江漫哪个更适合当级花，周霄说江漫，因为林嘉清不喜欢太高调,就因为他这句话,还没投票的男生通通把票投给了江漫。"

"这样啊……"龚问蕊很是惊讶,一双眉毛挑得老高。

林嘉清正握着杯子的手不自觉用力,咬住了嘴唇。

林嘉清很震惊。

她震惊于当年江漫的心思。江漫发给自己的那张截图不见后一句,应该是刻意断章取义,让自己以为周霄的天平向她江漫倾斜。

她震惊于江漫举动的杀伤力。那截图让自己倍感受挫,让自己把对周霄的好感深藏,变成彻底的暗恋,以至于后来和周霄断了联系。

她震惊于江漫制造的这个误会竟然持续了十年之久,直到今天才水落石出。

婴儿车里的宝宝突然哭了。班长把宝宝抱出来,试图安抚,可是没用,宝宝哭得更厉害,开始在他怀里扭动起来。班长老婆探身接过宝宝哄着,宝宝的哭声小下来,可还是哼哼唧唧的,两只小腿一直蹬来蹬去。

班长老婆说宝宝不是拉在尿不湿里了,就是饿了。

于是班长夫妇决定打道回府,走之前先在车里面替宝宝收拾一下。

小聚就这么匆匆结束。

告别的时候,班长叮嘱龚问蕊和林嘉清务必出席宝宝的百日宴,还说要尽量多地叫上同学,趁机叙叙旧。

龚问蕊欢呼雀跃,也替林嘉清一口答应下来。

送走班长夫妇,龚问蕊和林嘉清重新坐下。

"怎么闷闷的?"龚问蕊一只手掌在林嘉清眼前晃晃,"刚还好好的……喝多了吗?"

林嘉清理理头发:"没事,就是觉得有点累。"

班长提前几天把百日宴的电子请柬发到了班级微信群里,众人点赞的点赞,留言的留言。林嘉清看了两遍,周霄有点赞,但没有留言,也就是说,没明确表示来还是不来。

经过几天时间,班长那一番话在林嘉清心中激起的波澜渐渐平静下来。她认真地思索真相反转意味着什么。最终结论是，意味着江漫传递给了自己带有偏差的信息，只是有偏差，并非全然虚假，因为高三一年，周霄到底还是跟江漫走得更近。

充其量还有一点，那就是周霄对自己有所了解，有所肯定。这给了林嘉清一点点安慰。

不能再多了。林嘉清对自己说。

林嘉清有想过打听一下周霄来或不来，好做点心理建设，但也只能想一想。问龚问蕊或班长，她缺乏不引起怀疑的技巧，而除了他们，她再无人可问。

好在颇有同学表示要来，人多好过关。林嘉清想。

林嘉清和龚问蕊几乎同时到达翡翠阁酒楼。

林嘉清刚在酒楼门前站定，就看见龚问蕊从车里钻出来，忙不迭地锁上车，张着两只手臂向自己跑来："嘉清！嘉清，等等我！"

林嘉清今天特意化了淡妆，以示郑重。她身着裸粉色抹袖收腰齐膝连衣裙，搭配浅粉色单鞋，同色系包包。首饰只一对白色珍珠耳环，别无其他。这一身装扮越发衬得她肤色白皙，双臂纤细修长，双腿匀称笔直。

"同桌，你好美……"龚问蕊距离林嘉清三四步远停下脚步，瞪大眼睛道。

林嘉清上前拉过龚问蕊的手，笑道："走啦。"

一边走着，龚问蕊一边愤愤不平地嚷嚷："那帮男生什么眼神，还级花，还选，这就是校花好不好！"

"你小点声。"

两人走进酒楼大厅，林嘉清抬腕看表：差三分七点。聚会晚七点开始，时间刚刚好。

找到举办百日宴的宴会厅，就见三个人正立在入口处说话，是班长夫妇和一个高个子男人——周霄！

纵然有心理准备，又见周霄，林嘉清还是不可抑制地慌乱起来。好像是心底有个塞住的泉眼,猛地被水流冲开,急切之间找不到东西去堵。

“班长！周霄！”龚问蕊扯着林嘉清快步走过去。

三人闻声转过头来。

班长笑道:“我们的两位美女来了！”

龚问蕊反应快,马上接道:“那是必须的,我想看看你们男生都丑成什么样了,都迫不及待了！”随即瞥一眼周霄,装出悻悻的样子,手一挥道:“不包括你！”

几个人都笑了。

林嘉清与班长夫妇打招呼,轮到周霄,她没有开口,只给了个短促的微笑,饶是如此,周霄的目光还是让她感到手脚无处安放。

为了掩饰,林嘉清拿出红包,低头去逗班长老婆抱在怀里的宝宝。宝宝抓过红包,看看红包,又瞪大眼睛看林嘉清,嘴角淌下了一道口水。

几人留意到宝宝的表情,看到宝宝淌出口水,笑得前仰后合。

龚问蕊道:“哎呀,小财迷！”

林嘉清瞥见周霄也嘴角微翘,眼里带有笑意。

班长夫妇还要在入口等待亲朋,班长老婆便叫来一个年轻女孩带林嘉清他们入座。

女孩在前边领路,回头看看他们,确切地说,是看了走在最后的周霄好几眼,道:“你们都是我姐夫的同学吧？”

“对的。”紧跟在她身后的林嘉清回答。

百日宴十分气派,摆了约有十桌。

女孩将林嘉清他们带到同学桌。

同学来了十几个,男生居多,一见面纷纷起立寒暄。

“帅哥和美女来了！”

“哎呀,林嘉清更漂亮了！”

“老周,你什么时候回的江州？”

“行啊,老周,你真是万年不变贵公子啊!我们都发福了,你没怎么变。”

“老周，还打球吗？有时间一起啊……”

…………

同学桌是两桌，男生几乎都集中在这一桌，差不多坐满了。

其余女生都在另一桌。加上林嘉清和龚问蕊，女生统共只来了五六个。

男生跟周霄说笑的时候，林嘉清和龚问蕊去了另一桌跟女生一起坐。

龚问蕊挨着那几位女生，林嘉清挨着龚问蕊，林嘉清右侧还余两个空位。

正跟女同学们说着话，林嘉清感觉右后侧来了个人，扭头一看，一件男式西装上衣搭在了自己旁边那张椅子的背上。

头顶上方传来周霄的声音：“我上个洗手间。”像是冲龚问蕊说的。

那意思是回来就要坐在这里了。

龚问蕊向周霄做个OK的手势。林嘉清马上埋头向食物，也不作声，确认周霄离开了，才把背直起来。

周霄走到走廊尽头敞开的窗边，点了一支烟。

吐出第一口烟雾后，周霄轻笑了一声。他笑自己竟然耍起了从来不屑的小心机。

周霄看见了龚问蕊那条朋友圈，一眼认出了照片里那只手，腕上的手表正是林嘉清参加联谊活动时戴的那只。当晚又在班级微信群里看见了班长的请柬。虽然林嘉清既没点赞也没发言，他还是判断她会出席百日宴。

那么，为防止林嘉清刻意回避自己不去，他就也不表明去或不去。

这个猫捉老鼠的游戏他还觉得挺有趣的。

不过，周霄觉得，十年对两个人来说，已经太久了。

周霄回到宴会厅的时候，服务员正在上开胃菜。班长夫妇在台上致辞，身后大屏幕上循环播放着宝宝的写真。

周霄往林嘉清那边走去的时候发现了一件不愉快的事。林嘉清右侧已经坐了一个女孩，就是给他们领路的班长老婆的堂妹。他的上衣此时搭在那女孩右侧的椅子背上。

周霄皱了皱眉。

“周大哥，不好意思，我想和林姐姐她们聊聊天，就把你的衣服挪到旁边了。”女孩向周霄怪可爱地吐了吐舌头，并没有起身的意思。

周霄淡淡道：“没事，你坐。”然后拉开空着的椅子坐下来。

刚才周霄前脚刚走，班长的老婆就领着堂妹过来这桌，介绍一番后，说别的熟人桌都坐满了，就让堂妹和女同学们一起，都是女孩子，比较放松。

林嘉清心里清楚是怎么回事。她刚刚听到班长老婆向班长打听周霄，确认周霄目前单身，就起了撮合堂妹和周霄的心思。班长多少知道深浅，让老婆别瞎搞，可他老婆正在兴头上，哪里听得进去，跟堂妹嘀咕一番，就带她来了这桌。

堂妹本来坐的是空位，可能到底是不想显得太露骨，就说要跟姐姐们挨着，占了周霄的位置。

不多时菜已上齐，众人下箸，班长夫妇开始挨桌敬酒，所到之处一片喧哗。

龚问蕊一手果汁瓶，一手葡萄酒瓶，问林嘉清喝哪个。

“果汁。”

龚问蕊给林嘉清和自己都倒了果汁，刚要盖盖子，就听到周霄道：“龚问蕊，果汁递我一下。”

龚问蕊让林嘉清传过去，林嘉清犹豫一下，接了过来。

“不会吧，老周，不喝点？”同桌一位男同学表示不能理解。

“今天开车。”周霄说。

果汁瓶是大包装，林嘉清双手举着，递给周霄，眼睛却盯牢瓶身，仿佛握着的是炸弹。视线里出现一只修长的手，交接时刻碰触到了她的指尖。确定那只手拿稳，林嘉清赶紧把手收回来。

周霄从容地给面前的玻璃杯倒满果汁。

“周大哥，帮我也倒一杯。谢谢啦！”堂妹请求道。

周霄同样从容地给堂妹倒满。

堂妹再次道谢，然后开始缠着周霄聊天，声音甜软得要命。

“周大哥，一般周末去哪儿玩？”

“公司。”

龚问蕊嘴里塞着块烤鸭，听了这一问一答，肩膀轻微耸动。

林嘉清知道龚问蕊在憋笑，轻轻用胳膊肘碰碰她，示意她别笑出来令堂妹尴尬。

“啊——周末加班吗？那你们工作好辛苦哦！”堂妹这一句拖着颤颤巍巍的尾音。

这下林嘉清也差点笑出来。

“咝……”龚问蕊咽下嘴里的食物，左手抚右臂，“这空调也太足了，有点冷哈！”

同桌其他人也注意到了这边的对白，有人在偷笑。

林嘉清突然觉得很没意思。

“我去下洗手间。”林嘉清站起来。

林嘉清双手伸在开着的水龙头下，水哗哗流着，她却盯着镜子里的自己。

林嘉清知道自己吃醋了。无论走到哪里，周霄都是女孩子追逐的目标，当年如此，今日亦然。

林嘉清明白自己没理由生气。拒绝或接受，都是周霄的事情，与自己无关。

林嘉清告诫自己要清醒，不要被关于周霄的一切左右情绪。

林嘉清关上水龙头，甩甩手，走出洗手间。

刚一出门，就听到一个幽怨的声音在说：“林嘉清，你是不是讨厌我？”

林嘉清一回身，就见周霄双手插兜靠在门侧，一双眼睛盯着自己。

这一吓非同小可，林嘉清顿时出了一身冷汗。

“你怎么……在这儿？”她哆哆嗦嗦地问。

“你是不是讨厌我？”周霄说着，向她走过来。

林嘉清一步步退到了对面墙根，直到贴在墙上。

此刻两人面对面，眼对眼。林嘉清看到周霄的睫毛，根根清晰；也看到周霄的汗毛，隐隐约约；然后看到他的喉结……一瞬间，她心脏狂跳，满面涨红。

林嘉清垂下头："哪有……"

"那我怎么感觉你一直躲着我，嗯？"

林嘉清在心里呐喊：因为我觉得你喜欢江漫，所以我不要自己去打搅你，行了吧？！

林嘉清真想喊出来，喊出来就痛快了。

可实际上她是这么做的：她推了他一把，跑走了。

"怎么去了这么久？"龚问蕊问林嘉清，"班长他们就要过来了。"

林嘉清坐下来："刚接了个电话。"

"你和周霄挺默契啊，他也出去接电话了。"龚问蕊狐疑道。

"是吗。"林嘉清语气尽量平淡，低头喝汤，这才发现汤已经冷掉了。

班长夫妇端着酒杯过来，周霄也回来了。

众人起身举杯。

班长说："感谢老同学们百忙之中抽出时间来参加宝宝的百日宴！今天孩子在，亲戚在，放不开，估计大家也没喝好，咱下次就是正儿八经的同学聚餐，我来组织，都必须来，必须喝躺下！"

班长说完，率先一饮而尽，大家跟着干杯。

班长夫妇转去别桌，大家落座继续吃喝。

自打从洗手间回来，林嘉清一直没往周霄那边看。

林嘉清等着走人，结束这惊心动魄的一天。

不好马上就走，走前至少要跟班长夫妇道别，林嘉清一边追踪班长夫妇的身影，一边取了只奶黄包来吃。

林嘉清边吃边跟龚问蕊商量撤退之事，结果两人一拍即合，龚问蕊还要去工作室一趟，为明天的工作做些准备。

眼见班长夫妇快要敬完最后一桌，两人赶紧跟同坐之人打招呼："你们慢吃，我们还有点事要先走，再联络哈。"

林嘉清余光扫到周霄，见他背靠椅背，一只手臂搭在扶手上，定定地看着自己。

周霄没有跟她们话别，林嘉清却分明读出了他的体态语言："又要逃。"

林嘉清抓起包包，拉起龚问蕊，快步向班长夫妇走去，头也不敢回。

与班长夫妇道过别，林嘉清和龚问蕊离开酒楼。

走进吹着微风的夜色里，林嘉清大大地舒了一口气，放松下来。

正跟龚问蕊商量怎么个走法，只听得身后汽车喇叭响，回头一看，周霄坐在路边一辆黑色大众迈腾的驾驶位上，示意她们上车。

林嘉清登时觉得见了鬼了：她们走时他还没动，她们出来他怎么就已经等在这里了？大变活人？

龚问蕊见有专车，雀跃地拉着林嘉清奔过去。

林嘉清反射弧又拉长了，到了车边磨蹭着不去开门。

"上啊……"龚问蕊催促道。

"这里不能久停，"周霄指了指路边指示牌，"别让我扣分。"

林嘉清一咬牙，拉开后车门坐进去，还"砰"一声把门关上了。

龚问蕊只好坐副驾驶位。

周霄等龚问蕊系好安全带，把车子驶离路边。

"你们两个回家还是去哪儿？"

"我去工作室，林嘉清回家。"龚问蕊道。

"工作室地址。"

"学院路万象城门口。" 说完，龚问蕊发现个问题，"你怎么也走这么早？"

周霄手握方向盘，目视前方："我也有点事。"

林嘉清像只鹌鹑一样缩在后座上，听到周霄用了个"也"字，还似乎特意加重了语气，不由抬头从后视镜里看他一眼，岂料对上周霄映在后视镜里的双眼，赶紧别开眼望窗外。

龚问蕊大约也在奇怪那个“也”字，半天没吭声。

良久，龚问蕊道：“你俩又跟高中那会儿一样了，不说话，可真不嫌闷哪。”

龚问蕊在万象城门口下了车，跟周霄和林嘉清挥挥手。

车驶过龚问蕊身边，林嘉清看见龚问蕊在向自己做鬼脸……

“去哪儿？”

“泰和路白云小区，谢谢。”

周霄轻笑：“还真把我当司机啊。”

林嘉清无言以对。

还好，接下来的路程，周霄没再说话。

林嘉清左手攥着安全带靠近卡扣的位置，度秒如年。

车近小区门口，速度慢了下来，林嘉清揿开安全带，准备下车。

“急什么，没到呢。”

林嘉清听到不大但清晰的锁车门的声音，简直不敢相信自己的耳朵。与此同时，车缓缓驶进小区。

“哪栋？”

林嘉清从后视镜里看到周霄面无表情的脸，无奈吐出两个字：“九栋。”

“指路。”

拐了三四个弯，车稳稳地停在九栋前。

周霄将车熄火，也没开车内灯，也没打开车门锁的意思。

远处的路灯投来一些光，两个人在半明半灭中沉默着。

“你跑什么？”

“我哪有跑。”

周霄转过头来。借着路灯光，林嘉清看见他眉毛高挑，表情又气又笑：“你没跑？”

林嘉清猛然意识到周霄说的是洗手间门口那档子事，瞬间面红耳赤：

“开门,我要下车!”

“先告诉我为什么躲我。”周霄把头转回去,“我要听真话,给我答案就让你下车。”

这人真讨厌!

林嘉清垂眸,眼睛渐渐湿润。

为什么逼她?!

为什么非要逼她把对他的爱慕说出来?这爱慕已埋藏于心底十年,这爱慕她掩盖得很严密,保护得很小心,凭什么要她就这样和盘托出,赤裸裸地置于他面前?他让她这样逃无可逃,避无可避,到底是谁给他的权利?

林嘉清胸腔中翻腾着无限的委屈,一股酸胀蔓延至鼻腔。

“因为……我怕我喜欢你。”

林嘉清的声音里带着些微颤抖。

从林嘉清一双汪着泪的眼睛看过去,驾驶座上周霄的背影有如石化了般,异常坚硬。

周霄一动不动,没有回头。

“可以了吗?”林嘉清的声音已经明显带着哭腔。

她只想马上离开。

林嘉清看到周霄的嘴唇动了动,握方向盘的双手明显在用力。

又过了大约半分钟,她听到周霄说:“对不起。”声音略带嘶哑。

随即他按下了中控锁开关。

林嘉清立马开门下车,向单元门奔去。

此刻她只想躲到自己的小窝里去,锁上门,独自舔舐伤口。

“因为……我怕我喜欢你。”

林嘉清略带颤抖的这句话,有如一条引信,钻进周霄的耳朵里,“呲呲呲”一路燃烧,烧到心脏,在那里引爆一记惊雷。漫天烟火过后,周霄感到自己的心脏血淋淋的,很疼。

那句话把周霄炸晕了,清醒之后,他感到五味杂陈,有震惊,有心疼,还有巨大的后悔。

林嘉清冲上五楼,掏出钥匙开门。

突然一个硬邦邦的东西抵在腰后,一个陌生的男声在耳边低语:“不想死就别出声!”

林嘉清吓得魂儿都飞了,哆哆嗦嗦地不敢动,冷汗从头出到脚。

“快点开门!”那个声音说道。

林嘉清明白,让这个人进门就坏了,却无法可想,只得照做。她将钥匙伸向锁孔,可手抖得厉害,半天插不进去,最后手一滑,钥匙掉到了地上。

“捡起来!”那个声音命令道。

林嘉清慢慢蹲下身去摸钥匙,同时将整个身体小幅度地向后扭转,去看身后的情形。

她看见身后那个男人戴一顶棒球帽,帽檐拉得低低的,遮住了脸。她看见抵在自己腰间的是一把牛角刀。

“不许看,快开门!”那个声音明显很不耐烦了。

林嘉清捡起钥匙重新去开门。她故意放慢速度,同时拼命在脑子里搜索脱身的办法。与此同时,她感觉自己一颗心快要从嘴里蹦出来了,耳朵里满是心跳的轰鸣。

“砰!”一个闷闷的声音响起,林嘉清顿感身后一松。也顾不上向后看,她赶紧向楼梯间方向逃去。

她一边跑一边大喊“救命”。

林嘉清到了楼梯口才敢回头,只见两个人影扭打在一起,不戴棒球帽的那一个似乎又瘦又小。一根木棍滚在了地上。

眼见瘦小的身影落了下风,被棒球帽男人用牛角刀划伤了手臂。瘦小的身影捂着手臂退到墙角,从手指缝中有血淌下来,滴到地上。林嘉清此时方看清,那竟是个少年。

眼见棒球帽男人一脚把少年踹倒在地,挥起牛角刀就要捅,林嘉清拼了命跑过去,用包抵住刀尖,死死拖住他拿刀的手。棒球帽男人甩了几次没有甩脱，向林嘉清腹部踢了一脚。林嘉清"噔噔噔"后退，背部重重地撞到墙上。

棒球帽男人看看少年，又看看林嘉清，握着牛角刀向林嘉清走去。

周霄冲上五楼的时候，看到林嘉清背靠墙壁，头发凌乱，一手捂着腹部，摇摇欲倒，地上还有血迹。

周霄目眦欲裂，从身后攥住棒球帽男人持刀的右手。棒球帽男人手臂向后挥舞，牛角刀从两人中间划过，划到了周霄的腰，白衬衫下瞬间有一片红扩散开来。

周霄就像毫无察觉一般，继续与之搏斗，三两招之后，用长腿重重踹了对方的膝盖。棒球帽男人一下子跪倒在地，面目扭曲，显得十分痛苦。周霄趁机夺下他手上的牛角刀丢远。接着，周霄一记重拳将棒球帽男人击翻在地，男人在地上翻滚，已经无力爬起。周霄又狠狠地补了几脚，男人的棒球帽掉在一旁，露出一张鼻青眼肿的脸。男人开始求饶。林嘉清见周霄还要上前，赶紧抱住他的胳膊。

"你怎么样？"周霄全身一震，赶紧回身，检视她的全身。

林嘉清知道周霄以为她被刺伤了，赶紧道："我没受伤，不是我的血，是他的……"指向墙角的少年。

此时，警笛声由远及近，片刻到了楼下。想是没敢出门看的邻居报的警。

大夫检查的结果是林嘉清身上有一些擦伤，腹部被踢出一片瘀青，并无大碍。

周霄腰侧的刀伤比较长，看着有点吓人，所幸并不深，大夫做了缝合处理。

"很疼吗？"林嘉清仔细端详着周霄腰部的纱布，皱着眉头问。

"还好。"

周霄想把衬衣拉好，刚一拧身，嘴里"咝"的一声，显然扯到了伤口。

“你别乱动！”林嘉清制止他，咬了一下嘴唇，伸手小心翼翼地替他把衬衣放下来，抻抻好。

从医院出来去派出所做笔录，上警车前，林嘉清和周霄又见到了那见义勇为的少年，这时少年由他惊魂未定的母亲陪着。他手臂上的伤也处理过了，脸上有几块青肿。林嘉清觉得少年似曾相识，但始终想不起在哪里见过。

林嘉清极其郑重地向少年道谢，少年只涨红了脸不说话。他母亲则对林嘉清爱搭不理。林嘉清只道是自己连累少年涉险，让人家母亲担心，心里愧疚得很。

直到做笔录时，林嘉清才知道少年竟也是尾随她的。少年家也在白云小区，却并不住在九栋。监控显示，他在林嘉清上楼前很久就进了九栋。警察没怎么问少年就承认，他喜欢林嘉清，想认识她，尾随她好多次了，都没勇气开口。今天他是提前等在了六楼，想等林嘉清上楼制造一次偶遇，不承想林嘉清被歹徒挟持，他思想斗争了半天，鼓足勇气冲出来救她。

少年发誓道：“我只是喜欢她，我没有做坏事的念头！再说，我也不敢……”

这时，少年的母亲狠狠给了他后脑勺两巴掌。

林嘉清哭笑不得。

她终于想起来，自己在小区门口的小卖部碰见过少年好几次。

“怪不得我总感觉有人跟着我。”林嘉清自语道。

说着，林嘉清看看周霄，周霄却抿紧嘴唇，绷着脸，不看她。

做完笔录出来，林嘉清看了看表：凌晨三点。

周霄站在派出所门口打车，还是不说话，也不看林嘉清。

一辆出租车停下来。周霄打开后门，示意林嘉清上车。

林嘉清知道从刚才周霄就不爽了，却不知他为何生气，于是也不出声，乖乖上了车。

司机从后视镜里看他们一眼，赶紧回过头来："你们……这是被抢了吗？"

想是看见了周霄衬衣上的血迹。

"差点……"他俩不约而同回答，随即对视一眼。

本来开夜车的司机都喜欢聊天，社会治安又是绝佳的谈资，但这位司机没有往下问，而是默默地打开了收音机，调出音乐台。十有八九是司机觉察到他们之间气氛不对。

林嘉清此时疲惫已极。

今天可真是惊心动魄的一天。先是被周霄逼迫，说出自己对他的感情，得到了"对不起"三个字。"对不起"不就是"我不能喜欢你"的意思吗？林嘉清又伤心又羞愤。可还没来得及收拾心情，又遭遇了歹徒，经历了极大的恐惧。周霄赶来搭救她，她当然感激，但她其实宁愿是别人，而不是周霄。现在，周霄又莫名其妙给自己冷脸。林嘉清越想越憋屈，也生起气来，扭头看窗外，不想搭理周霄。

出租车直接开到单元门口，两人下了车。

林嘉清在前，周霄在后，两人上了五楼。林嘉清去开门。周霄依旧不言不语，也不说走。不知道他什么意思，也不知道自己该说什么，林嘉清只觉得脑子都要炸掉了。门开了，林嘉清眼泪也落下来，一串串不要钱似的往下掉。她拉开门欲进去，却被周霄拉住。

周霄叹口气，伸手揽过她的肩膀，将她拥在怀里："别哭了。"

周霄这三个字说出来竟是林嘉清从未听过的温柔。

她无力挣开他。

"胆子这么小？"

"我胆子不小。"林嘉清一边反驳，一边抽泣。

周霄笑了："我发现你真的很喜欢唱反调。"

两人抱了一会儿，林嘉清渐渐停止了抽泣。她想要从周霄的拥抱中抽身，伸手推了推他。

“嗞——”周霄咧嘴呻吟。

林嘉清记起他的伤，立马不敢动。正要开口，周霄双手捧住她的脸，帮她揩去泪痕，逼她直视自己的眼睛。

“林嘉清，我喜欢你，你看不出来吗？”

林嘉清大脑立马死机了。

她张口结舌，好半天才结巴道：“你不是说‘对不起’吗……‘对不起’的意思不就是……”

周霄摇摇头，认真道：“如果你说的是在车上……我说‘对不起’，不是不喜欢你，而是觉得自己太失败，表白这种事该由男人做，却让你做了，我觉得心疼，所以对不起你。”

这个回答绕了一点，林嘉清反应了半天，似乎懂了。突然又想起他这一路上的冷脸：“那你为什么不理我？”

“我是在生自己的气，气自己没能早点护着你。”

这也太会说话了吧。这人该是很知道怎么讨别人欢心吧？林嘉清突然犯起了嘀咕，忍不住猜测，这样的话他是不是对别人也说过？

“你先回去吧，很晚了。”林嘉清认为自己需要想想。

周霄观察她的神色：“你不相信？”

“不是。”

“那你没有什么要问我的了吗？”

“没有。”

“真的没有？”周霄反复确认。

林嘉清认真地摇头。

周霄摸了摸她的发顶，柔声道：“那我先回去了，等你休息好了再说。对了，把门反锁。”

能休息好才怪。林嘉清草草洗漱后爬上床，想仔仔细细、认认真真梳理一下今天的事，主要就是周霄的一番表白，但想来想去也理不清头绪。

她只想了十分钟就昏昏睡去，这一天太累了啊。

第二天傍晚,周霄一下班就驾车往白云小区赶。一口气跑上五楼,去敲林嘉清的门。没人应。他给林嘉清发微信,也没等到回音。

周霄心往下一沉:又躲了。

周霄干脆不开车了,步行前往第二人民医院,反正也不远。

到了医院门口,周霄在花圃前站住,点了一支烟。

周霄看出林嘉清对自己的表白有点犹疑不定,这不难理解:虽然高中时代情愫犹存,毕竟两个人了解不深。但是没关系,他会让她了解的。

林嘉清正在上夜班。

手机在白大褂兜里响起来,林嘉清掏出来一看,是个陌生号码。

"喂?"

"你在哪里?"周霄的声音听起来有点焦虑。

"我在上夜班。"

"哦。"周霄似乎松了一口气。

"你怎么有我号码的?"林嘉清问。

"找龚问蕊要的。我过去找你。"不等林嘉清回答,周霄就挂断了。

"啊……要死了,要死了!嘉清,我刚刚在门口看到一个大帅哥!"急诊科的护士妹妹过来拿药,一副梦游的神情,"真的好帅啊!"

"有那么帅吗?"林嘉清笑道。心下明了:周霄已经到了。

护士妹妹突然激动地低声道:"来了,来了!喏,就是那个!"

林嘉清转到药房门口,探头向楼梯方向看去,只见周霄正大步往这边来。

周霄径直走到药房门口,隔着护士妹妹问林嘉清:"几点下班?"

"九点半。"

护士妹妹见此情景,赶紧身子一矮,从两人中间抽身出来:"嘉清,你忙,我回急诊了啊。"一路走一路回头,鬼脸层出不穷。

林嘉清问:“你从哪里过来的?”

“你家。”周霄看看表说,“还有一个小时,我等你。”

周霄在不远处的候诊长椅上拣了个位置坐下。

九点半过一点,林嘉清收拾停当,去找周霄,却见他握着手机睡着了。

林嘉清端详周霄,只见他眼圈发暗,下巴上隐隐约约的胡楂,显然没休息好,也没顾上收拾。

林嘉清心中微动。她知道自己这种感觉叫做心疼。

“吃饭了吗?”林嘉清推推周霄。

周霄醒过来,老老实实答道:“没。”

两人在医院附近找了一家面馆。

已近打烊,老板忙前忙后收拾打扫。

店里只有林嘉清和周霄两个人面对面坐着。

老板将一大海碗手工刀削面放在周霄面前。

林嘉清在对面一手托腮,看着他吃。

周霄三两口就干掉整整一碗面,把筷子在碗沿上架好。

“今天找我什么事?”林嘉清问,对昨天的事只字不提。

周霄顿了一下,明显在观察林嘉清的表情。

“是我哪里做得不好,让你不高兴了吗?”

“没有。”

“那就是有了。”周霄用纸巾擦擦嘴角,“可以说说吗?”

林嘉清沉默片刻,一面用指尖沿面前的玻璃杯口画圈圈,一面说:“其实,我们彼此没什么了解……”

“现在就有一个机会摆在我们面前,可以开始增进了解。”

这话带点玩笑的成分,但周霄的语气很是诚恳。

周霄接着道:“我说喜欢你,是认真的。想和你交往,也是认真的。我不是滥情的人,也不喜欢搞暧昧。我先说——十年来,本人只在大学时代有过一次恋爱,觉得不合适就分开了。”

林嘉清没想到周霄这么直截了当。

林嘉清停止在杯口上画圈,抬头直视周霄的眼睛:“那么……”

陡然传来电流放大的嗡鸣,面馆里外的灯一下全灭了。老板嘴里骂着跑出店门去看,回来说这片都停电了。

“好。”黑暗中传来林嘉清的声音。

林嘉清看到对面黑乎乎的身影定了几秒钟,随即起身。

“来。”一只大手伸向林嘉清。

林嘉清把手轻轻搭上去,马上就感觉到被一股暖流握紧。

两人一路无语,牵着的手却不曾松开。

街上路灯全灭,而月光正好。

林嘉清偶尔看看周霄的侧脸,觉得如在梦中。

周霄把林嘉清送到家门口,看着她打开门。

“记得把门反锁。”周霄对林嘉清说。

话是这么说,周霄的手却没有放开的意思。

“好。”

林嘉清晃晃手,示意周霄松开。

“那我明天过来看你。”

“好。”

得到这个“好”字,周霄才松开手。

第二天傍晚,周霄就大大方方到林嘉清家里蹭饭来了。

说是蹭饭,却非要跟林嘉清挤在狭小的厨房里。

“不打算换个地方住吗?”周霄帮忙把蛋打到肉末里,“这里没有物业管理,我不太放心。”

林嘉清对周霄话里的意味暂不理睬。她将洗净的菜心仔细沥水:“本打算就搬的,谁知道会发生那样的事。”

“搬哪里定了吗?”

"怡林园。"

周霄停住搅拌肉末的手:"哪里?"

"怡林园。怎么了?"

周霄轻笑:"心旷神怡的园林吗?你还没问过我住哪儿……"

林嘉清吃一惊:"你住怡林园?"

"嗯。看来我天天跑路,月老看不过去了。"

林嘉清白周霄一眼。

吃过饭,两人下楼散步。

出单元门没几步,周霄揽过林嘉清的肩。林嘉清没有拒绝。

又走了几步,林嘉清向后缩一下头,拿下周霄的胳膊,改为抱着:"你太高,这样舒服点。"

周霄一副很满意的样子。

两人在路灯下漫步。

周霄说起怡林园。说他来之前原就想好了,打算以后天天买菜过来做饭的,若林嘉清不想搬到他那里去住的话。怎么也没有想到,天意竟会是这样的安排。

周霄笑道:"还有一点也没想到,葱不吃,胡萝卜也不吃,你比较难伺候啊。看你在外面吃饭,也是吃不了几口,是在节食吗?"

林嘉清知道自己挑食的毛病快藏不住了,但仍辩解道:"外面的菜调料放得太多,油也不大好。"然后转移话题:"我没想到的是你还挺会做饭。"

今天末了是周霄掌勺,要不是有葱和胡萝卜,那肉末芙蓉蛋和蒜蓉广式菜心很对林嘉清的胃口。

周霄道:"念研究生时租房住,经常自己做,熟极生巧。"

林嘉清听周霄主动提及她不知道的过往,并无避讳,顺势问道:"你在哪里念的研究生?"

"本科在Z大,研究生在F大。"

"我对你的事真是什么都不知道,除了高中那些。"事到如今,林嘉清颇为后悔,如果自己没有决绝地切断与他的联系,也不至于是今天的局面。一别十年,人生才有几个十年,经得起如此错过?

周霄停下脚步,拉起林嘉清的双手,让她面对自己:“想知道什么,我都告诉你!”

林嘉清清清楚楚看见周霄眼睛里面的真诚,颇为感动。

“那你对我有什么印象?”

周霄不假思索道:“漂亮,是我们班最漂亮的女生。”

这么赤裸裸的赞扬,让林嘉清脸红耳热起来。

“但是,你对我很冷淡,不爱搭理。倒是对别的男生还好。”

和龚问蕊的感觉完全一致,林嘉清没想到自己的表演能力这么杰出。

“我以为你讨厌我。”周霄认真道。

“因为你和江漫走得近啊,她总找你聊天!”

“我和她几乎不聊别的,都是她回头问问题。所以……”周霄侧过头盯着林嘉清,“你以为我喜欢江漫,才对我冷淡,是吗?”

周霄历数林嘉清的“罪状”:明明没其他人可问,不会的题也不愿问他;前一秒还跟人高高兴兴聊天,他一走近,立马面无表情,客套话也只有“哦”或“好的”,一个字都不肯多说……

如今林嘉清再听这些陈年往事,也觉得有些可笑。难为周霄记得这么清楚。

林嘉清逗他:“我有这么坏吗?”

周霄问她:“那你对我什么印象?”

“帅,是我们班最好看的男生。”林嘉清想了想,又说,“跟女生话不多,江漫除外。”

“请林同学好好回答。”

“我有好好回答啊!”

“就这?”

“哦,还有,爱打篮球。”林嘉清想起一件自己一直搞不明白的事情,“为什么你们男生这么爱打篮球,下午一下课就往篮球场跑?”

“怕长不高。”

“什么？”林嘉清觉得不可思议。

林嘉清想起，那时女生们流行说男生低于一米七残疾等级一级，低于一米七五二级。这么说起来，男生为长个儿打篮球也在情理之中。不过，当年女生们嘴够损，心肠也够冷酷。那真是个以貌取人的年代。

“执着于打篮球是怕长不高。”周霄重复一遍，接着又补上一句，“但我不是。”

林嘉清撇撇嘴：“真的吗？”

“我是想快速融入男生集体，这种集体活动往往是来得最快的。这种事男生自己心里清楚，女生是想不到的。”

林嘉清点点头：“好吧。”

“我还有一个问题，”周霄转身面向林嘉清，“你是什么时候喜欢上我的？”

林嘉清完全没有防备。

“就有一次……我记得是国庆放假返校，我在篮球场边上被一个小混混扔球，你拿球砸了他……”林嘉清略微有点不好意思，“那时候就觉得……这个男生好帅啊！”

周霄低头轻笑。

“再往前，还有班里大扫除，我擦窗户，但是够不到最上面，”林嘉清继续回忆，“好几个男生路过都看见了，只有你说危险，叫我下来，又帮我擦……”

周霄点点头：“我只帮你擦了，没帮别的女生。”

“现在我知道了……”林嘉清靠过去，轻轻把头搭在周霄肩膀上。

两人的共同回忆都是高三的事，那以后到不久前，中间隔着漫漫十年空白。林嘉清想，这是多么的遗憾啊，而且这种遗憾无法弥补；但他们又是这么幸运，最终没有错过彼此。如果可以，就这样走下去，直到两个人老去……

“我以前有一个愿望……”林嘉清喃喃道。

“什么愿望？”

“希望我有个会打篮球的男朋友，我去看他比赛，给他递水，帮他拿外套。”

“这么奇怪的愿望，我是说，这个愿望有够低调。”周霄搂着她笑道，“还好，我打篮球，可以满足你。”

两人信步走着，不知不觉就到了十一点多。

分别之前，周霄问林嘉清打算哪天搬，他好过来帮忙。

“周日，我跟我爸说好了，他和我弟过来帮我。”林嘉清见周霄脸色一沉，赶紧补上理由，“不用你搬啦，你伤还没好。”

“我懂，你这是让我避光。”

林嘉清赶紧拉起他一只手，摇啊摇的：“这样太快了嘛。我爸妈还不知道有你，前天我也还不知道有你……”

周霄叹口气，脸色缓和下来。

末了，两人又说了很多话才分别。

林嘉清怎么也想不到，气场那么大、距离感那么强的周霄，谈起恋爱来会是这个样子。

周霄从外科诊室处置室出来，手上拿着处方。护士刚刚给他伤口拆了线。

林嘉清与他约好就在外科候诊区见，她下了班就会过来。

周霄看看表，离林嘉清下班还有几分钟，刚要寻个位置坐等，就听一个熟悉的声音在叫他：“周霄，你怎么会在这儿？”

周霄扭头一看，是小姨。

周霄的小姨何瑜今天去探望前同事，从附近经过，与刚上路的马路杀手狭路相逢，受了点皮外伤，前同事也没探望成，转到这里就医。

“就破了点皮，没大碍。”何瑜摆摆手，意思是不用担心，接着问周霄，“你这是……”

“搬东西不小心碰到，已经好了，今天来最后一次。”怕小姨传话，让父母担心，周霄干脆不说实话。

正说着，林嘉清到了："周霄，你好了吗？"

林嘉清显然一开始没注意到周霄身侧这位戴眼镜的中年妇女，等意识到可能是周霄的长辈，一时又无法判断是什么长辈，表情略显尴尬。

"您好。"林嘉清礼貌地跟何瑜打招呼。

周霄则大大方方介绍道："小姨，这是我女朋友林嘉清。"

何瑜向林嘉清微笑点头，同时一双眼睛上上下下把她打量个遍。

何瑜识趣地笑道："你们有事，赶紧去忙吧！"

还没走出医院，何瑜就拨通了周母的手机。

一番绘声绘色的描述后，何瑜说："我当时怎么跟你说的？做父母的都是白着急，催没用不说，还不落好，真有对象了，做父母的永远是最后才知道。这就不错了，让我碰见了……哎，你让我给周霄张罗，我还真有了点眉目，幸亏没正式提。"

"有了好！既然有了，就先谈着。你那边跟人家解释一下呗。"周母简直大喜过望，"你不知道我多着急，眼见快三十了，一次也没带人回来过！这下可好了。"

何瑜在江家受到了热情招待。

"就说是不严重吧，到底也是受了伤，你还大老远跑过来，其实在电话里说也行。"江母招呼何瑜坐下，"来，吃水果，江漫刚买的，非常甜。"

虽然不是退婚，要把说过的话收回来，怎么也有些不好意思，何瑜心里惴惴的。

江母就是何瑜的前同事。何瑜记得江家的女儿，曾经在单位见过一次，神似高圆圆，算得上漂亮，年纪呢，也跟周霄相仿。周母让她给周霄留心个合适的对象，她一下子就想起江家这小姑娘了。

没见真人的时候，不便就敲定，所以何瑜先借说儿谈女跟江母打听了一下她女儿的情况，又简要说了周霄的现状，最后，拜托江母给留意一下适龄且登对的女孩，说要能跟她女儿差不多就最好不过。

江母知道这是给外甥踅摸对象呢，且有意于她的女儿。要说何瑜的外甥家庭和自身条件都不错，就是不知道长得怎么样。

想到未来女婿，江母也头疼。女儿江漫打小就是外貌协会会员，不喜欢跟长得不好看的人玩，长大了更严重，样貌不好的相亲对象见都不见，所以一直单身，到现在也快成了老大难。

“有你外甥的照片吗，最近的？”江母想看看过没过江漫的高门槛。

“有。”何瑜赶紧翻手机，找出了过年吃团圆饭的照片发给江母，指点着，“这就是我外甥。”

江母看了，自己先就很满意，于是对何瑜说：“那我帮你留意一下呗。”

两人算是心照不宣了。

江漫当年考取北方一所大学的会计专业，毕业后在北京工作了几年，马上要调回江州工作。当天晚上，江母把照片发给江漫，江漫又惊又喜：“这是我高中同学好不好！”

江母转述了何瑜所说的周霄的软硬件，其实江漫对那些并不在意。她这些年感情一直没落地，也跟周霄不无关系，有点一见杨过误终身的意思。

江漫巴不得马上就同周霄见面，于是对江母说没意见。这么多年女儿第一次这么爽快，倒把江母吓到了。除了考虑到江漫外貌协会的脾性，江母也觉得答应太快女方有失矜持，于是决定过过再说。

这是半个月前的事情。

如今江漫已经回江州，江母觉得火候也到了，特意邀何瑜来家里。

江母从茶几下面取出一本相册，翻开其中一页，递给何瑜：“给你看个东西。”

这一页正是江漫的高中毕业合影。何瑜一眼看见了周霄，也看见了江漫，还扫到了林嘉清。不怪何瑜，他们三个在合影里都很突出。

江母笑眯眯道：“原来我家漫漫和你外甥是高中同学，这就是缘分吧，怪少见的。”

何瑜已经尴尬至极。

江母接着说道:“我问漫漫有没有单身的朋友帮忙牵个线,她说有,也说要先看下照片才敢介绍。一看不得了,原来是十年前的老同学!”

“是……是很巧,也很少见……”

何瑜心里直骂:周霄你这臭小子,太让你小姨作难了!

何瑜豁出去了,指着林嘉清道:“我外甥刚交的女朋友也在这儿!”

送走何瑜,江母坐在沙发上生闷气。

何瑜是个直性子,刚才诚恳地向江母道了几十遍歉。饶是如此,江母还是快被气死了。须知以江家在江州的地位,这母女俩也是养尊处优惯了,哪容得下如此羞辱!

除此之外,江漫还兴兴头头地等着和周霄见面呢。江母太知道女儿的脾气了,大小姐要知道了,少不得给自己这当妈的一顿气受!

正想着,江漫进门了。

江漫今天跟闺密看电影去了。她回江州来后,心情一直不错,江母觉得跟何瑜外甥很有关系。

“那个老同学你就别想了,他已经有女朋友了!”江母原想好好跟女儿说,可话一出口就控制不住了。

“什么?!”江漫脸色变了。

江漫一天的好心情算是烟消云散。她刚还跟闺密说了要相亲的事,说了跟周霄多么有缘。

江母索性破罐子破摔:“他女朋友还是你们班的!”

“谁啊,那个女朋友?”

江漫见相册在茶几上摊开着,正是毕业合影。

江漫把相册递给江母:“叫什么?”

“叫什么我不知道,你自己看,第一排第一个!”

林嘉清?!江漫愣住了。

“也没觉得多好看,小里小气的,不像个大家闺秀!”

江母贬低完林嘉清,又埋汰何瑜,最后开始埋怨江漫在北京磨蹭,回来晚了:“就差那么一步,据说刚谈上不久,你要早回来,就没她什么事了!”

江漫没心思听江母唠叨,陷在沙发里想心事。

林嘉清是江漫的一块心病。

江漫早就知道周霄是喜欢林嘉清的。当年江漫追在周霄屁股后面,是比别的女生跟他多说了几句话, 可江漫知道周霄对自己有多惜字如金,多一句话都不说的。要是周霄对所有女生都一样,江漫心态还平衡点。但周霄不是。这么一个从来跟女生保持距离的人,竟然主动帮林嘉清擦玻璃,江漫知道那意味着什么。

还有选级花那件事。同班同学江培临其实是江漫堂哥,那天来江漫家吃晚饭,手机忘带走了,江漫追出去还的时候,发现 QQ 一直在往出蹦留言。因为扫见不少熟悉的 QQ 用户名,她抑制不住好奇,点进去看,发现那是同班男生的一个小群。

十七八岁的年纪,已经对异性很感兴趣了,江漫又见男生们是在选级花,感觉跟捡到宝贝一样,一口气把群聊内容从头看到尾。待看到周霄给江培临的回复,怎么看怎么觉得周霄是在赞扬林嘉清,而且说林嘉清低调,好像与林嘉清心灵相通似的,不由得醋波翻涌。

江漫眼珠一转,将聊天界面选取能造成周霄喜欢自己的错觉的部分截图,发给林嘉清,然后卡着撤回时限撤了回来。

江漫不确定林嘉清看见没有,但她一直留心观察,发现林嘉清比以往更加疏远了周霄,估计计谋得逞,不由颇为得意。

可惜她自己最终也没跟周霄擦出什么火花来。

高中毕业之后,同学们飞鸟各投林,周霄和林嘉清都在 QQ 上消失了踪影。江漫也和与他们两人交好的同学没什么来往,就再也没听到他俩的任何消息。

“问你呢,那个林嘉清家境怎么样?”江母捅捅江漫。

“不怎么样,好像家在郊区还是农村。”江漫回答。

“农村?那这事可能没那么简单。我听何瑜说,她姐特地要求出身要高一点,至少得是个知识分子家庭。”

江漫与江母对视一眼,两人都好像满血复活了一般。

江母想的是:何瑜啊何瑜,不能让你白白羞辱了江家,咱们走着瞧。

江漫想的是:林嘉清啊林嘉清,我可是回江州了,咱们不妨再较量一番。

林嘉清和周霄从医院出来,随便吃了点东西,手牵手去看了场电影。散场后两人去了怡林园。

林嘉清在怡林园的新居让周霄笑了整整一个晚上。

原来林嘉清就住周霄楼下。周霄十二楼,林嘉清九楼。

林嘉清也觉得这事很可笑,但是周霄这么笑,让她有点气恼。

周霄从后面抱着林嘉清,下巴支在她肩膀上:“太完美了,太方便了!”

林嘉清的脸一直红到耳根。

“脸这么红……想什么呢,我说方便是方便和你吃饭。”

林嘉清挣开周霄的双臂,回头瞪他:“我什么也没想!”

在林嘉清的新房里待了一会儿,两人去了十二楼。

周霄的房子比林嘉清的大,是三室两厅,装修风格简约大方,一看就是单身男士的巢穴。

周霄在厨房里大声问:“想吃什么?”

林嘉清正在客厅摸索电视遥控器的用法,闻声跑进厨房:“想喝汤,有排骨吗?”

“有。那我炖个玉米排骨汤吧!”周霄翻出玉米。

“行。”

林嘉清看着周霄冲洗排骨,把排骨下在放了姜和酒的冷水里煮沸,再捞出洗净,换水后开始煲汤,俨然家庭煮夫,不由走过去,从身后环住他的腰。

周霄任由她抱着,手上不停,轻笑着问道:“怎么了?”

林嘉清把脸贴在他的背上,蹭了蹭:“感觉好幸福啊……”

两人就这样腻了半晌,直到周霄的手机在客厅里响起来。

周霄让林嘉清看锅,自己去接手机。

“喂,妈……

“是,今天碰见小姨了……

“高中同学,在医院上班,有机会带回去……嗯嗯……”

说了几分钟,周霄挂了手机,回到厨房。

迎着林嘉清探询的目光,周霄道:“是我妈。”

“阿姨知道了?”

“嗯,我妈问什么时候带回去给她看看。”

“哦。”林嘉清掀开锅盖去看排骨。

周霄上前拉住林嘉清的手:“问你呢,什么时候?”

“啊,好香啊!肚子好饿,盛饭了,盛饭了……”林嘉清装没听见,转身去拿碗筷。

周霄笑笑,由她去了。

两人吃过饭,窝进沙发里,挤在一起打游戏,一打就打到快十一点,林嘉清发现后赶紧跳起来。

“我得回去了。”

周霄用一双长臂把她拖回沙发抱住:“不想和你分开。”

林嘉清去打他的手:“不行!明天一大早我爸他们要过来帮我搬家。”

林嘉清挣脱周霄站起来,回身去拽他:“快,送我回去!”

拽了半天,周霄才极不情愿地起身送她回去。

一大早林嘉庆就到了白云小区。

林嘉庆先给林嘉清打了个电话,报告已到小区门口,问到她住的楼栋怎么走。林嘉庆还没到这里来过。

林嘉清指示一番挂了电话,下楼去等。

林嘉清刚到楼下,就见从前一栋楼后面相跟着转过来两辆车,打头一辆路虎,后面一辆黑色本田 SUV。

车停稳后,林嘉庆从路虎上下来:“姐,爸有急事去公司了,我和祁东哥帮你搬。”

祁东这时已从本田车上下来。

林嘉清向祁东道:“祁东哥,又麻烦你了……”

祁东笑道:“有饭吃就行。”

“管饱不管好!”林嘉清也笑。

有了两个壮劳力,车装得很快。

两辆车离开白云小区,向怡林园驶去。

还是路虎在前,本田在后。林嘉清坐本田的副驾驶位。

到了怡林园新居楼下,林嘉清指挥,林嘉庆和祁东出力,三人嘻嘻哈哈,很快把东西都塞进了新居。

六月的江州非常晒,虽然有电梯,三人还是出了一身透汗。

林嘉清切了一只西瓜,三人边吃边商量去哪儿吃饭,最后决定林嘉清自己先收拾房间,晚七点再聚,晚上凉快。

于是林嘉庆和祁东先去忙自己的事了,留下林嘉清和一桌子西瓜皮在新居里。

安静了两分钟,门铃突然响了。

林嘉清去开门:“是不是忘东西了?”她以为是丢三落四的林嘉庆。

来人上前一步抱住林嘉清,抬脚就把门碰上,行云流水,一气呵成。

熟悉的味道,熟悉的感觉。是周霄。

他也不嫌林嘉清一身汗,紧紧地抱住她,下巴抵在她肩上,怎么扯都不松手。

林嘉清一番挣扎无果,安静下来。

“怎么了?”林嘉清问。

“那个男的是谁?”周霄声音闷闷的。

“我弟啊。”

“顾左右而言他,你知道我说的是谁。”

林嘉清偷笑:“你一直在楼上偷窥?怎么这么幼稚——”

林嘉清嘴被堵住。

这一吻逐渐变得缠绵,由缠绵而激烈。林嘉清透不过气来了,徒劳地推着身前的铜墙铁壁,没办法,只得下决心一咬。周霄痛不过,终于松开,额头抵着她的额头轻笑。

两人正喘气,门铃又响了。

两人对视一眼。

林嘉清迅速把周霄推进卧室,理了理头发和衣服,前去开门。

是林嘉庆。他还真忘记拿手机了。

林嘉清道:“丢三落四的毛病总也不改。”

林嘉庆取了手机往外走,突然回头盯着林嘉清的脸道:“姐,你脸怎么这么红?”

林嘉清赶紧用双手在脸颊旁扇着:“有吗?收拾房间热的吧。”

林嘉庆四下看看:“没觉得收拾多少啊……”

林嘉清道:“啰里啰唆。晚上记得准时啊!”

林嘉庆摆摆手:“知道了!走了啊。”

林嘉清关上门,大大松一口气。回到客厅,只见周霄抱臂靠在卧室门口,一脸戏谑地看着她。

“都没能与小舅子寒暄寒暄。喂,我什么时候才能结束金屋藏娇的状态?”

林嘉清白他一眼:“时候到了自然就结束了。”

周霄叹口气:“那……晚上去我那儿吃?”

“今晚不行,我要请客。”

周霄又想起那件很重要的事:“那个男的是谁?”

“祁东哥吗?我家邻居,从小一起长大的。”

“那他有女朋友吗?”

“我怎么知道?好几年没见了。”这次林嘉清大大地白了他一眼。

周霄赖在林嘉清新居整整一个下午。

林嘉清出门,他一直跟到电梯口,不忘叮嘱:“早点回来啊。”

林嘉清出门去赴约，周霄被丢在家里，心里不痛快。

他歪在沙发上，拿过本书翻开，却看不进去。

暂时不能见光也就罢了，那个什么祁东令他不安。

今天周霄第二次看见祁东，第一次是在白云小区门口。至少在周霄看来，这两次林嘉清都表现得与祁东颇为亲密。

理智上周霄明白，表现亲密并不绝对意味着有什么，可感情上他忍不住要斤斤计较。

周霄衡量着假想敌的竞争力：林嘉清叫他“哥”，应该比林嘉清年长些，看样貌，顶多相差三四岁，所以年龄是合适的，或许在旁人看来，比同龄还要完美；人呢，长得不算特别出众，但皮肤白皙，气质斯文，这种类型对女孩也有相当杀伤力。当然，这些都还形不成绝对优势，最要命的是那一条：青梅竹马。青梅竹马共享小时候的糗事，更容易打破心防。反正比年少同窗天然要亲近很多。

况且那个祁东还是打小的邻居，占尽天时地利之便，而自己才与林嘉清同窗一年，太吃亏了。

这么想着，周霄有些烦躁，干脆把书丢到一边。

时间慢悠悠走到八点，同事打来电话约球，周霄想想也好，权当散散心。

周霄一边擦汗一边走到场外，捞起一瓶矿泉水，一口气喝下去半瓶。

一位同事抱着篮球走过来，在他身边坐下：“最近叫不动你啊，是不是有女朋友了？”

“是。”

“真的假的，从来多漂亮的美女你都不感冒，这就有了？”

“不感冒是因为不是我的菜。”

“带出来见见呗！”

“甭想。还打不打，不打我走了。”

“打，打啊。不见就不见，这么大火气干啥……”

林嘉清一直记着周霄要自己早回，所以一到九点就往回赶了。

回到怡林园，迈进电梯，林嘉清直接按十二楼去周霄家。谁知一直没人应门，打他手机也不接。看看表，已经接近九点半。

林嘉清气闷：什么嘛，要人家早回，自己却跑出去，招呼不打，手机不接，他这是当真的吗？！

林嘉清转身回了家。

林嘉清洗好澡，换上睡衣出来，正好门铃响。

猫眼外，周霄一身篮球运动服站在那里。

林嘉清一边用毛巾揩头发，一边开门：“有事？”

她一只手拽着门把手，没有让周霄进来的意思。

周霄被挡在外面，知道林嘉清生气了，赶紧道歉：“我没听见手机响，等看到了回拨，你没接。”

“洗澡呢，没听到。”林嘉清把毛巾搭在肩上，绷着脸，“还有别的事吗，没事睡了，很晚了。”

“有事……领导临时抓我出差，明天一早就走，一个星期左右才能回来。”周霄磨磨蹭蹭，眼巴巴看着林嘉清。

“好呀，那你正好可以好好玩玩。”

周霄泄了气，无奈道：“那你锁好门，我……先回去了。”

“晚安。”

“晚安……”

林嘉清面无表情地关上门，却没走开，而是扒着猫眼看。

只见周霄垂头丧气，在门口站了一分多钟才走掉。

林嘉清赶紧跑进客厅拿起手机。

果真，她洗澡的工夫，周霄拨过两次电话，还发了一条微信道歉。

林嘉清瞬间心软了。

第四章 甜蜜与危机

去往 G 市的高铁上，周霄接到林嘉清一条微信语音："早点回来啊。不用回复了。"

"早点回来啊"这几个字林嘉清说得很古怪，用的是低了八度的调，撒娇耍赖的腔，"不用回复了"才是她自然的发声。周霄一愣。

周霄琢磨这是什么意思。

他猛然想起来，昨天傍晚林嘉清出门，自己就是这么嘱咐她的，不禁"扑哧"笑出声来。

林嘉清这是在揶揄他，同时也表明自己不生气了，等他回来。

"老周，笑什么哪？"坐在旁边的同事问。

周霄敛住笑容，道："没什么，看到个搞笑的段子。"

周霄郁闷一扫而空，顿时觉得车窗外的风景明亮起来。

高铁还没进站，周霄就联络经销商们，敲定磋商日程。他此刻已然归心似箭，想着早点结束公务返回江州。

下班了，林嘉清把白大褂在更衣箱里挂好，就去洗手洗脸。

刚要把两只手上的洗脸泡泡抹在脸上，什么东西擦着鼻子掠过，"啪"的一声落在面前的洗手池里。林嘉清本能地往后闪了闪，饶是如此，脸上还是被溅了些水。更衣室里的其他同事也都被吓了一跳。

林嘉清定睛一看，是一只装洗手液的空瓶。

循着瓶子丢过来的方向看去，戴丽丽站在门口。

“想干吗？”林嘉清强压怒火。

“是你想干吗?!”戴丽丽一只手臂舞动起来，尖着嗓子道，“那么久不找男朋友，是想吊着谁啊?!”

“找不找男朋友是我自己的事，和你有什么关系?!”

“我看你就是贱！”戴丽丽撕破脸了。

林嘉清把空瓶拎起来，甩到戴丽丽脚边，冷冷道：“再骂一句试试！”

戴丽丽也不示弱：“有本事砸我身上！”

一直以来林嘉清都很温和，从未变脸作色过，今天她的不退让把同事们都吓着了。大家赶紧过来拉架。

“有话好好说。”

“就是，是不是有什么误会啊。”

“有误会解释清楚，天天打头碰脸的，不要搞那么僵嘛！”

陶蜜插进来，把林嘉清拉到一边。

戴丽丽则冷哼一声，走掉了。

陶蜜低声告诉林嘉清，今天戴丽丽受刺激了，因为她去跟那男医生表白，被拒绝了，回来就哭了。现在她是来找林嘉清的晦气。

林嘉清无端挨了骂，被破坏了好心情。但她现在顾不上生气。龚问蕊买了新车，约她今天出去吃饭，眼下就在医院停车场等着。

林嘉清走到停车场入口，一眼看见戴丽丽和那男医生在前面面对面站着。

戴丽丽在哭，男医生半是尴尬，半是手足无措。

林嘉清脚下不停，想要尽快走过去，却被戴丽丽看见了。

戴丽丽一个箭步冲过来拦住她：“林嘉清，你是不是很得意?!”

“你想多了。”林嘉清试图绕过戴丽丽。

戴丽丽却不依不饶地堵着，并指着林嘉清问男医生："你拒绝我，是不是因为你还惦记她？"

男医生快步走过来，去拉戴丽丽："你别无理取闹！"

"我无理取闹？明明是她不要脸，有人包养还吊着你！"

"你说什么?！"男医生一脸震惊。

"我有说错吗?！"戴丽丽梗着脖子继续说道，"一个农村来的，吃的穿的用的，凭她这点工资消费得起吗?！"

林嘉清怒火中烧："农村来的又怎样？消费得起就一定是被包养吗？你有证据吗？没有证据就是造谣，我可以告你诽谤！"

"又不是我说的，是你从一个老男人的豪车上下来被人家看到了！"

林嘉清觉得戴丽丽特别无脑，特别庸俗："别人说什么你都信吗？今天我就告诉你：一我没有被包养，二我有男朋友。你不要再四处造谣，否则我不会轻易算了的！"

说完，她用力推开戴丽丽，头也不回地走了。

"同桌，你好帅！"龚问蕊赞道，"我都看见了，也听见了。"

林嘉清关上车门："真是被气死了！"

龚问蕊拍拍她的手："不气不气，气多伤身，等下请你喝啤酒哈！但是，我刚听见你说你有男朋友了，老实交代，是不是周霄？"

林嘉清系好安全带："别在车里说了，一会儿再告诉你。"

"好，那我们出发。"

火锅店里，林嘉清和龚问蕊相对而坐。

合上菜单，龚问蕊让服务员先上两罐啤酒和一杯酸梅汁。

龚问蕊打开一罐啤酒递给林嘉清，自己啜了几口酸梅汁。一会儿吃完饭，她开车送林嘉清回家，所以就不碰啤酒了。

"早想问了，你和周霄什么状况？"

"就是你想的状况。"林嘉清不打算瞒着龚问蕊。

“那这是正式在一起了啊？”

林嘉清抿一口啤酒：“嗯。对了，你刚才说‘早’是什么意思？”

“就班长宝宝百日宴第二天，周霄问我要你手机号码啊，我猜到了。百日宴那天就看你俩不对劲了，果不其然。”

龚问蕊又道：“其实我早就发现周霄喜欢你。”

接着，龚问蕊罗列了一堆证据：周霄对班里女生高冷，唯独对林嘉清不一样，每次发试卷发到林嘉清都要看林嘉清一眼，估计他自己都没发觉啊什么的，一直说到周霄加她微信后就没跟她说过话，第一次说话就是问林嘉清的号码。

“所以，我梦想的一对成真了！”龚问蕊得意扬扬总结道。

龚问蕊见林嘉清仍闷闷的，兴致不怎么高，猜她还是为戴丽丽别扭着。

龚问蕊犹豫了一下，问林嘉清：“我说同桌，问你个事啊，希望你不要介意哈……”

“问呗。”

“其实我回来江州咱俩第一次见面就注意到了，你家其实很有钱吧？”

林嘉清笑笑：“你从哪里看出来我家有钱？”

“因为光你戴的表就十几万了，包也很贵！”

“啊，有这么贵吗？”林嘉清有点吃惊，看看腕上的表，“表是我生日我爸送的，包是我妈给的，我觉得好看就常戴常拎，也没问过多少钱。”

龚问蕊把酸梅汁往桌上一蹾：“那你爸妈是真的有钱。也怪你平日不显摆，我都不知道，难怪那女的会造谣。所以啦，你还别扭个啥！”

林嘉清心想：也对啊。幸好戴丽丽不知道新房子的事，要知道了话更得难听百倍。

林嘉清问龚问蕊：“‘水果大师’你知道吗？”

“知道啊，林氏果业旗下的水果连锁店，我常买的。”

“我家的。以后别买了，直接拿……”

G 市是周霄读了三年研究生的地方，他对这里相当熟稔。

晚上八点多，与客户饭局结束，周霄没有跟同事一起乘车回宾馆。刚才白的红的混着喝了不少，酒力不小，不彻底散掉的话，明日可能会头疼，影响工作效率。再说，一会儿到了宾馆，还要跟林嘉清通话，别不清醒又说错话。林嘉清看着很温柔，想不到牙齿锋利，咬人还挺疼。

周霄信步走着，打算走一阵再叫出租车。

这一带是市中心繁华地区，又是晚餐高峰时段，街上人流如织。

周霄走着走着，只见前方人流向两侧分开，仿佛水流躲避河心礁。

又走了两步，周霄看得分明，人们绕行的是正在激烈争吵的一男一女，看两人神态，应是情侣关系。

只见女人长发凌乱，遮着面庞，一手捂脸，正与男的对峙。男人小平头，孔武有力，正恶狠狠地指着女人："我对你那么好，你要分手?！你早就不是处女了，除了我，谁还要你?！你怎么这么贱！"

周霄听在耳中，皱了皱眉，也选了一侧打算绕开。

女人大声道："随你怎么说，反正我要分手！"

男人被彻底激怒，一把扯住女人的头发。女人踉跄几步，发出尖叫。挣开男人的手不成，女人向男人的胳膊上狠狠抓下去，抓出几道深深的血痕。男人吃痛，松开手，一脚把女人踹倒在地，看看自己胳膊，欲上前补上两脚。

周霄实在看不下去，拦住男人："有话好好说！"

男人打量一下周霄，冷笑一声，甩掉周霄的手，仍欲上前。

周霄再次制止他。

"多管闲事是吧?！"男人怒极，一拳挥向周霄的脸，"也得看你有没有那个能耐！"

周霄上身闪开，同时脚下一别，男人猝不及防，单腿跪地。男人骂骂咧咧站起来，与周霄扭在一起，没几下又被周霄摔倒在地。

周霄见男人一时爬不起，松手站直，瞥到女人还在一旁，不由催促："还不走?！"

周霄与女人四目相交，愣住了："怎么是你?"

女人面露难堪，刚要开口，脸色一变，一边大叫"小心！"，一边想要推开周霄。

没来得及,周霄闷哼一声,踉跄倒地,昏了过去。

周霄睁开眼睛,发现自己躺在医院的病房里。

他想要坐起来,却一阵眩晕,不得不又躺下去。

“可算醒了,吓死我了……我去叫医生!”身边的女人惊觉,从椅子上站起来,“噔噔噔”地跑出去了。

片刻,医生走进来,女人紧随其后。

医生问周霄哪里不舒服。

“头晕,想吐。”

“你被重物击中了后脑,造成轻微脑震荡,头晕想吐是常见症状。你需要住院观察,症状消失,确定没什么问题,才可以出院。”

医生交代了一些注意事项,然后离开了。

周霄问女人:“什么重物?”

“啤酒瓶……”

女人踌躇片刻,道:“谢谢你,周霄。”

女人就是周霄向林嘉清坦白过的唯一曾交往的女友,叫陈惜文。

周霄淡淡道:“不用谢,换了是别人,我也会这么做。”

陈惜文表情十分尴尬:“让你看到我出丑了……”

周霄似乎没听见,缓缓坐起身来,四下摸索:“我的手机呢,你看到我的手机了吗?”

“你手机摔坏了,我拿去修了,要明天中午才能取。”陈惜文赶忙回答,又低声道,“真对不起……”

“能借你的打一下吗?”

陈惜文把自己的手机递给周霄。

周霄拨通一同出差的同事的手机。

同事一直联系不上他,正急得要死,差点就报警了。周霄把事情的经过简单说了,问了医院的地址告诉同事。

周霄把手机还给陈惜文："你回去吧。我同事明天上午过来，我没什么问题，你帮我把手机取回来，其余时间就不用来了。"

陈惜文眼圈红了，带点哭腔道："你就这么不想见到我……"

"是的，我们没有再见的必要。"

从研一开始，同系同级的陈惜文就开始苦苦追求周霄。

当年在F大，陈惜文也是风云人物。

陈惜文容貌妍丽，身材窈窕，性格泼辣，伶牙俐齿，有"万人迷"之称。除此之外，她学业、各方面的能力和家世也很出众。集美貌和才华于一身的陈惜文追求者众多，而她独独倾心于周霄。

越是得不到的就越是要追求。陈惜文或许从出娘胎起就没有求而不得的东西，所以在被周霄拒绝后，她反而更起劲了。陈惜文绞尽脑汁，对周霄穷追猛打，又是惊喜，又是虐恋，无所不用其极，直把她的单相思搞成了沸沸扬扬的校园艳事。周霄拿她是真没办法，为了缩小影响，只得答应跟她交往试试。

陈惜文绝对不是周霄喜欢的类型。周霄答应跟陈惜文"交往看看"，真的就是这几个字的表面意思：他们一起吃饭、学习、运动和娱乐；牵手可以，陈惜文主动；以身相许，不可以。

陈惜文不理解，说周霄保守。周霄跟她挑明了，要确定可以走下去，才有可能。并且，周霄批评她行事太过张扬，说自己很不喜欢。

陈惜文不由苦笑：都没有实了，连名也不让有吗？

这样过了几个月，陈惜文觉得，这场恋爱谈得没有滋味。

不能说周霄不关心她。周霄在生活上照顾她，学业上也对她多有帮助。两个人也有一些共同话题，还曾探讨、争论问题直到深夜。但在肉体关系方面，周霄就是严防死守，不让她有可乘之机。

陈惜文渐渐明白，自己得到了周霄身边的空位，但没有得到他的心。

失望之余，陈惜文也闹过，也哭过，也醉过。她也需要跟人倾诉她的失意，包括异性，这些异性中不乏早对她怀有心思之人。

陈惜文与别人稀里糊涂发生了关系，还怀孕了。

陈惜文还不想就这么失去周霄，尽管说不上她曾经得到。她偷偷做了流产手术，想把这件事隐瞒过去。但是与她发生关系的男生不肯甘休，丑事终究是传扬开来。

当然，周霄坚决地跟她分手了。

林嘉清心神不宁。

昨天晚上周霄没打电话过来，林嘉清想他不可避免要应酬，就没打搅他。

今天上午也没有电话，林嘉清就有点埋怨他。

她趁中午休息拨周霄手机，连拨了两次都关机。

林嘉清以为周霄手机没电了。

到底不放心，午休结束前，她再次拨过去。

仍旧是关机状态。

林嘉清不免胡思乱想：手机丢了或被偷了，要么，人出事了？

一下午的班就没上踏实。熬到下班，林嘉清又给周霄拨过去。

这次开机了，但好久也没人接。林嘉清刚要挂断，手机接通了。

“喂，你怎么样……”林嘉清问。

“你好！”那端传来年轻女子的声音。

林嘉清看了一眼屏幕，确认自己没有拨错。

“请你让周霄接电话。”

“他现在不方便。”手机挂断了。

林嘉清举着手机怔怔地站着。

不方便接电话是什么意思？这女人又是谁？

“屏幕已经换好了，您看一下，启动没问题。”

专修店员工把手机递给陈惜文。

陈惜文看了下屏幕，注意到有未接电话提醒，顺手就划开看。

她看到是一个备注“Darling”的未接来电，今天中午拨过好几次。

饶是有心理准备，陈惜文还是感到很不是滋味。当年与周霄谈恋爱时，周霄可没有给自己的号码这么甜腻的备注。

她把手机丢到包里，悻悻地往医院走。

快到医院门口，手机又响了。熬不过嫉妒心，陈惜文把手机掏出来看。

果真，又是那个“Darling”。

陈惜文一咬牙，按下接听键。但听手机那端一个悦耳的女声问：“喂，你怎么样……”

陈惜文用一句“你好”截断对方。在对方要求与周霄通话后，她只说周霄不方便接电话，然后马上挂断。

陈惜文是故意的。

她想：宝贝，你就先不舒服几天吧。

陈惜文撇撇嘴，删除了通话记录，把手机关掉。

同事揶揄周霄：“你不是有女朋友了吗，掺和人家男女朋友的事，闲得啊？这英雄当的，变病号了，冤不冤啊。”

“冤。”周霄也不分辩。

“那当事人呢，也没来送锦旗吗？”

同事话音刚落，陈惜文就拎着餐盒进来了。

周霄道：“这位就是当事人。”

同事见是一位美女，意味深长地看着周霄，那意思是说，果真无利不起早啊。

陈惜文已经猜到病房里的陌生人是周霄同事，落落大方地把餐盒放在床头桌上：“我带了饭过来，应该比病号饭可口些。这是你的同事？”

同事道：“是。”

“吃过了吗，要不要再订一份……”陈惜文热情洋溢地问。

“手机修好了吗？”周霄打断她。

“修好了，修好了，正要给你。”

陈惜文赶忙从包里翻出手机递给周霄。

周霄接过手机开机，眼皮也不抬："多少钱，我转你。"

"不用，不用转……"陈惜文急忙摆手，"我还没好好谢你呢。"

"谢谢你帮我修手机。"见陈惜文没有要走的意思，周霄道，"有同事在这里陪我就行了，我也快出院了，你以后不用来了。"

陈惜文脸色顿时变得十分难看，看看周霄，又看看同事，强作微笑道："那……我就走了。"

同事目送陈惜文离开病房，问周霄："你这是救了仇人的女儿？"说罢，难以置信地摇摇头。

周霄在看手机。

林嘉清没来电话，没发微信，也没发短信。

第三天上午，周霄实在观察不下去了。

他去找住院医生，说症状都已消失，要求出院。医生为他检查一下，觉得并无不妥，就答应了。

周霄出了这桩意外，同事把公务都接过去办理，他可以直接返回江州了。

周霄拜托同事将行李拿到医院来。他办完出院手续，直奔高铁站。

周霄急着回去，是因为没联系上林嘉清。昨天手机送回来后，他给林嘉清打电话，林嘉清不接，微信、短信也不回。

周霄心里忐忑不安。

原本两人已经和好，林嘉清为什么突然又不理自己，他需要马上知道答案。

林嘉清已经睡下，迷迷糊糊听见门铃在响。

她起身走到门前，从猫眼往外看。周霄拖着拉杆箱站在门外。

林嘉清把门打开："先进来吧。"

周霄进屋，把拉杆箱立在玄关处，跟着林嘉清走进客厅。

“怎么不接电话？”周霄从身后抱住林嘉清，“还在生气吗？”

林嘉清转身面向他：“倒不是生气……昨天我拨你手机，开始时一直关机，下班后再打，是一个女人接的，她说你不方便听电话。”

周霄略一思索，恍然大悟。

“她说你不方便接，不等我再问，就挂断了。”林嘉清认真地看着周霄的眼睛，“我觉得这样的事，手机里说不清楚，你跟我说了我也难免怀疑，就想等你回来当面解释。”

周霄看着林嘉清清澈的眼神，感动于她对自己的坦白和信任。

周霄拉着林嘉清在沙发上坐下：“我出了点意外，住院了。到G市第一天晚上，在街上遇到一对情侣吵架，男的在打女的，我拉架时被男的用酒瓶砸到了头，轻微脑震荡，手机屏幕也碎了，那女的帮我去修的，第二天傍晚才替我取回来。我怕你担心，就没敢说。”

“那你现在好了没？”林嘉清马上去扒周霄的头发检查。

“已经没事了。”周霄捉住林嘉清的手，再次搂住她，“你不接我电话，我只好飞奔回来。”

“没事就好。你也真是，行侠仗义也不一定非要动手啊，这种情况，报警处理最稳妥。”林嘉清窝在他怀里埋怨道。

“好，听你的，下次我就报警处理。”

“还有下次啊，武侠小说看多了吗？”林嘉清突然直起身子，“对了，吃饭了没？”

周霄立马换上一副哀怨的表情：“没有，一路都没心情吃。”

林嘉清白他一眼：“想吃什么，面条可以吗？”说着就要起身。

周霄再次把她拉回怀抱：“叫外卖就好，多抱一会儿。”

于是两人又抱了一会儿。

周霄用手机点了最近的外卖，外卖小哥果然到得很快。

两人挪到餐桌那里，周霄吃，林嘉清托着腮看他吃。

周霄是真的饿了，不免狼吞虎咽，林嘉清忍不住道：“慢点吃，多咀嚼几下再咽，不然伤胃。我早就发现你这个坏习惯了。”

“我早就发现你吃不惯外面的东西了,你老实说,是不是挑食?”周霄逗林嘉清,“差点就被你骗了,还真以为美女饭量小,可每次我做饭,你都吃起来没完,看得我心惊胆战。”

林嘉清脸一红。自己挑食是真的,周霄做饭对自己胃口也是真的,但承认哪个自己都落了下风。

“我才没有挑食！我就是觉得外面的饭菜不健康。”

“我现在担心的是将来恐怕要被你吃穷了。”

“你！”林嘉清给了周霄两记粉拳。

周霄餐盒一推,任她打,两只眼睛热辣辣地盯着她看。

林嘉清看一眼餐盒,见里面还剩了一点:“怎么不吃了,饱了吗?”

“没饱,不想吃了,想吃别的……”

林嘉清的脸腾地红了。

两人都不说话,气氛变得暧昧起来,空气温度也在升高。

周霄推开椅子站起来,过去拉起林嘉清,端详着她的脸,一点一点凑近。

“家里有水果……”林嘉清想逃。

周霄的手牢牢地定住她,带着一股温热的气息俯身下来。林嘉清没有再躲,而是仰着脸,闭上眼睛,接住了这个吻。

吻逐渐加深,林嘉清睫毛微微颤抖,双手轻轻环上周霄的脖颈。

周霄气息渐重,双臂用力,马上就要抱起林嘉清……

餐桌上周霄的手机响了,一边响一边打转。

两人停下来,两双眼睛望向手机。

手机很固执,继续响,继续打转,没有要停的意思。

周霄一只手揽牢林嘉清,腾出一只手按下免提键。

“大哥,不好意思,我是刚才送餐的外卖小哥,劳驾给个好评。我一直等着,看没有动静,就想着提醒一下。你看,集五星呢,这么晚了,送外卖也不容易……”

“你……”周霄被气笑了。

周霄这边手略一松，林嘉清趁机挣脱开去，跑得远远的。

“大哥……”

“好，好，我马上评……”

林嘉清“扑哧”笑了。

周霄打完分，再去抓林嘉清，林嘉清躲来躲去，不让他得手：“已经很晚了，赶紧回去休息！”

“我不能留下来吗？”

“不能！”

“那我睡沙发！”周霄往沙发上一躺。

林嘉清走过来，扯他起来，正色道：“你回去，我不要那么快！”

周霄见林嘉清很是认真的样子，无奈地叹口气，去取外套穿上。

林嘉清送他出门。

“对了，我不在这几天，你一个人还好吧？”临出门，周霄问林嘉清。

“还好，就是……和人吵了一架。”

周霄已经探出去的脚又收了回来。

林嘉清把戴丽丽的事简明扼要地跟周霄说了。

周霄开始还紧皱眉头，听到最后笑了：“你还挺厉害的嘛，不算太吃亏。我现在也怀疑你是藏着尖牙利爪的一只猫，不是表面看起来那么乖。”周霄点点林嘉清的鼻尖。

林嘉清道：“这件事确实让我郁闷来着。不是什么好事，本来不想告诉你，可我想跟你倒一下比较痛快。我想她应该不会再纠缠我了。”

周霄摸摸林嘉清的头：“痛快就好。不过，我觉得你还是想简单了。就是你跟她说有男朋友，她不一定就信，又或者认为你的男朋友拿不出手，除非亲眼见了。我看，还是我去会会她好了。”

这话周霄是认真说的。

林嘉清赶紧阻止他：“不用，不用你出面，我自己能应付。”

周霄回身往客厅走：“就这么定了，我睡沙发，明早和你一起上班！”

三推两搡，林嘉清将周霄铲出门外，反手丢出了他的拉杆箱。

“晚安！”门“砰”的一声关上了。

马上到中午休息时间，窗口也没了取药的患者，林嘉清将上午的票据汇总，叠整齐，再用夹子夹好。

“嘉清，你男朋友说找你！”一名同事从窗口一闪而过，奔进药房。

林嘉清一惊。

但见那名同事两眼灼灼放光，向其余同事广播道：“林嘉清的男朋友来了，好帅啊！”

药房里顿时一片椅子腿响，大家一齐扑到窗口。

林嘉清此刻只想缩小影响，也顾不上换下白大褂，拎了包就往外走。

窗口到底视野太小，同事们嘻嘻哈哈跟着林嘉清出门，沿着走廊站了两排。

周霄就引人注目地站在候诊区。

“你怎么来了？”林嘉清低声埋怨他，“还有，来就来了，又不是不知道我在哪儿，发微信就得了，问什么问，故意的哈！”

周霄笑着低头看她：“怎么，难道我还得偷偷摸摸地走后门吗？”

林嘉清用两根手指捏住周霄的衣袖，拉他下楼：“赶紧走……”

来不及了，同事们追过来，把林嘉清推到一边，团团围住周霄。

“嘉清，这是你男朋友啊……”

“好帅啊，怪不得藏着掖着！”

“嘉清，保密工作做得不错啊……”

话是对林嘉清说的，眼睛都盯着周霄。

“没错，我是林嘉清的男朋友。”周霄笑嘻嘻的，露出整齐的白牙齿。

陶蜜也在人堆中，她一眼瞥见戴丽丽从旁经过，故意提高声音：“嘉清，不是我说你，你早该带来给大伙儿看看，省得有人编派你！”

戴丽丽鼻子里哼一声，往药房走去。

林嘉清挤进人堆，拉住周霄的手，央求道：“我们走吧。”

“好，我们去吃饭。”周霄就势与林嘉清五指相扣。

两个人手牵手拐向楼梯间，留下众人在那里赞叹。

“好般配啊……”

“说的是呢。林嘉清那么漂亮，一般人怎么可能看入眼……”

林嘉清和周霄将要走出门诊大厅，冷不丁听见身后传来一句：“你知不知道，你女朋友可是被人包养的。”

两人转过身。只见戴丽丽站在几步之外，一脸讥诮地看着他们。

林嘉清很诧异：她怎么还跟过来了！

周霄眯起眼睛：“你知道自己在说什么吗?！”

戴丽丽挺挺胸脯，一副成竹在胸的样子：“要是你没注意到，我可以提醒你：林嘉清的衣服，她的表，她的包，都是奢侈品，可不是一个工薪族负担得起的。你该问问清楚，是什么人给她提供的……”

林嘉清嘀咕一句：“又来了！”正欲上前，感到周霄用力攥了一下自己的手，于是停住不动。

周霄神色变冷，语气变硬：“原来就是你，就是你在给林嘉清造谣，恶意诋毁她！”

“造谣？”戴丽丽一副笑弯了腰的样子，“老男人豪车接送，有目共睹，这也是造谣？看你也挺年轻的，一定没什么经验。告诉你吧，林嘉清她家是农村的！这些她都没跟你说过吧?！我现在就让你知道，你好好想想吧！”

周霄上前一步。林嘉清从侧面看到他的脸，线条全部变得硬邦邦的，眉毛高高挑起。

戴丽丽不由后退一步：“你……想干什么？”

“就这些，说完了？说完了你就跟我们到院领导那里走一趟，把这些话跟院领导重复一遍！”

戴丽丽愣住：“我凭什么跟你们去?！”

“你跟我们去，就证明你所说都是真的，且有真凭实据；你不去，我们去，去问问堂堂三甲医院怎么能允许随便诽谤同事！走吧！”

周霄拉着林嘉清向戴丽丽走去，伸出左手就要扯戴丽丽走。

戴丽丽惊慌失措，后退两步，为了躲周霄的手，甚至还把腰弯了一弯。

戴丽丽瞪大眼睛惊恐地望着周霄。

周霄面无表情，垂眼看着戴丽丽："你要是不去，就把嘴闭上，不要让我再听到你造谣！"

戴丽丽在周霄的凝视下，身形一点点萎缩，好像就要蜷起来。她脸色苍白，嘴唇哆嗦，一句话也说不出来。

林嘉清拉了拉周霄："好了，我们走吧。"

"你说了什么，以及你为什么说，林嘉清早告诉我了。我刚才说的，你若不信，可以一试！"周霄说着，揽过林嘉清，"我们走。"

"我们去哪儿吃？"

"回怡林园。菜我都做好了，三个家常菜，一个山药排骨汤。"

"你今天不用上班的吗？"

"还没恢复嘛，多请了一天假。"

"你其实不用跑过来接我，打个电话我不就回去了。那你来，是替我撑腰啊，还是刷存在感啊？"

"一半一半吧。"周霄眼睛看着前方，"怎么，没事先打招呼，你生气了？"

"有点。"副驾驶位上的林嘉清轻轻抱住周霄右臂，把头在他肩膀上蹭蹭，"谢谢。"

林嘉清若是提前知道定不会让他来，但他来了，林嘉清还是很感动。

"那么，我表现得怎么样？"

"帅呆了！"林嘉清笑道。

林嘉清撑到了。

她斜倚在沙发上，苦着脸对周霄道："知道吗，你这样也不对，撑到了比饿着要难受多了，也有害多了。以后少做一个菜……"

周霄笑道："我做你就要都吃光吗？你可以少吃一点嘛。"

"总之，你这样很快会惯坏我，我呢，会胖得没法见人。"

“大不了每天晚上多陪你散会儿步嘛。做好准备吧，这才刚开始呢。要喝水吗？”

“要，喝一点，排骨汤有一点点咸。”

周霄端来两杯水，林嘉清接过一杯，抿了几口。

周霄握着自己那杯，偏头对林嘉清道：“我好像没和你说过我家里的情况。”

林嘉清愣了一下，点头道：“是，没说过。需要说吗？”

“需要。我先说：我是独生子。我妈是医生，现在已经退休了。我爸和我妈一个系统的，当局长……”

经常来医院检查工作、名字出现在院务简报上的领导竟然是男朋友的父亲，这可是林嘉清没想到的。

“我们已经在一起了，却还没有交换过家里的情况。先说明，你家里什么情况都不影响我对你的感情，这是两码事。不过，迟早有一天我们得去见对方父母，老人家的喜好总还是要提前知道的，有备无患嘛。”周霄手一摊，“好了，到你了。”

林嘉清见周霄是认真的，话也在理，便也如实交代了自己家的情况。

“原来我女朋友是富家千金。”周霄笑道，“怎么办，感觉有点配不上你了。”

“好像真是这样……”

林嘉清要回医院上下午班。她不许周霄再送她过去，说自己叫出租车来去也很方便。

“你还是少去为好，太引人注目了。”

“引人注目是坏事吗？”

“是的，太坏了。”林嘉清重重点头道。

周霄笑笑：“听你的。”

“我今晚在我爸妈那里吃，你先不要吃，我给你带饭回来。”林嘉清出门时周霄嘱咐道。

“知道了。”

周霄目送林嘉清迈进电梯。

他真的很想带她一起回去，只要她愿意。

周霄喜欢林嘉清的一切，除了她清丽的容貌，还有她的善良真诚，她的安静从容，她的自尊低调。一个人甘愿低调，也就是不慕虚荣，更注重内在。高中时代，周霄还没有现在这么成熟，但已经模模糊糊感到林嘉清这种品质。今天听了林嘉清的介绍，周霄才知道她的家境远比自己想象得更富有、更优越，而她竟然瞒过了所有人。

周霄到家的时候，天色已经有点暗了。

客厅里没人，灯也没开，倒是厨房里大放光明，杯盘叮当作响。

周霄顺手把客厅的灯揿亮，走进厨房：“妈，做什么好吃的呢？”

就见厨房操作台上和地上摆着各种食材，阵势快赶上过年了。周母就在这些食材当中忙碌着。

周霄诧异道：“怎么这么多菜？”

周母没回答他，却只朝他身后瞅：“人呢？”

周霄乐了：“难道我不是人？”

“你女朋友呢？”周母瞪他一眼，“我收到你的短信就去了菜市场，买了这么多菜。”

“妈，我没说要带女朋友回来啊。”

周母顿足道：“你是没说要带女朋友回来，可你说了要多做啊。”

“我是说了多做点，”周霄指指四周的食材，“可我也没说让您把菜市场搬回来啊。”

周母沉着脸，一副懒得理他的表情，从抽屉里撕了好几只保鲜袋出来，开始把洗好的菜每样分出一部分，装起来往冰箱里放。

“怎么，合着您不打算给我做啊？”

周母悻悻道：“做那么多哪吃得完！”

“不逗您了，吃得完，我给我女朋友打包带回去，”周霄按下周母的手，

“真的，她下午上班，我带晚餐给她。”

周霄眼见周母的表情变了几变，最终停在一种且喜且忧的状态：“你们……住在一起了？”

“没有，还没有……”周霄赶紧否认，“哪能那么随便啊，要住一起也得您见过不是。”

周母拍拍胸脯压惊：“算你小子有良心。”

周母把装起来的菜重又拿出来。

周霄略一沉吟，补充道：“是这样，她生日的时候，她爸送了一套房子，刚好也在怡林园，刚好和我同一单元，楼上楼下。”

周母哪里听不懂这话的内涵：“哦，你这是替女朋友炫富来了？好像你老妈多拜金似的！告诉你，房子好是次要的，重点是人好。长手长脚的，别在这里碍事……”

周霄被撵出厨房。

周霄在客厅里转了转，走进自己的房间。

他从书架上取出高中时代的相册，边看边挑，最后把挑出来的照片装进一只大信封。他打算一会儿带回怡林园。

听见门响，周霄从房间探出头来：“爸。”

周父边换拖鞋边问周霄：“又不是休息日，大老远跑回来，有事？”

“算是有吧。”

父子俩坐在客厅沙发上，周霄跟周父小声说了半晌。

“属实吗？”周父问。

“属实。”周霄伸出两根指头发誓，“您可以自己去了解。作为领导，您也应该了解一下。”

周父说：“我肯定得了解，不能听你一面之词。如果确实到了侮辱他人人格的地步，这样的员工必须批评教育。”然后盯着儿子的眼睛问道：“以后结婚的就是这个了？”

“就这个了。”

周父拍拍周霄肩膀：“找个合适的机会，带姑娘回来吃个饭。”

"好。"

到底是父子,直来直去。

一家三口吃过饭,周霄和周父合作,把锅碗瓢盆洗刷干净。而周母在一旁打包,用的还是崭新的饭盒。

"这是给几个人吃啊?"周父见周母将饭菜一遍遍压实,诧异道,"这么多,他吃得完吗,把你儿子当猪啦?"

周霄有些不好意思:"爸,这是给我女朋友带的。"

周父转头瞪着他,用表情说:还没过门呢,就一心向着媳妇。

"妈,够了够了,她吃不了这么多。"周霄阻止母亲。

差不多七点半,周霄不再多留,拿起饭盒就走。

周母追到门口,冲着他的背影说:"人要带回来,敢骗吃骗喝,打断你的腿!"

锁好车,周霄拎着饭盒直奔九楼。

"怎么回来得这么早?"林嘉清有些意外,"不是好久没回去了吗。"

"开饭早,吃完没事就回来了,"周霄把饭盒放到餐桌上,"怕你饿。"

林嘉清打开饭盒,看见里面满满当当的饭菜,惊叹道:"好多啊!好香……"

她早饿了,刚想撕开饼干袋,他就回来了。

周霄去厨房拿了碗筷出来。

林嘉清伸手接过:"怎么想到要给我带饭?"

"给你换换口味。"周霄说,"我妈还以为我带你回去,做了一大桌子菜,结果没等来媳妇,就让我兜回来了。我还被我爸笑话。"

林嘉清筷子停在空中,抿了一下嘴唇:"叔叔也……知道我了呀?"

"知道啊!"周霄笑道,"我爸也知道。一整个晚上,他们几乎都在问你。"

林嘉清微微脸红:"我说我怎么一直打喷嚏……"

"那你爸你妈知道我不,还有你弟?"

"那你打过喷嚏没?"

“没有……”

戴丽丽变安分了。

自那天被周霄教训过,戴丽丽在科室都是避着林嘉清的。林嘉清倒没觉得多解气,只觉得眼前耳根清净了许多,清净得舒坦。

中午休息时,陶蜜把林嘉清拉到一边,小声对她说:“哎,听说了吗,戴丽丽挨批了……”

看林嘉清的表情,陶蜜就知道她一点不知情:“她昨天下班被陈组长叫到办公室去了,回来的时候两只眼睛都是红的,哭过了。活该!我也忍她好久了!”

陶蜜话音刚落,戴丽丽就进休息室来了,径直走到林嘉清跟前,大声质问:“是不是你搞的事?”

“我一个农村来的,哪有那么大本事!”林嘉清淡淡道。

“不是你是谁?你男朋友才来……才来……”戴丽丽说不出口,自己把自己憋住了。

“我男朋友忙得很,没空理你。”

陶蜜插进来:“你不要什么事情都赖嘉清好不好!你得罪的人可多了去了,连旁人看着都生气!”

“你们!”戴丽丽指指陶蜜,又指林嘉清,手抖抖的,恨恨地看着两人,说不出话来。

吃晚饭的时候,林嘉清说起了戴丽丽挨批的事。

林嘉清发现周霄丝毫不惊讶,心里起了疑:“这事和你有关?”

“我跟我爸提了一下。”周霄坦然承认。

“你怎么能这么做?!”林嘉清放下筷子。

林嘉清有些生气:不和自己商量,擅作主张!再说了,找他爸帮忙,他家里人会怎么看自己?

“怎么了,难道要我看着你被人欺负?”周霄不能理解林嘉清的反应,

“再说了,就是批评教育一下,对她自己也是有好处的,省得她将来闯出大祸。”

“你替我出头,对我好,我很感动,但是不觉得非那样做不可,因为我自己能应付、能处理。还有,麻烦你爸之前,你就不能跟我商量一下?”

周霄顿时明白自己错在哪里,拉过她的手握住:“对不起,是我错了,以后有什么事我都和你商量。”

林嘉清甩开他的手:“我发觉你一点都不了解我,我不要面子的吗?!”

林嘉清终于发现周霄的缺点了,就是只要他觉得是为对方好,就怎么做都对,就不征求对方意见,太过独断,太过大男子主义。

“对不起,是我不对,我没意识到我女朋友不仅漂亮,还很有主见,不喜欢被人越俎代庖。”周霄观察着林嘉清的脸色,“我保证,我保证以后一切事都和你商量再做决定!”

不知道为什么,林嘉清觉得周霄紧张兮兮的样子很可笑,气不起来了。

她说:“算了……”

话音未落,周霄猛地拉开椅子站起来:“什么算了?!我不同意!”

林嘉清被周霄的举动吓了一大跳,随即反应过来:他以为自己在说和他的关系算了。

林嘉清哭笑不得:“我的意思是不打算继续生你的气了。下次不许……”

“那我同意!”周霄坐下来,把筷子塞回林嘉清手上,“继续吃,还有汤没喝呢……”

江州夏季漫长,纵然到了九月,也还是仲夏景象。

江州市钢铁集团庆中秋的活动中有一场篮球比赛,周霄作为主力参赛。

林嘉清下班后回家换了衣服,打车赶到篮球馆。下车看表,六点四十五,时间刚刚好,比赛晚七点整打响。

周霄一身黑色篮球服,拎一只纸袋,立在篮球馆门口。

周霄上前几步牵过林嘉清的手，认真打量一番后赞道："很漂亮！"

林嘉清调皮地轻轻转动一下裙摆。

"真的……要这样吗？"当周霄跟林嘉清说让她去观赛时，她觉得有点不好意思。

"这不是你的愿望吗？你说想看男朋友打比赛，递水、拿外套什么的。"

林嘉清脸红了："可那是十年前的愿望啊，现在我都老了。"

"那就补上啊。不是说荒废了十年的时间，很可惜吗？"

林嘉清想想，觉得也对，遗憾还能弥补却不去做，真就永远是遗憾了。

所以，她今天盛装前来，心里还为自己点赞，觉得自己勇气十足。

周霄领着林嘉清走进篮球场。

场外乱哄哄聚着很多人。

一个圆脸的小伙子招呼周霄："跑哪儿去了，找你半天，马上开始了。"随即看到林嘉清，眼睛一亮："这是……"

"我女朋友，林嘉清。"

林嘉清笑盈盈地跟圆脸小伙子打招呼。

"哎呀，原来是嫂子，幸会幸会。我和老周一个部门。怎么这么眼熟，总觉得好像在哪儿见过嫂子……"

周霄瞥他一眼："上场了。"

圆脸小伙子很识趣，恋恋不舍地走开。

"你不去吗？"林嘉清看周霄不动，疑惑地问。

"去。"周霄说，把手上的纸袋递给她，"你拿这个。去记分牌那儿，那儿有专座。"

周霄跑步上场，林嘉清走到摆记分牌的桌子后面，在空位上坐下。

纸袋有些分量，林嘉清好奇地打开看看，里面装着矿泉水，想起愿望里有送水这一情节。

真的是要演全套啊。林嘉清不由抿嘴偷笑。

自打林嘉清过来，负责记分的两个年轻女孩不时偷看她一眼，又转过头去嘀嘀咕咕。

比赛开始。

一切都跟设想中一样。身材高大、皮肤白皙的周霄在球场上格外引人注目，他每次进球都赢得格外响亮的掌声和喝彩声，其中，女观众贡献尤多。

林嘉清目光追随着周霄的身影。

在她看来，周霄在球场上的表现正是“神采飞扬”这几个字所描述的，而自己的心情可以用“甜蜜”来形容。一时之间，她很后悔高中时没有去看过他打比赛。

原来看男朋友打比赛是这样的心情！

中场休息的哨声响起。周霄抬起手臂抹了抹额头上的汗，径直向林嘉清走过去。

记分的女孩们激动了，嘴里小声念叨着：“这边，这边，哎——他朝这边走过来了！好帅啊！”

林嘉清“扑哧”一笑。

周霄从两个女孩身边走过，来到林嘉清面前：“在笑什么？”见林嘉清眼睛弯弯的模样，忍不住去弹她的额头。

林嘉清抓住他的手，不好意思地看了一眼那两个女孩，她俩正回过头来盯着这一对神仙眷侣。

周霄笑着问林嘉清：“进入下一个环节……”说着向纸袋方向努努嘴。

林嘉清这下忍不住了，笑得全身快软了。

好不容易忍住，仰起脸问周霄：“你渴吗？”

周霄点点头，嘴角微翘。

林嘉清取出矿泉水，递给周霄。周霄拧开，仰着头灌下去一大半。

周霄拧好盖子，把矿泉水瓶仍给林嘉清拿着，笑眯眯地看着她。

中场休息结束，周霄返回场上。

那两个女孩嘀咕一阵，回过头来，小心翼翼地问林嘉清：“你是周霄的……女朋友吗？”

林嘉清点点头:“是。”

“哇,太厉害了!”两个女孩对视一眼。

“厉害……吗?”林嘉清不懂。

一个女孩说:“周霄帅到让人害怕的程度,他女朋友能不厉害吗?我们集团公司好多女孩都想追周霄,但都只是想想,没一个敢付诸行动!”

“为什么啊?”林嘉清好奇了。

另一个女孩说:“觉得一定会被拒绝呗。他不说话,用气场也把你压倒了……”

林嘉清拼尽了全身力量才忍住不大笑出来。

“他对你好温柔啊!真让人羡慕嫉妒羡慕!”

“是啊是啊!”

林嘉清觉得这两个女孩可爱极了。

下半场结束,三十五比二十二,周霄一方完胜。

周霄晃晃荡荡向林嘉清走来。

经过观赛的同事们面前,就听得同事们一句接一句:

“老周,你行啊,秘而不宣……”

“神仙女友啊!”

“一会儿聚餐带上啊。”

“帮问下有妹妹吗……”

周霄只回答了最后一问:“有弟弟,行吗?”

周霄走到林嘉清面前:“回去吃?”

“好。”林嘉清把手伸给他。

林嘉清挽住周霄一只胳膊,微微红着脸,在口哨声、起哄声中穿过人群,向篮球馆出口走去。

走出篮球馆大门,林嘉清把头靠在周霄的肩膀上,就这么走到路边。

“好像穿越了一样。”林嘉清说道。

“什么穿越?”周霄不解。

"就是穿越到高中啊,把那十年补回来。"

周霄与林嘉清相视而笑。

周霄冲好澡出来,林嘉清正好将最后一道菜端上桌。

"国庆假期之后有空吗?"周霄问林嘉清。

"怎么?"

周霄问林嘉清想不想去三亚玩。国庆假期之后他去三亚出差,公务占一天半,完事后可以逗留几天。

林嘉清眼睛亮亮的:"去几天?"

"五天吧。"

"我想去,但我得先去看一下排班表。今年的公休我已经用完了,要连着休只能跟别人换班,有换不成的可能性呢。"

"确定能去了就和我说,我来订机票。"

吃完饭,林嘉清要去洗碗,被周霄接过去了。

林嘉清乐意至极:"这个可以有。"自己去看电视了。

不一会儿,周霄把厨房收拾利索,坐到她旁边,从茶几下面拿出来一只纸袋:"看这个。"

林嘉清顺势靠在周霄身上。

周霄从信封里抽出一张照片,放到她手上。

"高中毕业照啊,我也留着呢。我还一直好奇,大家都在笑,你为什么不笑?"

"因为不开心。"

"为什么不开心?"

"因为我喜欢的女孩换位置了,换到了这儿。"周霄伸出手指,点点照片里的林嘉清,"拍照的时候,我特意磨蹭,等她站好,我站到她身后去。可是不知为什么,她换了位置,那时我已经没法换了。我一直想知道她为什么换位置。以前我以为她讨厌我,现在我知道她也喜欢我,那她为什么要躲开?"

周霄侧过头来盯着林嘉清:"说啊,林嘉清同学。"

“她当时以为你是特意选了江漫后面站着，就躲开了。”林嘉清答道。

周霄仔细看照片。果真，江漫就在自己前面。

“我根本就没留意江漫站哪儿好不好。”

“可她注意到了啊，不开心，所以就走开了。”

“不开心还笑得这么甜?！”周霄指着照片嚷道。

“我也不想啊，摄影师不是让喊‘茄子’吗?！”林嘉清瞪起了眼睛。

周霄语塞，悻悻道：“你有理，你都对！”

周霄十一点多才肯回家睡觉。出门前磨磨蹭蹭的，末了，勒索走一个长吻。

林嘉清觉得赶他回家越来越不容易了。

林嘉清一到药房就去看墙上的国庆假期排班表。

国庆假期七天，她要值三个班，和谁换班好呢?林嘉清认真地研究着排班表。

陶蜜从休息室出来，路过林嘉清身边，跟她打招呼：“嘉清！”

林嘉清一把抓住陶蜜：“你来得正好，我想跟你换班。”

“没问题。”陶蜜突然醒悟，“啊，你要跟大帅哥出去玩对不对?”

林嘉清点点头。

陶蜜一脸悲戚地说：“自从你有了大帅哥，就很少陪人家了。不行，不能就这么饶了你，你得带很多很多好吃的给我……”

“我保证！”林嘉清很愉快地发誓。

换班意味着林嘉清国庆假期要连值六天班，偏生今年中秋跟国庆假期重合，也就是说，她中秋也不能回家了。

中秋节当天，林母很早就起来做饭，然后把林嘉清爱吃的打包，让林嘉庆送过去。

林嘉庆中午之前到怡林园，因为东西多，把林嘉清叫下楼来。

林嘉清接过两只沉甸甸的超大号饭盒，实在觉得夸张：“怎么拿了那多么？”

“还不是怕你下班后要现做饭，太辛苦。等等，还有呢……”林嘉清跑到车后，从后备厢里取下三只“水果大师”中秋礼盒。礼盒是特别定制的，应该是当季极品。

林嘉庆让林嘉清把饭盒拿上去，自己一口气把三只礼盒塞进电梯。

林嘉庆替林嘉清把礼盒在家中安顿好，就忙自己的去了。

林嘉清赶紧给周霄打电话。周霄今天回父母家过节，原定不回怡林园了，现在林嘉清让他回家前回来一趟。

“你跟我回家吃饭吗？”周霄兴兴头头的。

林嘉清还是不跟他回去，但是让他拿两只礼盒带给父母。

“礼盒是你的名义还是我的名义？”

林嘉清犹豫一下，下决心道：“授权你使用我的名义。”

“真不跟我回去？”周霄不死心。

“哎呀，说了不去就不去，你赶紧走！”

林嘉清嫌他啰唆，直接推他出门。

见周霄父母这件事，林嘉清还没准备好。

周霄进门，周母已经在摆碗筷了。周父则在厨房炒最后一道菜。

虽然提前确认过是周霄独自回来，看他果真一人，周母还是感到失落。

看见周霄手中的水果礼盒，周母埋怨道：“带这么多水果回来干啥，家里又没小孩子，大人又吃不完。”

周霄明白母亲话里的意思，赶紧说：“这是林嘉清家自己的产品，让我带给你们尝尝。”

周母喜上眉梢：“这孩子还挺周到！你记着，赶紧带回来让我们看看，要不你干脆也别回来了！”

“妈，您别这样，我压力很大啊。咱顺其自然好不好？”

周父将最后一道菜在桌上摆好：“别唠叨了，赶紧吃饭！”转身瞅见茶几上的礼盒，问周霄：“哎，你从哪儿买的？我们工会也说要订这家的礼盒，结果太抢手，愣没订到。”

周母笑眯眯道：“你儿子女朋友给的，说是她家的产品。”

林父点点头：“挺懂事的姑娘，看来家境也不错。”

国庆假期最后一天的傍晚，林嘉清和周霄飞往三亚。周霄的同事们也在这趟航班上，不过不与他们坐在一起。

起飞后不久，林嘉清就睡着了。连续六天无休，她累坏了。

怕空调冻到她，周霄给她盖上薄毯。

酣睡中的林嘉清丝毫没有反抗能力，周霄趁机给她拍了好多张蠢萌照。

直到飞机轮子挨地，周霄才轻轻摇醒林嘉清。

下了飞机，周霄一手拿随身行李，一手拖着迷迷糊糊、跌跌撞撞的林嘉清，像个带孩子的家长。

到了酒店，两人办完入住手续，已是九点。周霄把林嘉清和她的行李送进八〇三号房间，约好半个小时后出去觅食，自己去了隔壁八〇二。

洗过澡的林嘉清完全清醒了，感到放松和神清气爽。

她把头发吹至七八分干，换上吊带短裤，外罩一件宽松的蓝衬衫，背上藤编包包。刚要出门，又把脚上的高跟鞋踢掉，从行李箱里取出一双人字拖换上。打开门又返回来，对着镜子把眉毛稍微画了一下，涂了点樱桃色唇釉，抿了抿唇，端详一下，这才出门。

林嘉清到八〇二按门铃，周霄很快开门。他换成白T恤和短裤，脚上同样一双人字拖。

两人相视一笑：太默契了。

手牵手步出酒店，周霄问林嘉清：“想吃什么？”

林嘉清拿不定主意，最后说：“我随你，你想吃什么咱就吃什么。我一点点就好。”

周霄在附近找了一家环境还不错的小店，点了两三样招牌菜。林嘉清看看菜单,增加了一个汤。

林嘉清循例又没吃几口。

很晚了,两人也不打算去海边逛,就说再溜达溜达就回酒店休息。

走了一会儿,看到一家店门口大排长龙。林嘉清诧异道:“是什么要深夜排队吃啊?”

周霄眯着眼睛看了看:“是清补凉。应该比刚才的汤好喝,你要不要?你吃那么少,半夜可能会饿。”

林嘉清点点头:“那就喝吧。”

周霄让她在一边等,自己去排队。

林嘉清看着周霄排队,周霄也频频看她,两个人互做鬼脸。过了一会儿,周霄随着龙身没入店门,看不见了。

林嘉清四下看看,在街边找了段栏杆靠着,欣赏夜景,也欣赏行人。

林嘉清不久就注意到十几米开外的街边,有一对情侣不太对劲。听不清他们在说什么,但他们的体态语言显示他们在争吵。

这对情侣男的身材健硕,小平头,女的披肩长发,身上的波希米亚长裙颜色娇艳。两人争执了一会儿,小平头应该是想讲和,去牵波希米亚长裙的手,波希米亚长裙一把甩开。小平头顿了一下,又去搂波希米亚长裙的纤腰,波希米亚长裙闪开,抱臂而立,连裙边也没让他碰到。路人侧目之下,小平头渐渐由尴尬转为恼怒。波希米亚长裙干脆甩着双臂走开。这次,小平头却没有追上去,而是瞪视着波希米亚长裙的背影,良久,往反方向走了。

林嘉清摇了摇头。

“看什么呢?”一只长臂环住林嘉清的肩膀。

“没什么,刚刚一对情侣在吵架。”

“清补凉,”周霄举一下手中的餐盒,“走吧,回去我喂你。”

林嘉清瞪他一眼,向酒店方向迈开脚步。

走了几步,发现周霄没有跟上,一回头,见他还站在原地。

“怎么不走?”

周霄左手拎餐盒,右手插兜,右胳膊肘向外张开着。

周霄晃晃右胳膊肘，瞪着她。

林嘉清深刻领悟了一下，跺跺脚走回来，抱住周霄的右臂。

周霄笑道："乖。"

陈惜文跟张执成来三亚，实是逼不得已，只因张执成跟她说："这算分手旅行，回来后我保证不再纠缠你。"

陈惜文与张执成交往两年多，张执成对她好的时候是真好，但就是不能喝酒，一喝酒就闹事，她也劝不住，结果不是对她恶语相向，就是拳打脚踢。要只是这样也早就分手了。可恶的是，张执成酒醒之后必定跪求她原谅。一开始陈惜文原谅他，要他戒酒，他也赌咒发誓一定戒除，可重复得多了，陈惜文明白，他这是酗酒成癖，改不了了。于是陈惜文坚决要分手，可张执成死活不同意。无论更换手机号码还是搬家，陈惜文都躲不开张执成，张执成到她单位蹲点儿，跟踪她。只要看到陈惜文与年轻男性独处，无论陈惜文与对方是否认识，张执成都要上前威胁恐吓，说的话也越来越难听，还动不动就动手。陈惜文被逼无奈，只能报警。但只要没闹出大事，报警只能暂时驱离张执成。事实是，报警的有效时间越来越短，张执成胆子越来越大。而且最不妙的是，在折腾来折腾去的过程中，两人的感情发生了变化，彼此都生了憎恨之心，尤其是张执成，从他过激的言行就能看出来。陈惜文感到张执成现在也明白复合无望，他就是想要纠缠和报复自己。

两个月前，张执成在街上纠缠她，被周霄碰到制止，他则给了周霄一酒瓶子。为此张执成被拘留十天。这是张执成第一次被拘留。十天过去了，又几天过去了，张执成始终没有出现，陈惜文松了口气，以为从此得脱噩梦。没想到，就在一个多星期前，张执成又找上了她。这次不一样，张执成主动说同意分手，但有一个条件，就是陈惜文最后作为朋友陪他到三亚散散心，就几天。张执成说保证信守承诺。

陈惜文想不出别的办法，只能同意。

他们在国庆假期第三天到了三亚。

入住酒店的时候，陈惜文发现张执成只订了一间房。陈惜文径直到前台再要一间，被告知现在是旅游旺季，游客爆满，没有余房。陈惜文又问了一圈其他酒店，都是如此。

陈惜文深感上当受骗。

陈惜文明白住一间房会发生什么，但此时再改主意，张执成必定不依不说，不知道他会做出什么出格的事来。陈惜文想，不过就是上床，以前又不是没有过，就忍这几天，自己了了他的心愿，回去以后他再纠缠，就再也说不过去。

陈惜文抱着一线希望，让张执成发誓，自己用手机录下来。内容无非是两人回去后就两不相欠，永不往来。

陈惜文暗暗祈祷，求老天这几天不让张执成碰酒。

事情当然没有陈惜文想得那么简单。张执成夜晚要跟陈惜文上床，白天还要跟陈惜文牵手漫步，情话喁喁，就好像他们之间从没有发生过那么多不堪的事情一样。

陈惜文回过味儿来：张执成试图延续他们的关系，就是俗话说的，重修旧好。

陈惜文越来越不耐烦，感到度日如年。尤其在张执成跟她说自己多么爱她，对她多么好的时候，陈惜文只觉得恶心。

陈惜文跟张执成挑明了，这几天维持肉体关系也可以，但是不要再跟她说情话，不要自己骗自己，他们早就回不去了。当陈惜文说这番话的时候，张执成恶狠狠地看着她。

随着时间推移，两人争吵加剧，从酒店房间吵到了大街上。

前两天，林嘉清白天都处于放空状态，因为周霄要忙公务，她也不想一个人游玩。

林嘉清独自在酒店周边闲逛，或在海边漫步，坐在沙滩上吹吹海风。她买了一顶欧式宽边草帽，用来遮挡三亚强烈的紫外线。觉得热了，就回酒店，在房间里翻翻书，听听音乐。

到傍晚，周霄和同事们返回，他再带着林嘉清出去寻觅美食。

第二天下午，周霄和同事们返回酒店，一进大堂，就见电梯门前背对他们站着一位美女，米白长裙，浅褐大草帽，肩膀瘦削，双臂修长，腰肢纤细，被三亚的阳光按摩过的白皙皮肤，表面镀了一层极其轻柔的透明的棕色，发散着淡釉白瓷一般的光泽。那背影，真是说不出的优雅迷人。

跟周霄同来的四名同事都是血气方刚的未婚小伙儿，见此情景，不由得吹起了口哨。

周霄狠狠地瞪他们一眼。

美女听到口哨声，不由自主回头——正是林嘉清。

这下尴尬了，小伙子们赶紧点头哈腰跟林嘉清打招呼："是嫂子啊……"

他们虽已认识林嘉清，可远没熟到通过身形就能辨认出她的程度。

周霄上前一步牵住林嘉清的手。

从进电梯开始，周霄就绷着一张脸，不理身后的同事。

到了八楼，电梯门开，周霄搂着林嘉清的肩膀就往自己房间走。

"不至于的啊，大度一点，他们没恶意的。"林嘉清小声道。

周霄昂着头："那也不对，不够尊重。喜欢，就应该像我一样，堂堂正正地追求才好。"

两人回到周霄房间，不免打打闹闹进而耳鬓厮磨一番。

从现在开始，周霄正式结束公务，可以和女朋友尽情度假啦。

周霄跟林嘉清商量去哪里狠狠吃上一顿，最后定下来就去下榻酒店的餐厅。在这家四星级酒店的二楼，有一间很高档的海鲜餐厅。

餐厅氛围很好，食材讲究，两人都吃了不少，决定好好消消食。

两人在酒店周边溜达了很长时间，仍觉热量过剩，可是天色已晚，想不出再去哪里好。

"对了，你会游泳吗？"周霄问。

"当然会！你可不要小瞧我。"林嘉清一副骄傲的表情，"我们医学院游泳可是必修,不及格不能毕业。”

“那你游过了吗?”

“还没有,你不在,我一个人没意思,就没去。”

“那去游泳吧。”

“这个点儿吗,夜泳不安全吧?”

“想哪儿去了,酒店顶层就有游泳池,还是露天的。”

林嘉清看见游泳池,简直惊呆了:游泳池很大,不仅是露天的,而且是无边式的,一眼望去,仿佛与大海相通。此时头顶星光明灭,眼前海波翻涌,明月遥遥挂在海天交接线上,好一幅美景。在这里游泳,也与夜游大海无异了。

林嘉清不由顿足:早知道昨天晚上就来了。

林嘉清从更衣室里出来,周霄已经伏在泳池边沿看海景了。

林嘉清下水,向周霄游过去。

此刻,泳池里其他人已经走光,就剩了他们两个。

两人伏在泳池边沿一边欣赏夜色,一边说着话。

“要比比吗?”周霄回身一指泳池另一端,“从这儿到那儿。”

“比就比。”

“我让你五秒。”

“让就让。”

林嘉清跃跃欲试。她对自己的泳技还是很自信的,至少上大学时她的游泳成绩好过大部分同学。

周霄让林嘉清先热热身,以防抽筋。

然后两人一齐倒数“三、二、一”,向泳池另一端游去。

等林嘉清游到终点,冒出水面,只见周霄双臂展开,搭在泳池边沿,笑嘻嘻地看着她。

林嘉清抹抹脸上的水:“这次不算,再来!”

第二次、第三次也都是周霄赢。

“你是不是根本没有让我五秒?! ”

“哪有。”

林嘉清不干了,向周霄泼水,周霄回泼她,随后游过来捉住她。林嘉清挣不开,就去胳肢周霄,两个人嬉闹成一团,水花四溅。

林嘉清闹累了,连连告饶。周霄将她的湿发捋至耳后,把她圈在胸前。

林嘉清感到周霄目光灼灼,而且还在升温。

借着月光,她看到周霄宽阔的肩膀,厚实的胸膛,健壮的手臂,紧绷的皮肤,以及在皮肤上滚动并发光的水珠。

林嘉清的脸红了。

一时间,两人都没有说话。

林嘉清和周霄并肩站在酒店房间的阳台上。月亮已高高悬在当空,海面上一片清辉,海风清凉,送来海浪拍打沙滩的有节奏的声响。

喝掉半瓶红酒后,两人十指相扣,贴在一起,开始了一个长吻。

吻不断在加深,林嘉清感觉满天的星星在旋转。等她回过神来,她和周霄已经在软软的床上。

周霄额头抵着林嘉清的额头,笑着问:“可以吗? ”

回答他的是弯弯的眼睛和甜甜的酒窝,以及一个更热烈的吻。

林嘉清醒时已近中午。

周霄不在,他的枕头上放了张字条,上面说他买了抱罗粉,放在写字桌上,嘱咐她趁热吃掉,自己去趟同事房间,很快就回来。

林嘉清慢慢坐起来,感觉嗓子干哑,浑身酸痛,胳膊腿儿像是散了架一般不听使唤。

她挣扎着爬起来,走到浴室的镜子前。镜子里有一个头发凌乱、嘴唇微肿的林嘉清。两个林嘉清互相打量,半晌,镜子外面的林嘉清害羞地用手捂住了脸。

林嘉清穿好衣服,在写字桌前坐下。

装抱罗粉的袋子里是一盒粉和一盒汤,她摸了一下汤盒,还很烫,说明周霄离开没多久。

抱罗粉的牛骨汤有一种独特的鲜甜,甜而不腻,甜中带酸,林嘉清一口气吃了小半的粉,喝下多半的汤,觉得有了力气。

她重新躺回床上,打开电视。

周霄进来了,径直走到床边。

林嘉清也不看他,嘟囔道:"回来啦。"话一出口,就觉得自己语气里带了点撒娇的味道,于是翻身向下,把脸埋进枕头里。

就听周霄在身后柔声问道:"累不累?"

林嘉清瓮声瓮气道:"还好。"

"是有哪里不舒服吗?"

"没有。"

"那为什么躺着?"

"你就不能不说话吗?!"林嘉清转过头来,又羞又恼地瞪着他。

周霄忍住笑:"好,好,我不问了。那你起来吧,一会儿咱俩出去。"

林嘉清不肯起来。

"那我陪你。"周霄从后面拥住林嘉清。

林嘉清想踢走他,但是踢不动,只得由他抱着。

过了一会儿,林嘉清把周霄的胳膊拉到自己脖子下面枕着。

又过了片刻,林嘉清翻了个身,揽住周霄的腰,把脸埋在周霄怀里。

"救命,救命啊——"

陈惜文边喊边从房间里逃出来。她衣衫凌乱,神情痛苦,紧捂着腹部的右手沾满了血。

她歪歪斜斜跑到走廊里,左右张望,希望找到庇护。

走廊里没人。远处有一扇门拉开一条缝,又马上关上了。

不得已,陈惜文扶着墙,跌跌撞撞冲向电梯口,拼命按下行键。

十三,十二,十一……电梯口上方,指示楼层的数字匀速跳动,每变化一次，都仿佛一个世纪那么漫长。陈惜文一边不住地按下行键，一边往她来的方向看。十，九，八……电梯在八楼停住了！

走廊那头出现了张执成摇摇晃晃的身影。陈惜文哭了出来，狂拍下行键："来人啊，救命——"

终于，电梯又开始缓慢运行。八，七……

"你给老子站住！"

张执成越来越近了，能看见他头上有血淌下来，淌过了眼睛，使那张因愤怒而扭曲的脸显得异常狰狞。他右手紧握一把沾血的水果刀，锋刃闪着寒光。

……六，五！电梯门开了，里面站着一男一女两个人，男人身材高大。

陈惜文看清男人的脸，怔了一下，随即扑进电梯："周霄，救救我！"

电梯到五楼停下，门还没完全打开，就伸进一只沾血的手，死死抓住门边。林嘉清惊叫一声，周霄迅速将她拉到身后挡住。

一个披头散发的女人冲进来，抱住了周霄的腰："周霄，救救我！"

周霄下意识将女人推开些。一张惊恐的脸仰起来。是陈惜文！

陈惜文紧紧揪住周霄的衣袖："他，他要杀我！"

"谁？"周霄用脚抵住电梯门，探头看向走廊，只见一个男人正拖着脚步往这里来。

周霄回身，将陈惜文推到轿厢一侧靠着，对林嘉清道："快，我来挡住那个人，你带她下去，找保安上来！记住，你自己留在下面！"

林嘉清想要拉住周霄，周霄反手握住她双肩，重复道："你带她下楼，留在楼下，让保安上来，快！"说完就迈出电梯，迎着男人走过去。

林嘉清探头看看周霄的背影，一咬牙一跺脚，说声"你千万小心，等我上来！"，就按下了下行键。电梯门关上，开始下行。

周霄走到距张执成两米远，在走廊中间站定，挡住他的去路。

张执成也站下，看清周霄，道："又是你！"

周霄道："看来拘留还没有教育好你，你又想干什么？！"

张执成慢慢走到周霄面前:“我想干什么？我要杀了那个贱人！我对她那么好,我在她身上花了那么多钱,她还要跟我分手,我告诉你吧,这个手她分不起！”

随着张执成的嘴一张一合,周霄闻到一股浓烈的酒气,中人欲呕。

“我劝你冷静点！无论是伤人还是杀人,都要负法律责任,现在停止还不晚,你想想后果！”

张执成手一挥:“老子管不了这么多！老子今天就要算这笔账！老子像条狗一样围着她跑前跑后,现在她甩手就要走,那是不可能的！你趁早给我闪开,否则我还像上次那样揍你！”

张执成说着就往电梯口走,周霄当胸推了他一把,把他推得踉踉跄跄倒退好几步。

张执成站定后,瞪起一双布满血丝的眼睛:“小白脸,你算老几,几次三番掺和我们的事！说,你是那个贱人什么人？你和她到底什么关系？”

这话倒问得周霄难以回答。

“哦,我知道了,你是陈惜文叫来的！你早跟她勾搭在一起了,你是来接应她的！”

张执成额上青筋暴起,眼露凶光,一步步走向周霄。

张执成猛地挥起刀:“我先宰了你,再杀她！”

周霄侧身避过刀锋,用手肘往张执成后背上一顶,待他站立不稳,再用腿一扫,张执成直直向前扑倒,重重摔在地上,不动了。

周霄等了片刻,见张执成没有动静,心道:这就不行了？于是探身去看。

不想张执成竟是装的,周霄俯身之际,他一个翻身,反手就是一刀。周霄猝不及防,用手臂一挡,那刀锋斜斜从前臂上划过,连布料带皮肤割出一道口子。

周霄不再怠慢,飞起一脚,踢走水果刀,随即左手揪住张执成前胸衣服,右拳挥起,照着他的脸上重重给了一拳。张执成口中被打出一颗红白之物,飞出去老远,想是牙齿。

正在此时,酒店保安赶到了,几个人一起上前,将张执成牢牢压制在地上。

“你受伤了！”气喘吁吁的林嘉清拉过周霄的手臂，查看他的伤口。她是跟保安一起爬楼梯上来的。

“你怎么上来了?！不是不让你上来吗，太危险！”周霄抓住林嘉清肩膀，蹙眉道。

被保安压制的张执成虽不能动，嘴里倒是不闲着：“奸夫淫妇不得好死！狗男女，老子饶不了你们！”

“他在骂谁？”林嘉清四下看看。

周霄和林嘉清坐电梯下到一楼大堂。

陈惜文已经暂时被安置到大堂的沙发上躺着。

看见陈惜文，周霄走过去查看她的伤势，见她脸色异常苍白，问林嘉清：“叫了120没？”

林嘉清道：“已经叫了。”

这时，陈惜文侧转身蜷缩起来，发出痛苦的呻吟。

“你感觉怎么样？”周霄和林嘉清同时俯身问道。

“疼……冷……”陈惜文断断续续说。

周霄和林嘉清对视一眼，两人协作，帮助陈惜文躺平。

只见血从陈惜文按住腹部的手的指缝间不断涌出。

周霄四下寻觅，最后目光落在林嘉清身上：“赶紧脱衬衫！”

林嘉清会意，三下五除二将外衫脱下来，对周霄说：“你闪开，我来！”

周霄给林嘉清腾出操作空间。林嘉清尽量将衬衫折叠得厚一些，按在陈惜文的伤口上，再让陈惜文用手压紧。可是衬衫很快就被血浸透了。

“不行，止不住！不知道有没有伤及内脏，必须马上送医院抢救！”林嘉清大声道。

周霄对林嘉清说：“你帮她按住，我来抱她。”

林嘉清双手按住衬衫，周霄将陈惜文的一条胳膊搭在自己肩上，然后将她打横抱起。

此时已有一名酒店工作人员挡住大堂入口的自动门以免闭合，周霄抱着陈惜文冲出大堂，穿过酒店前的空地，往路边跑去。林嘉清紧紧跟在后面。

他们在路边想要拦车，正焦急间，听见救护车的笛声由远及近。

救护车在路边停下，急救人员跳下车，从周霄手中接过陈惜文，放在担架上，将担架抬入车内。

周霄和林嘉清喘着气看着，却见急救人员向他俩招手："赶快，谁跟车？得有一人跟车！"

周霄看了林嘉清一眼，上了救护车。

林嘉清坐出租车赶到医院，在急诊科处置室找到了周霄。

护士正在处理周霄手臂上的伤口，还好只是划破了皮。

他们从处置室出来，见到了来做笔录的警察。

"事情发生的时候你们是路过吗？"

"是的。"周霄道。

"你们跟犯罪嫌疑人和受害者认识吗？"

周霄看一眼林嘉清："我认识，犯罪嫌疑人见过一次，至于受害者，我们曾经交往过。"

林嘉清震惊地看向周霄。

"跟犯罪嫌疑人在哪里见过，时间和地点？"

"大约是×月×日，在G市。"

"是你出差那次？"林嘉清问周霄。

"是。"周霄看着林嘉清的眼睛，伸手握住了她的手。

随后警察又问了一些问题，大部分由周霄作答。林嘉清不是低着头，就是眼睛望着别处。

最后，两人在笔录上签字，表示他们承诺所说为真实。

周霄对林嘉清说："问下陈惜文情况，咱们就回去。"

林嘉清没吭声，但是跟在他身后。

“患者血是止住了，但失血过多，现在已由抢救室转到重症监护室。”医生拿过住院病历，“既然你们跟她认识，留个电话吧，她家属现在还没联系上。”

周霄道：“那就留我的手机吧。”

周霄和林嘉清坐出租车回酒店，一路上两人都没怎么说话。

周霄是还没想好怎么跟林嘉清解释，林嘉清则头靠着车窗，闭着眼睛，很疲惫的样子。

周霄和林嘉清回到酒店，已是晚上八点，而他们还没吃过饭。

要出去吃饭得先换过衣服，一番折腾后，两人从头到脚都狼狈不堪了。于是说好分别回房间收拾一下再出去。

等周霄换好衣服，去敲林嘉清的房门，却没人应门。掏出手机想拨给她，却发现林嘉清刚刚发了微信，说今天实在太累，不吃了，先睡。

周霄犹豫了一下，自己去了。

周霄敲门的时候，林嘉清根本没睡。

她躺在沙发上，任凭敲门声响着。

周霄对警察说出他跟陈惜文的关系之前，林嘉清只道遭遇了突发事件，完全没往其他方面想。她听见陈惜文叫出周霄的名字，以为他们只是认识而已。如今她把一些细节联系起来，有一种受骗上当的感觉。

周霄第一次救陈惜文是对自己隐瞒了真相的，第二次则当着自己的面对陈惜文表现出紧张和关心，他甚至为陈惜文奋不顾身。那么，如果周霄对陈惜文旧情难忘，他对自己的一往情深怎能是真？又怎能说他喜欢了自己十年？这十年他根本没闲着嘛！

门外脚步声远去了。

林嘉清又气愤又伤心，她哭了。

哭着哭着，她沉沉睡去了。

不知睡了多久，林嘉清突然醒过来。

房间里又黑又冷，空调在嗡嗡作响。她忘记开一盏灯，也忘记关掉空调。

看一眼手机，深夜两点多。

林嘉清感到又冷又饿。她起来在房间里转了一圈，只找到一些零食。

吃了点零食，喝了点水，林嘉清躺到床上，拿过手机。

周霄昨晚九点多发过微信："我买了吃的，饿了随时过来。"

林嘉清用被子把自己紧紧裹起来，继续睡。

林嘉清被敲门声吵醒，昏昏沉沉去开门。

"我买了早点。"周霄举起两手，展示两只装得满满当当的食品袋，"昨晚我等了你好久，估计你是没有醒，现在赶紧吃吧。"

周霄把食品袋放到写字桌上，去拉开窗帘。

阳光照在林嘉清身上。

周霄凑近端详她，蹙眉道："你脸色不好，是不是病了？"

林嘉清勉强吐出一个字："嗯。"她嗓子又痛又哑，几乎说不出话。

周霄摸摸林嘉清额头，惊道："你发烧了！先吃点东西，我去买药。"说罢旋风一样出门去了。

尽管没一点胃口，林嘉清还是打开了袋子。她看了看，都不想吃，最后拿了一杯豆浆出来，勉强喝了几口，就去沙发上歪着。

周霄很快拎着一大袋药返回来，额上一层薄汗。

"到了药店才想起来应该先问你买什么药，顾不了那么多了，我让店员多拿了几种，感冒药、退烧药都有，你看吃哪种对症。"

林嘉清翻翻药袋，挑了两种出来。

周霄替林嘉清倒了一杯热水，放在她手边，颇为踌躇地道："我还得去趟医院，医生打电话来说陈惜文醒了。"

林嘉清觉得胸中的委屈在膨胀,就快化作眼泪爆发出来。她垂眸掩饰,觉得可以控制住声音的颤抖,才轻声道:“你去吧,我没事。”

“患者已脱离危险,转到普通病房了。不过目前她还不能自理,在她家人来之前需要人照顾,你看能不能安排下。”住院医生说。

周霄道:“我来办吧。”

周霄到普通病房看陈惜文。正巧她醒着。她现阶段尚不能进食,吊着营养液。

周霄站在床尾,问陈惜文:“你感觉怎么样?”

“还行……”陈惜文虚弱地说,“你又救了我一次,谢谢!”

“我来是因为医院联系不上你家里的人, 现在你赶紧给他们打个电话。”

“好……我的手机被张执成摔坏了,可以借你的用一下吗?”

周霄把手机解锁,递给陈惜文。

陈惜文一只手背上扎着吊针,仅用一只手操作,不便加上身体虚弱,好几次手机差点脱手。周霄只是看着她,双手插兜,站着不动。

陈惜文好不容易拨出去,再费力地把手机挪到耳边握牢:“喂,妈……”

电话打了十分钟之久。手机音量开得有点大,能隐约听到那端激动又嘈杂的人声,还有哭声。陈惜文也掉了泪。末了,陈惜文让她父亲听电话,嘱咐他们赶紧飞来三亚。

通话全程周霄都没有回避,站在床尾,默默地看着。

陈惜文挂断手机后兀自在流泪。

周霄伸出一只手:“手机。”

陈惜文赶紧抹掉眼泪,举起手机。周霄探身取过。

“没事我就先走了。”说着周霄步子已经迈出去。

“等等……”

“什么事?”周霄转身。

“你女朋友吗，昨天带我下电梯的女孩？”

“是。”

“替我谢谢她。你们很般配……”

周霄没有回答，转身走了出去。

周霄很快回到酒店，而林嘉清还没吃药。

周霄看了看早餐袋子，明白林嘉清没有胃口，也就不去强迫她。

他喂林嘉清吃了药，替她盖好被子。

“大约再睡一觉，应该就好得差不多了。”林嘉清闭上眼睛，“你不用这么跑来跑去的，医院那边多待会儿，有事我打给你。”

“顶多再去一次。已经联系上她父母，说是马上赶过来，估计下午就能到。”周霄抚摸着林嘉清的头发，柔声道，“现在关键是你，得赶快好起来。”

“我尽量。”

“假期泡汤了，都怪我。等你好了，惩罚我吧。”

林嘉清没有再说话。

林嘉清睡着了。

周霄想林嘉清这一觉睡下去不会很快醒，吃了几口冷掉的早餐，便回自己房间休息。

陈惜文父母赶到医院，看见一直捧在手心里的女儿被伤成这样，自然非常心疼。

陈惜文简单讲了她和张执成的事情，描述了周霄如何救下她又如何关照她。

“不要管张执成了，他这次进去没那么容易出来。我们得谢谢周霄，他救了我两次，两次都受了伤。尤其是这次，没他我就没命了。”陈惜文感动于周霄对自己的情义，忍不住落下泪来。

陈父问陈惜文：“那你看怎么感谢好？”

“钱他是肯定不会要的，他也不是为了钱。”

“眼下也想不出什么好主意,要不就先请人家吃顿饭,选最好的饭店,你觉得怎么样?”

“也行吧。那得抓紧,他也是来玩的,估计快回去了。”

“那现在就约。”陈父当即掏出手机,按陈惜文说的号码拨过去,并按下免提。

周霄过来给林嘉清送午饭。

林嘉清给他开了门,也没说话,就重新躺回床上。

他跟过去摸摸她的额头,已经不烫了。

周霄想跟林嘉清说几句话,看她闭着眼睛,也不知道是不是又睡着了,就没说。

周霄坐到沙发上,看着林嘉清。

自己说出与陈惜文的关系后,林嘉清很惊讶,从那以后,她的情绪就一落千丈。

自己对她有所隐瞒,她当然生气,换了自己也会生气,所以,自己是活该。

但她昨天能积极配合自己救助陈惜文,显然,他的林嘉清是明白大是大非之人。

周霄自我审视:重来一次,自己能袖手旁观,任由陈惜文被张执成重伤或杀死吗?

答案是否定的。

周霄盼着林嘉清尽快好起来。他要跟她解释,他要跟她和好,如果有可能,让被搅得一团糟的假期重回正轨。

过了一会儿,周霄的手机有一个陌生电话打进来。他怕吵醒林嘉清,就去走廊里接。

陈惜文听着父亲与周霄的通话。听了没两句,她就知道周霄不会去吃这顿饭了。

陈父挂断手机，看着陈惜文。

陈惜文道："那就算了，回头再想办法吧。爸，妈，你俩赶紧去酒店休息，休息好了再来，我还不知道什么时候能出院呢，慢慢来吧。"

陈父陈母离开，陈惜文痛哭一场。

其实，陈惜文没奢望能挽回周霄的心。

周霄能救她两次，受伤两次，不枉自己当年苦恋一场，她已经很满足了。

但是，她被周霄在通话中表现出的态度激怒了。

得知自己父母前来接手，周霄流露出大松一口气的意思。接下来，周霄拒绝父亲的邀请，拒绝得那么干脆，那么决绝，显然巴不得能不再跟自己有任何来往。

现在，陈惜文甚至恨周霄：你既对我再无眷恋，我生死又与你何干，为什么要救我，还救了两次？！你那么喜欢救人，干脆等在街上救人好了，干吗偏要来救我？！

陈惜文感到，周霄出手救自己或许只是出于负疚心理，以求对过往心安。

她想：你这种怜悯，你这种慈悲，我不稀罕！

失望还有嫉妒咬噬着陈惜文的心，她感觉自己必须做点什么，不做点什么就放手，自己真的会死掉。

"请问，是周霄女朋友吗？"

林嘉清皱眉，猜到了可能是谁："你是？"

"我是陈惜文。谢谢啊，你们昨天把我从鬼门关上拽了回来。"

"不必谢。我觉得你跟周霄说就可以了，是他救的你。"

"给你打电话是有点冒昧，不过呢，是有原因的。是这样，我父母从 G 市赶过来了，他们想请周霄吃顿饭表示感谢，可周霄说什么也不肯。不感谢一下，我父母于心不安，所以，你能不能跟周霄说说？"

"没必要我来说吧，你直接跟他说就行了。"

“是这样，我考虑到周霄不去可能是担心你误会。其实，我和周霄分手多年，昨天和在G市那次一样，真的只是偶遇。虽然我们已经不是那种关系了，但是他能不顾危险帮我，我真的很感激。”

陈惜文这么说，真是往林嘉清伤口上撒了一把热盐。

“你想多了。没错，周霄是告诉过我，他交往过一个女友，很多年前的事了。”

“哎呀，他跟你提过我啊？那他跟你挺坦白的。”陈惜文故作吃惊，“像这次，你也看见了，我认识他，又是女的，他为我那么拼命，你作为女朋友，要是不知道我们的过往，误会是在所难免的。你能这么大度，真太好了，那我就放心了。”

“恕我直言，你想得太多了。”

“是呀，我真没想到。一般女孩子都会拦着自己男朋友去做这种事，尤其是对方还是个女的。说实话，我后来交往的男朋友，还真没有像周霄那么会呵护人的。年少不懂事，要不是我怀孕了……”

林嘉清一下子就挂断了手机。

就像爆炸了一颗原子弹，林嘉清被震得脑袋嗡嗡作响。

手机又响了，仍是那个号码。

林嘉清像是被烫到了一样，下意识把手机远远地扔到床尾。

她不能思想了，甚至不能喘气了。

“……在大学时代有过一次恋爱，觉得不合适就分开了。”

“……他能不顾危险帮我……”

“……要不是我怀孕了……”

林嘉清摇摇头，缩进被子里，紧紧抱住了自己。

像是魔咒一样，手机又响了，不停地响，没有要停止的意思。

林嘉清探身过去，一抬手，把手机扫到了地上。

“嘁！”陈惜文一脸不屑，将手机扔到枕边。

上次趁替周霄取手机，她就记下了“Darling”的号码，虽然她不知道自己想做什么,但是她想万一呢。

和周霄在一起,不付出点代价怎么行?!我经历的痛苦,你也得尝尝,命运才算公平。

挂断手机,周霄如释重负:既然陈惜文父母已到医院,自己就不用再去,可以专心照顾林嘉清了。

这口气一松,疲倦竟如排山倒海般袭来。周霄回去自己房间,倒头便睡。这一觉就睡到了天色向晚。

起床后,周霄去给林嘉清买了清补凉。到三亚之后,林嘉清难得有喜欢吃的,除了清补凉。现在她退了烧,喝牛骨汤正合适,可以开胃。

周霄从电梯出来,远远就看见保洁车停在林嘉清房间门口,房门大敞四开。

周霄顿感不安。

他快步走进林嘉清房间。保洁员在做清洁。林嘉清不在,她的行李也不在了。

周霄问保洁员:"住这房间的人呢?"

"退房走了。"

"什么时候?"

"快一个小时了吧。"

周霄立刻拨林嘉清的手机。

"对不起,您拨打的号码已关机,请稍后再拨……"

挂断再拨,还是一样。

周霄去看微信,发现林嘉清有留言:"家里有急事,先回。"大约半个小时之前发的。

周霄赶紧查询航班信息,发现确有一趟到江州的航班在二十多分钟前起飞了。

那么,林嘉清此时应该就在这趟航班上。

再查下一班,要等到明天早上六点。

周霄靠在走廊墙壁上，望着窗外夕阳下的海滩发呆。

林嘉清是生病没精打采，但她也在刻意回避与自己交流。

林嘉清性子温柔，难得有火山洪水式发脾气的时候。她生气是憋在心里生气，也就是说，自己跟自己较劲。

终于可以跟她详谈陈惜文的事情了，深刻地道歉，没想到一个疏忽，她就跑了。

周霄在三亚最后一次拨打林嘉清手机的时候，其实她还没在飞。

她买到的是当天最后一班飞江州的航班，最后一个位置，要差不多九点半才开始登机。

她坐在空旷的候机大厅里默默流泪。

她怕周霄打过来，而自己没出息地去接，就把手机调成了飞行模式。

但她到底没那么狠心，怕周霄找不到她惊慌失措，末了，发了微信过去。

林嘉清半夜坐机场大巴回市区。

她看着窗外，眼神空洞。

她不再哭了。

她感觉已经哭够了。

她感觉再也哭不出来了。

林嘉清在怡林园熬过了独自返回江州后的第一个夜晚。

早上，感冒症状已经消失。

假期还有一天半，而周霄很快就会回来，不想见他，怎么办呢？

林嘉清想到，为这趟三亚之旅，自己在中秋节抛下了亲人。

现在，她觉得回家去，待在亲人身边，可能是最佳方案。为此，她编好了谎话。

短短三天，以满怀期待开始，经历了甜蜜，以遍体鳞伤结束，幸福都是这么短暂的吗?

“怎么就回来了,不是要去五天吗?”林母问。

“我吃坏了肚子,还感冒了,实在不舒服,就回来了。”

林母赶紧去摸林嘉清额头:“现在呢,好了吗?”

“好了。我爸和嘉庆呢?”

“他们啊,一个在公司,一个在店里。”

“哦。妈,我想喝你煲的汤。”

“好,我一会儿就去做。回来也好,为了去三亚,你连着上了好几天的班,这又生病,太亏了,妈好好给你补补。”

林母到厨房转了一圈出来,一边解围裙一边跟林嘉清说:“你在家好好待着,我去你大伯家一趟。”说完,风风火火就走了。

林嘉清在客厅里看了会儿电视,眼睛盯着电视屏幕,脑子想的是三亚的事情。意识到后,自觉不能再这样下去,干脆关了电视,拿起剪刀和水壶,去院子里替母亲打理花花草草。

正干得起劲,有人推开院门,走了进来。

蹲在花圃里的林嘉清听见动静,直起上身,手搭凉棚看去,然而阳光耀眼,看不清来者何人。

“什么时候回来的?”那人笑嘻嘻地问。

“祁东哥,你也回来啦!”林嘉清站起来。

“我得来看看你干什么呢,那么入迷,头也不抬。你是不是挖到小时候埋的弹珠了?”祁东打趣道。

“我藏的那些不是早让你们偷偷挖走了吗?”林嘉清笑道,“我帮我妈拾掇一下花圃,没想到摆弄花草,剪剪枝浇浇水什么的这么有趣,怪不得我妈一干就是半天。”

“田园生活本来就很有乐趣,想想我们小时候,天天跟这些做伴,不是很好吗。长大了,工作、生活都在城市,遗忘了罢了。”

林嘉清点点头:“是啊,看来以后要多回来才好。”

“这次待几天？”

“两天。”

“我也是。对了，下午要不要去抓鱼？”

“什么鱼，在哪儿？”林嘉清来了兴致。

“荷花鱼，我三叔公放养在稻田里的，今天收。”

这时，有鸭子“嘎嘎嘎”的叫声由远及近。两人一齐向院外望去，只见林母两手各拎一只肥鸭回来了。鸭子在挣扎，掉落几根灰色的羽毛。

“祁东来啦。正好，我晚上烧啤酒鸭，你过来跟你林叔喝几杯。”

“婶婶，今天不行呀，我三叔公叫我晚上过去吃，改天我跟林叔叔喝。”

“那行，改天一定啊！”林母说着，捉着鸭子进屋去了。

祁东转向林嘉清：“那荷花鱼……”

“我去。”

“我下午过来叫你。”祁东显得很高兴。

“不用你跑，打手机给我，我去找你。”

“那就说定了。”

周霄乘坐当日第一趟航班赶回江州，回到怡林园，直奔九楼，去敲林嘉清的门，敲到确定她肯定是不在，而不是忍着不开门才罢手。又打她手机，手机倒是开机，就是不接。发微信、短信也通通不回。

林嘉清去哪儿了？

周霄命令自己冷静下来，然后他想到，最大的可能是她回父母家了。

周霄有一种无力感。林嘉清不会像陈惜文那样哭闹。此时他倒真希望林嘉清会哭会闹，甚至把他打一顿，把心中的不满一吐为快，那样她就痛快了，他也痛快了。

如果没猜错，林嘉清正在默默忍受，跟谁也不说。她就像一只小小的脆弱的蜗牛，但会顽抗到最后时刻，就好像她逼不得已才向自己表白那样。

如果她迟迟不肯从壳里出来，自己该拿她怎么办？

周霄思前想后，觉得必须去找她，去敲她的壳，因为她躲着无非是在延长痛苦，而自己也会因为见不到她而疯掉。

周霄给龚问蕊打电话，要林嘉清父母家的地址。龚问蕊给得很痛快。估计是猜到他们闹了别扭，龚问蕊还暗示周霄，林嘉清脾气好，通情理，但性子倔，每遇问题，她都需要比别人花更长的时间消化。

周霄知道龚问蕊说得有道理，但他就是忍不了。

吃过午饭，林嘉清帮着把碗碟洗了，就上楼到自己房间休息。

手机在床上。看着心烦，林嘉清一到家就把它扔在这里了。

林嘉清犹豫一下，抓过手机点开。

如她所料，周霄打过电话，一共三个，还有问她在哪儿的微信和短信。

林嘉清咬咬嘴唇，把手机放到一边。

休息过后，两点多，林嘉清主动给祁东打过去，祁东说在自家门口等她。

林嘉清干脆没带手机，一是怕周霄打来，二是碍手碍脚。

祁东站在家门口的树荫下向林嘉清招手，林嘉清小跑几步到他跟前。

“我们走吧。”祁东笑道。

走了几步，祁东又站下：“忘了件事，你等等。”转身跑进家门。

片刻，祁东拿着顶草帽出来，递给林嘉清：“田里尤其晒。”

“哎呀，我忘了，可不是晒吗。”林嘉清接过草帽戴上。她这时才注意到祁东自己有戴。

两人戴着草帽走在村路上，有时肩并肩，路窄的时候就一前一后。

三叔公的田在村尾，走路过去十多分钟。

路上走的没几个人，路边人家门口的树荫下三三两两坐着老人，喝着茶，摇着蒲扇。这一路上遇见的老人家没有不认识祁东的，祁东也都跟这些老人很熟稔，远远就打上招呼了。林嘉清几乎都不认得，祁东喊叔公她就喊叔公，祁东喊婶婶她就喊婶婶，祁东跟人家说话的时候，她就站在一旁微笑着听。

“祁家二小子，你对象真漂亮啊！”一位老奶奶对祁东说，还竖起了大拇指。

祁东和林嘉清对视一眼，面露尴尬。

没等他们分辩，旁边一位老爷爷说：“大伯娘，你老眼花啦，那是林家的闺女嘉清啊！”

“是吗，”老奶奶探身眯缝着眼睛紧瞅，“眼神可不是不好使啦……看着蛮般配嘛！”

祁东和林嘉清笑着走开。

祁东打趣道：“抄作业也不动动脑子，我喊什么你就喊什么，也不换换花样，难怪人家会误会。”

林嘉清也觉得确实像小两口走亲戚，但嘴硬道：“这样不会错嘛，我认得的不多，反正咱俩的辈分一样。”

林嘉清转身倒着走，好看着祁东讲话：“这也要怪你人缘太好！我很好奇，你是怎么做到人见人爱的？咱村上至八九十的爷爷奶奶，下至几岁的小屁孩儿，你都能通吃。你知道吗，我妈有一句话从我小时候一直讲到现在：‘你可得跟你祁东哥学着点，知道不？’”

“婶婶也这么喜欢我啊？”祁东笑道。

“三叔公！三叔婆！”祁东朝田里喊。

三叔公和三叔婆直起身子，热情地招呼他们。

三叔婆对林嘉清喊：“嘉清，什么时候回来的？中秋也没回来过，你妈可跟我叨叨半天呢！”

林嘉清喊回去：“三叔婆，今天早上回来的，中秋值班回不来！”

“能回就好！话说回来，我那小子要能进城里单位，他不放假我都愿意，省得在眼前晃得我心烦！”

“三叔婆，还是村里舒服！”林嘉清边挽裤脚边喊，“我来帮你抓鱼！”

“好，好！你和祁东去那边，把鱼赶到角落里，好抓！”三叔婆指指自己对面的稻田。

站在田埂上不觉得稻子高，下到田里，稻子就没到林嘉清胸口了，一弯腰，整个人就都不见了。

“这稻子长得太好了！”林嘉清感叹道。

祁东说：“这样鱼才肥呢。”

两人从不同方向包抄，用脚把鱼赶到一个角落里。鱼在角落里慌里慌张蹿来蹦去，时候到了，

林嘉清探手下去，感到鱼就在双手和胳膊间游动，兴奋得大叫：“哇，哇，哇哇——”

她手忙脚乱，也不看准，东抓一下西捞一把，也就十秒钟，鱼就从脚下跑光了，结果一条没抓到。

祁东问：“抓到几条了？”

“一条也没……”

祁东乐了：“那你嚷那么大声，虚张声势吗？”

“你呢？”

“也没有……”

林嘉清“扑哧”一声笑了：“五十步笑百步，谁也别说谁！”

“比比看谁抓得多，怎么样？”祁东挑眉道。

“比就比。”

于是重新来过。

一两次后，有了点经验，两个人开始有收获，渐渐越抓越多。抓到的鱼全都放到超大号塑料桶里的水中，连同三叔公和三叔婆抓的，装了满满两大桶。

天色向晚，三叔公宣布收工。

祁东和林嘉清从田里出来，两人身上甚至草帽上都溅满了泥浆。

四人在清澈的溪中洗干净手脚。

祁东帮三叔公把两大桶鱼装车，三叔婆将一只小桶递给林嘉清，里面满是活蹦乱跳的荷花鱼。

“不用不用，三叔婆，我就是来玩的，不要给我。”林嘉清不接。

“拿着！这就是你玩出来的，让你妈做给你吃。”

“哎呀，三叔婆，你这是要让我吃到年底了！”林嘉清拎起小桶就要往大桶里倒。

三叔婆夺下小桶：“听话！”

祁东见林嘉清急得跺脚，斡旋道：“这样，三叔婆，少拿点，太重了她也拎不动。”

三叔婆抬手照着祁东胳膊就是两巴掌：“她拎不动不会你拎，你手又没断！”

“好，好，我拎，我拎！”祁东接过去拎在手上，“三叔婆，那我先送嘉清回去，再到您那儿吃饭。”

回去的路上，天一点点黑下来，农家灯火一点点亮起来。

林嘉清与拎着小塑料桶的祁东并肩而行，一路说说笑笑。

周霄坐在车里，看村路上一男一女由远及近。两人背着草帽，肩并肩走着，亲密无间。

周霄嘴角绷得紧紧的。

周霄发动车子，与他们相向而行。

林嘉清和祁东侧脸闭眼躲过刺眼的车灯光，转头去看那辆讨厌的车。

祁东嘟囔道：“这也用得着打双闪。”转身继续向前。

林嘉清则愣住了：那是周霄的车，他怎么知道我家在这儿？

“怎么了？”祁东问林嘉清。

“就是看看。”林嘉清赶紧掩饰。

剩下的路上，林嘉清一直忐忑不安：他这是去过家里，发现我不在，又走了吗？

“怎么不说话了？”祁东关心道，“是不是累了？”

林嘉清笑道：“真是累了，比上班累。”

两人到了林嘉清家门口，祁东把桶递给林嘉清：“我就不进去了。你好好休息。”

“好，祁东哥，回头见！”

“回头见！”

林嘉清快步走进院子，把桶放在屋檐下，反身就跑，却被林母隔窗叫住：“哎，怎么刚回来就又要出去？”

林嘉清灵机一动：“忘了还祁东哥草帽啦，我去追他！”

跑出院门，再往车行方向走几米，林嘉清开始左顾右盼。

“嘀——”一辆车从附近岔路口拐出来，按了下喇叭。

林嘉清循声看去，正是周霄的车。

林嘉清坐进副驾驶位，周霄把车往前开了一百多米，靠边停下。

两人一时沉默。

林嘉清道：“你怎么来了？”

“我来找你，因为你不理我。”周霄道，“所以并不是家中有事，而是我们有些问题，对吗？”

林嘉清垂眸道：“是。”

又是一阵沉默。

周霄侧转身看着林嘉清：“你没有什么想问我的吗？”

“问什么，陈惜文吗？做笔录的时候你不是说了吗，你们交往过。”

“我没把G市的事都告诉你，是怕你不高兴。你是怪我隐瞒你吗？对不起！”

林嘉清也扭头看着周霄：“你跟她分手，真的是因为觉得不合适吗？”

周霄紧锁眉头，沉吟着。

半晌，林嘉清闭起眼睛：“你先回去吧，我需要静下心来想一想。”

周霄解开安全带，扳过林嘉清肩膀，试图让她看着自己的眼睛：“你听我说，我和陈惜文早已断得干干净净……”

林嘉清挣扎：“你放手！”

周霄不放，林嘉清激烈挣扎。

突然，林嘉清一阵干呕，她捂住了嘴。

周霄颇为震惊，不由松开她："我的触碰让你觉得恶心？"

林嘉清下车，周霄没有再阻拦她。

林嘉清掉头往家的方向疾走，始终没有回头。

她也不知道为什么突然恶心，只知道身体里面有一种东西在作祟，让她极为不适，似乎只有把它吐出来，才觉得痛快。

干呕使她流下了应激性的眼泪，她没有去擦。她知道周霄在看着她，她不想让他看到自己抹眼泪。

周霄盯着后视镜中林嘉清远去的身影，双手把方向盘攥得死死的。

他看到她一次都不曾回头。

千想万想，就是没有想到林嘉清会觉得自己恶心！

周霄明白现在自己在林嘉清心目中是个怎样的人了：一个渣男！

周霄觉得自己比窦娥还冤。

看林嘉清进门，林母感到奇怪："哎，不是说还草帽去了吗，怎么又拿回来了？"

林嘉清这才意识到草帽还在颈后。

"家里黑着灯，估计他们已经去三叔公家吃饭了。"林嘉清把草帽挂好，"放在门外不礼貌，明天当面还吧。"

"赶紧吃饭，你爸你弟等着呢！"林母催促道。

这顿饭林嘉清吃得很累。她本就心事重重，偏生林嘉庆就三亚之行问东问西，她只能勉力支应。结果她草草吃了几口，就推说累了，上楼回自己房间。

林嘉清洗完澡，爬上床，点开手机。

她发现周霄下午发过两条微信：

"在忙着吗？忙完了给我回个电话。"

"你现在在家吗？"

龚问蕊也给她打过。

林嘉清沉吟一下，给龚问蕊拨了回去。

龚问蕊劈头就问："我说你俩怎么回事，不是去三亚玩吗，怎么周霄问我要你家地址？"

林嘉清把事情原原本本跟龚问蕊说了。

"我不是不能接受周霄有过去，我是觉得过去有些事不能轻描淡写一两句就翻过去不提，我觉得能说出来才表示真的和过去告别了，要不然，就像陈惜文说的，周霄能几次三番不顾一切地救她，只因为曾经是恋人，说不通的。你觉得呢？"

龚问蕊沉吟一下，问："那个孩子周霄亲口承认了吗？"

"我没有提那件事，我问他分手的真正原因，他沉默。"

龚问蕊叹口气："等你们都平静下来再谈一谈吧。我觉得吧，过去已成事实，谁也无法改变，而且对于你，他的过去说不上错，他只是错在不够坦白。"

"你说得对。"林嘉清不得不承认龚问蕊这句话既实在又残忍。

"我问你，你要是一开始就知道这些，你会接受他吗？"

"我不知道。"林嘉清感觉心在阵阵绞痛，"我只知道我现在还接受不了。"

"想不明白就先不要想，睡觉！休息不好，更想不明白。"

祁东家院门大敞着，院子中间的空地上，祁母正在翻晒谷子。

"大伯母。"林嘉清站在门口清脆地喊道。

"嘉清啊，快进来！"祁母直起身，拍拍手，把林嘉清拉进来。

"大伯母，我来还草帽。"

"草帽？对，草帽，昨天你跟祁东去帮他三叔公收鱼了。"祁母把林嘉清按在竹椅上，"坐，喝口水。"

竹椅旁边是竹桌和另一把竹椅，桌上一套白瓷茶具。祁母给林嘉清倒了一杯热茶，就在另一把竹椅上坐下。

林嘉清把草帽挂在竹椅椅背上，双手捧起热茶。

“大伯母,这谷子新收的?”

“今天早上祁东帮忙收的,趁这几天天好晒了,再收起来。”祁母端详着林嘉清,“嘉清,你哪天回来的?”

“昨天。”

“你妈可惦记你了,说你中秋加班,怕你天天吃快餐凑合。趁还没嫁人多回来陪陪你妈,嫁人了就不能想回就回了。”

“谁要嫁人?”身后响起祁东的声音。

林嘉清回头,见祁东站在那儿笑嘻嘻地看她,怀里抱着几件农具。

“哪有人要嫁,大伯母说笑呢。”

祁母似是被点拨了,问林嘉清:“嘉清啊,你谈朋友了没?”

林嘉清不知该怎么回答,想了想,道:“跟祁东哥一样。”

她看一眼祁东,祁东的表情似乎在说:你又抄我作业!

林嘉清向祁东吐吐舌头。

“跟他一样?跟他一样就坏了!现在一说这个,他就没话,我也拿他没辙。都三十多了,愁死人了。你可不要学他。”

祁东也向林嘉清吐吐舌头。

“祁东哥,你什么时候回市里?”

“今天下午。你回吗?回的话,可以搭我车。”

“回,不过我弟下午去市里,他说捎上我。”

“说到嘉庆,嘉庆比你们两个都强,我听你妈说,嘉庆已经有女朋友了。”祁母瞪一眼祁东,问林嘉清,“嘉清,你见过嘉庆女朋友吗?”

“大伯母,您说的是嘉庆的哪个女朋友?我觉得他还没到当真的年纪呢。”林嘉清笑道。

“唉,你们这些小崽子啊,没个让人省心的。”

林嘉庆其实是专为送他姐跑一趟。

林嘉清收拾好东西从楼上下来,却哪儿都找不到林嘉庆。

“妈,嘉庆呢?”

“刚他女朋友来电话,匆匆忙忙开车出去了,说晚点回来送你。”

直到下午三点,林嘉庆才打电话回来,懊恼地说:“本来说吃几口生日蛋糕就走的,结果被灌了点酒……姐,我送不成你了,暂时也没法开车回家。”

林嘉清大为恼火:“你这都什么狐朋狗友, 知道你开车还灌你?! 你也是,就不能不喝吗?! ”

“我也不想的,他们非要我女朋友喝,我就替她喝了。”

正说着,林嘉清听手机那头有个声音说:“嘉庆,你多大了,你姐还管你那么严啊,跟个老娘们儿似的……好,好,别生气,我不说了。”

只听林嘉庆又道:“姐,知道了。你放心吧,一会儿我找个代驾开回去。”

林嘉清恨不得把林嘉庆揍一顿。早知如此,还不如就搭祁东的车回去。这下好了,只能去路边等公交车了。

于是,林母帮着拿包,送林嘉清到公交车站。

林母回去后,林嘉清足足等了十几分钟,车都没来。

林嘉清正自发呆,忽然,一辆黑色本田停在了她面前。

祁东把林嘉清捡上车。

听林嘉清述说完原委,祁东数落她道:“你脸皮薄得不是地方。像这种事,以后直说。”

第五章 信任与和解

周霄睡到中午才起来。

昨晚，他抽掉一整包烟，在客厅里坐到天蒙蒙亮，才和衣到床上躺下。

现在他浑身酸痛，咳嗽不止，额头和手心都很烫。找出温度计试了一下，三十九度一。果真发烧了。

周霄从抽屉里翻出退烧药，按照说明书吃下四粒。

四个小时过去，症状不见缓解，再试表，温度一点没降。

没办法，只能去医院。

周霄从电梯出来，看见林嘉清从祁东的车上下来，脚就钉在了电梯门外。

林嘉清拿着大包小包，笑眯眯地跟祁东道别。祁东把车窗放下来，又对林嘉清说了几句，才掉头离开。

林嘉清上单元门的台阶，抬头看见周霄，脚下一顿。

“出去吗？”林嘉清问。

在周霄看来，说这话的时候，林嘉清面无波澜。

“嗯。”周霄道。他感觉咳嗽即将破喉而出，赶紧别转脸，拼命压制住。

林嘉清与他擦肩而过，进了电梯。

电梯门闭合的一刹那，周霄放松下来，爆发出一阵咳嗽。

他想：她没发现他生病，也没发现他生气。

林嘉清一进更衣室，陶蜜劈头就问：“你昨晚干啥去了？”

“在家睡觉啊。”

陶蜜惊讶道：“你能睡着？”

“应该睡不着吗？”

其实林嘉清昨晚没睡好。她在单元门口碰见周霄，觉得周霄对自己很冷淡，还把脸别过去不看自己。尽管是她在生周霄的气，不理周霄，可周霄那样对她，她又添了一层伤心。躺在床上，很多乱七八糟的念头在脑子里打架，她想到了他们变成普通邻居，变成互不关心的陌生人，这些念头折磨得她翻来覆去，几次想坐起来不睡了，也不知折腾到几点，才迷糊过去。

“你男朋友来打点滴，你在家睡觉？”陶蜜感到难以置信，“难道不是该陪一下的吗？”

林嘉清愣住：“他生病了？”

“啊，我知道了，你们吵架了！”陶蜜一副了然于胸的表情。

林嘉清无言以对。

“那我得提醒你啊，我不知道你们吵得厉害不厉害，但自己男朋友还是得看牢一些。你知不知道你男朋友有多被人惦记。”

“被谁惦记？”

陶蜜跟林嘉清讲了昨晚值夜班时的所见所闻。

陶蜜路过急诊科，被两名护士招手叫过去。那两名护士神神秘秘对她说，急诊来了一个超级帅的帅哥，正在打点滴，要她过去看新鲜。陶蜜果真到输液室门口扒头去了，看到周霄闭着眼靠在椅背上，旁边输液杆上吊着两大袋液。陶蜜转头告诉那两名护士，帅是真帅，可惜名草有主，就是本院的，别惦记了。

“你猜人家怎么说？人家说，女朋友不陪着，真够狠心的，被别人乘虚而入，可不要后悔。”见林嘉清不吭声，陶蜜急道：“是你男朋友，又不是我男朋友，怎么我比你还急，真搞不懂你们这些谈恋爱的。不是血海深仇，差不多就得了，要这么就算了，我都替你可惜！”

“能分手的，就证明成不了，可惜也没用啊。”林嘉清道。

“那你提前告诉我一声，我上！”

林嘉清白陶蜜一眼。

电梯门就要合上，却被一只手挡住。

门重新打开，是周霄。

林嘉清往旁边让了让，周霄走了进来。

电梯上行。

电梯轿厢内壁是咖色的镜子，林嘉清打量着镜子里的周霄。

今天陶蜜的一番话对林嘉清还是有所触动的。和不和好再说，想到他生病，林嘉清还是有点心疼。

但看他的脸色，似乎并无大碍，该是好了吧。

林嘉清视线往下移，落到周霄手上拎着的购物袋上。虽然包装上的字在镜子里是反着的，林嘉清还是一眼看出里面有好几只罐装啤酒。

“药酒不能同服。”

话一出口林嘉清就后悔了，恨不得抽自己一巴掌。

“已经好了。”周霄淡淡道，神情很是高傲。

林嘉清再无话可说。电梯到九楼停下，门一打开，林嘉清快步离开。

林嘉清一边往家门走一边骂自己不争气。

话一出口周霄就后悔了，恨不得抽自己一巴掌。

自己为什么就不能说“你怎么知道我生病了”呢！

而林嘉清走出电梯的时候，自己想叫住她或者跟着她，最后自己却什么也没说，什么也没做。

他的心是想说想做的，但他的嘴、他的腿拒绝配合。

已经是从家里回来的第二个周末了。

自从与周霄同乘电梯上楼，林嘉清一赌气，调整了每天出门和回家的时间，以免碰见周霄，那以后果真就再没遇到。

但她晚上下班回来，上楼之前，会抬头看看周霄家的窗户。倘若灯亮着，她会感到一丝安慰，继而又狠狠责备自己没出息。然而下次，她还是忍不住要看。

有时林嘉清看着那窗户，不禁迷惑起来：这个人为什么要塑造一个完美的童话，又残忍地让自己知道那是假的呢？

昨天龚问蕊打来电话，问他俩怎么样了。林嘉清跟她说了从家里回来后的情形，并说周霄似乎在生自己的气。不想龚问蕊听了大为振奋。

“你想啊，如果他心虚，他生什么气呢。你可要问好了，这里面备不住有冤情。”

林嘉清承认龚问蕊分析得有道理，可她问不出口。

“同桌，不是我说你，你这脾气真能把人急死。你要耗到什么时候问，再等十年吗？”

林嘉清动摇了，但没能下决心。

下午，林嘉庆打来电话，说自己过来办事，叫林嘉清和祁东哥一起去吃晚饭，为感谢祁东哥上次代为送她回家。

林嘉清觉得与其在家纠结，不如出去散散心。

林嘉清跟林嘉庆和祁东去了翡翠阁。

饭吃到一半，林嘉清去洗手间。

林嘉清从洗手间出来，看到一个胖男人站在回包间必经的走廊正中，嘴里嘟嘟囔囔。

直觉告诉林嘉清须得谨慎一点，于是她不急迈步，仔细听了听。那张嘴里说的净是些颠来倒去的胡话。再看那男人，额头上闪光，也不知是汗还是油，脸和脖子皆涨红着，脚下不稳，摇晃欲倒。

林嘉清明白那男人是喝醉了，打算贴墙从他身边溜过去。

就在林嘉清将要溜过去的当儿，那男人注意到了她，一个转身，张开双臂就向她抱过来。

林嘉清心中叫苦：自己怎么这么倒霉，总遇见这种事！

也是多少有了点经验，林嘉清及时缩身一躲，身体是躲过了熊抱，却被那男人双手拽住了左臂。

林嘉清怒喝道："放开，你放开我！"同时准备好膝盖，打算一旦被拽过去就狠狠给他一记。

僵持了片刻，林嘉清拽不脱左臂，也够不到那男人的要害。

林嘉清感到快要不敌，放开嗓子喊道："来人，快来人！"一边继续与那男人撕扯。

突然间，那男人被人揪住后衣领，连连后退。林嘉清趁机狠狠赏了他一膝盖，挣脱出来。

那男人号叫着翻倒在地，夹起双腿。

揪那男人后衣领的人揽住林嘉清肩膀："嘉清，你没事吧？"

是祁东。

紧接着，林嘉庆也赶到了："姐，你没事吧？"

三人怒视着地上的胖男人。

林嘉清道："走吧，算了，别理他。"

祁东仍旧揽着林嘉清的肩膀，三人转身向包间走去。

正在这时，对面来了一个高大的身影，怒冲冲与他们擦肩而过，冲着地上那胖男人就去了。

只见他双脚轮流猛踢，还不解气，俯下身将胖男人的胳膊拧到身后，使劲往地上压。

胖男人右脸贴地，发出杀猪般的号叫："饶命，好汉饶命……"

那个身影冲过去的时候，林嘉清他们就不由站住了，转身看着。

三人呆呆站在那里，目瞪口呆地看着这一幕。

林嘉清最先反应过来："够了，不要打了！"

那个身影站起来，转过身，经过他们面前，看一眼林嘉清，跟来时一样怒气冲冲地走掉了。

“保安？警察？特工？”林嘉庆自问。

“你认识他？”祁东问林嘉清。

“不认识。”林嘉清道。

三人回到包间坐下。

林嘉庆先是大骂胖男人，继而对自己没能揍他几拳表示遗憾，接着大肆赞美那个陌生男人身手矫健。

“酷毙了！”林嘉庆总结道。

林嘉清则心事重重，几乎不说话。

祁东似乎也没了兴致，只偶尔跟林嘉庆说上一句半句。

今天三人说好在这翡翠阁好好吃一顿，点了不少特色菜，经此一事，都吃不下了，于是草草散席。

周霄站在十二楼电梯厅的窗后，向下看着。

林嘉清从车上下来，正在跟驾驶室里的林嘉庆说话。

周霄松了一口气。

还好是林嘉庆送林嘉清回来，若是祁东，周霄不知道自己会做出什么事来。

周霄这星期升任正科长，为答谢部门同事的协助，他在翡翠阁预订了包间，选在今天请他们吃饭。席间酒喝了不少，他到走廊过风，正好撞见林嘉清被醉汉纠缠。不幸的是祁东快了他一步，让他失去保护林嘉清的机会。随后他看到祁东一直揽着他的林嘉清。

懊悔加妒火，烧得周霄气血翻涌，便冲过去将醉汉胖揍一顿。

回到包间，周霄再坐不住，埋了单，借口有急事，先回来了。

楼下传来汽车发动的声音。只见林嘉庆驱车离开，林嘉清走进单元门。

周霄转身看着电梯指示灯。电梯动了，从五楼下行至一楼，片刻之后，开始上行。

周霄心里一动，蹑手蹑脚从楼梯走下去，在九楼楼梯间等待。

林嘉清从电梯里出来，经过楼梯间门口，走向家门。

林嘉清从包里掏出钥匙开门。

钥匙转动两圈后，林嘉清压下门把手推门。

周霄就在这时从楼梯间出来，疾步走过去，将林嘉清推进门里，反手将门关上。

屋内一片漆黑，林嘉清被一个吻结结实实堵住了嘴。

她想要推开来人，可是那人怎么推都不动，还捉住了她的一只手，把她抱得更紧。

她用另一只手去推，那人把她另一只手按在自己腰间，要她抱住他。

林嘉清知道那人是谁。她熟悉他的气息，他的味道。

于是她抱住他。

两个人一直吻着，直到林嘉清落下泪来。

"别哭，不要哭……"周霄松开林嘉清的手，环着她的腰，吻去她脸上咸咸的泪水。

林嘉清捶着周霄的胸口，带着哭腔道："你这个大坏蛋！你就是个大坏蛋，你捉弄我！"

林嘉清抽泣着，把脸埋在周霄胸前。

"好，好，我是大坏蛋……"周霄把她拥在怀中，吻着她的头发，"是我不好，都是我不好……"

林嘉清渐渐止住了抽泣。

林嘉清的脸贴着周霄的胸口，听着他的心跳。

就听那颗心轰鸣着说："我们不吵架了好不好？"

那颗心又轰鸣着说："这段时间你不理我，我很难受。"

"只有你难受吗？"林嘉清说着，眼睛又湿润了，"难道我不难受吗？我都快难受死了……"

“你想要的那个答案，我现在给你。我和陈惜文分手，直接原因是她另外有别人。”

“你说什么？”林嘉清愣了。

“我说我和陈惜文分手，是因为她另外有别人。”

“你再说一遍。”林嘉清万万没料到会是这样一个答案。

“怎么了，不相信？”

“你等一下，我把灯打开。”林嘉清伸手去摸索开关。

“着什么急，说完了再开。”周霄把她拉回怀里，“我并不喜欢陈惜文的性格，答应跟她交往，是因为她把喜欢我的事搞得人尽皆知，让我避无可避，又烦不胜烦。另外，她大约确实很喜欢我，为此做了很多出格的事，我怕她想不开，伤害自己，所以就答应她试着交往一下……”

“后来呢？”

“后来，我发现她另外有别人，就跟她分开了。”

“你刚才说这是直接原因，那间接原因呢？”

“间接原因就是我压根儿喜欢不起来她啊，所以一直没有跟她有什么实质性的关系。”

林嘉清沉吟着，等她确信自己听懂了周霄这句话的含义，便大着胆子问道：“那……那个孩子是怎么回事？”

“孩子？什么孩子？”周霄顿了一下，“等等，你是怎么知道这件事的？”

“是陈惜文告诉我的，她说她怀过孕。”

“陈惜文找过你了？”

“没有，她给我打电话时提到的。”林嘉清紧张起来，禁不住微微颤抖，“所以……是有那个孩子吗？”

周霄叹了一口气：“那不是我的孩子，那是别人的孩子。你是不是上当了，我想陈惜文是故意跟你那么说的，傻姑娘。”

林嘉清恍然大悟：“所以不是你和她有了孩子，在她流产后，你跟她分的手，而是你发现她跟别人有了孩子，才跟她分手喽？”

周霄倒吸一口凉气：“你把我想成什么人了，一个不负责任的渣男？”

“可是，这种事情在现实生活中也很常见啊。”

“怎么，你不相信我？咱俩一起去找陈惜文，让她当面跟你说个明白。”

“我相信你。”林嘉清双臂环上周霄的脖子，“但还有一个问题……”

“还有什么问题？”

“你为什么不从一开始就告诉我分手的真正原因？”

“我和她早就结束了，尽管我并不喜欢她，我也不愿意说她这种事情。而且，我自觉有对她不住的地方，违背本心跟她交往，很多事情也没有尽到男朋友的责任……”

“原来如此，你觉得有愧于她，所以才不顾危险保护她，是吗？”

“难道你觉得我跟她余情未了？还是她这么暗示你？”

“都有吧。不管怎么说，也都怪你没跟我说明白。”

“是我没说明白，还是你是胆小鬼？”

“你没说明白，我也是不够自信，就算是胆小鬼吧。”

“陈惜文心术不正，上次在G市，就是她删除了你的来电记录。她再联系你，别她说什么你都信，起码跟我求证一下，不要直接定我的罪。”

“好的。”

周霄一把抱起林嘉清。

“你干什么？”林嘉清慌忙问。

“你说好的。”

“你跟我说不要轻信陈惜文，我是说那个好的。”

“啰里啰唆，别再说了，再说天就要亮了……”

林嘉清直睡到日上三竿才睁眼。

她第一个反应是迟到了，一个激灵坐起来，随即想起今天周日，松了口气。

林嘉清身边，周霄翻了个身，一手搂住她的腰，迷迷糊糊道：“醒了吗？”

林嘉清“啊”一声抱住自己肩膀，身体往被子里缩去。

片刻，她就惊觉被子里面形势更其严峻：两个人都什么也没穿。

这是他们第一次在白天裸裎相见。

林嘉清记起来,衣服都扔在客厅里了。

林嘉清想趁周霄还在迷糊展开行动,偏偏肚子“咕咕”叫了两声。

周霄被惊动,笑道:“要起吗?”

林嘉清在被子底下踢了他一下:“你先。”

“那我先起了?”

林嘉清别过脸:“你快点。”

她感觉周霄把被子掀起来,又盖住,听到他说:“可是,我没有衣服。”

林嘉清把眼一闭:“我不看,你快点。”

林嘉清感觉周霄下了床。

半晌,周霄笑道:“我穿好了。”

林嘉清把眼睛睁开一条细缝,见他真的穿好了,才完全睁开。

她看见自己的衣服也已放在床头。

“你先出去。”

周霄站在原地不动,笑吟吟的。

林嘉清刚要发作,周霄揉揉她的头发,柔声道:“游戏结束,我去准备早饭。”

周霄做了西红柿鸡蛋面。

林嘉清洗脸刷牙完毕,面刚好上桌。

周霄换鞋出门:“你先吃,我上楼洗漱一下。”

半个小时之后,周霄回来了。

他上身换了一件翻领衬衫,下身搭一条休闲裤,头发还湿着,胡子也刮过了,全身散发出清新的味道。

周霄还拎下来两只挺大的袋子。

周霄往碗里加了点汤,吃光坨掉的面条,林嘉清主动承揽了洗碗的任务。

林嘉清洗碗前看见周霄拎着一只袋子走进卫生间,洗好碗后,又看见他拎着另一只空袋子从卧室出来,不由好奇:“你干吗呢?”

“放两套衣服在这里,以防万一。”

林嘉清跑到衣柜前打开门,只见周霄的几件衣服赫然挂在里面,和自己的衣服一起。

林嘉清转到卫生间,只见周霄的牙刷、剃须刀等等在盥洗台上大大咧咧放了一排。

林嘉清惊觉:他这是要同居!

衣服和洗漱用品在林嘉清这里成了周霄留宿的理由。不是既然东西都在这里了不用回去,就是他那里没有存货了还不如在这里,算下来,一个多星期里,没有几个晚上不是赖在林嘉清家不走的。

晚上且不说,只要林嘉清不回父母家,休息日的白天,周霄也尽可能待在这里,在她身边晃来晃去。

现在他们两个跟同居有什么区别?

林嘉清觉得还能有一点区别,那就是自己能单独做点事情。

周霄做饭或洗碗她不反对,但是其他家务她不希望他掺和,因为如果两个人都一起做,那简直就跟两口子过日子一般无二了。她还不想就这样……便宜了他。

比如此刻,林嘉清惦记着要洗床单被套,而不想周霄插手。

“你还有事吗?”林嘉清赶周霄回去。

周霄一脸幽怨:“回去也无聊啊,在你这儿待一会儿嘛。”然后环顾四周:“有没有什么需要干的?”

林嘉清头摇得跟拨浪鼓似的:“没有。”

“那咱俩看电视吧。”周霄打开电视机,选了一个频道。

林嘉清耐着性子陪他看了半个多小时,实在忍不住了。

“怎么了,你为什么扭来扭去的?”

“没有啊。”林嘉清否认,“我想起一件事来,我去趟卧室。”

林嘉清决定先把被套卸下来。

林嘉清走进卧室,把房门轻轻掩上。

她觉得事情有点不对劲:在自己家里拆洗个被套,怎么感觉跟做贼一样?

林嘉清先把枕套和床单都撤下来,换上干净的,然后全力对付那个被套。被套是最大号的双人被套,一个人确实有点费劲。

“要不要帮忙?”

林嘉清吓得一哆嗦。扭头去看,见周霄从门缝探头进来,目光落在她手中的被套上。

周霄径直走进来,夺过被套,三两下就卸了下来。

周霄把四件套团成一团抱在手上:“洗衣机?”

林嘉清不情愿地点点头:“洗衣机。”

林嘉清跟着周霄到卫生间。周霄把被套放到洗衣机里,林嘉清放好洗衣液。周霄一把盖上洗衣机盖子,按下启动键。

周霄揽住林嘉清肩膀,拥着她走出卫生间,一路进行教育:“我是你男朋友,你应该叫我帮忙。”

“我自己可以的。”

周霄叹口气:“我是你男朋友,你应该……”

林嘉清木然接道:“……叫你帮忙。”

“这是你作为我女朋友享有的权利。”周霄又道。

十分钟以后,林嘉清才悟到这句话的真谛:“所以作为你女朋友享有的权利就是必须叫你帮忙这种义务?”

周霄当时正歪在沙发上,一只胳膊舒服地搭在靠背上。房间内安静了几秒钟,周霄点点头:“可以这么理解。”

林嘉清和陶蜜交了班,挤在洗手池边洗手。

林嘉清打了个哈欠,眼泪都出来了。

陶蜜道:“天天打瞌睡,晚上做贼去了?”

林嘉清脸红了:“有吗?可能因为晚上没睡好……”

陶蜜不疑有他，没有再继续这个话题。

林嘉清恨不得打死周霄。

她需要跟周霄谈谈。

周霄洗完碗从厨房出来，见林嘉清坐在沙发上，就要坐到她旁边。

“别，你坐那儿。”林嘉清一手阻拦，一手指着单人沙发，“咱们得谈谈。”

周霄掉转方向，坐到单人沙发上，一脸认真：“你说吧。”

“你……这几天累吗？”

“不累啊，为什么要累？”周霄眨了眨眼。

“我是说……我是说……”

周霄一副凝神倾听的姿态。

“我是说……”林嘉清顿一下，继续道，“天天住一起，会不会太累了……”

“我不累。”

“我累！”林嘉清大声说。

两人四目相对。

“天天这样我吃不消的……”林嘉清用哀求的口吻道。

“那你说怎么住？”

“那……你一周在我这里两次？”

“要么一三五，要么二四六，你选。”周霄倒很干脆。

“二四六吧……”林嘉清想到周日不用上班。

“就这么定了。”

新的一周过去，林嘉清倍感上当。

周霄到底还是在林嘉清家扎下根来。

林嘉清记不清周霄是花了多长时间，用什么借口，把他的家当一点一点搬到自己家来的。

周霄自己的房子基本不住了，以至于隔段时间要特意上去开窗通风。

十二月中旬，圣诞节的气氛越来越浓。

林嘉庆打电话问林嘉清要不要平安果。

“要，帮我留一箱吧，二十三四号我去店里取。”

林嘉清打算把平安果分给陶蜜她们。

周末，林嘉清和周霄在超市采购。

各种日用品、生鲜装了满满一车。

在结账口排队时，周霄说有样东西忘了，他要回去拿。

周霄回来得很快。林嘉清看见几只小盒子从周霄外衣袖口下面溜进购物车里，漏到了下面。林嘉清问：“那是什么？”

“没什么。”

林嘉清撇撇嘴。

轮到他们结账，周霄让林嘉清到门口等。

“不要，我要结账。”

“你确定？”

林嘉清白他一眼：“我要结。”

周霄耸耸肩：“那好吧。”

等到那几只小盒子在商品队列里循序前进时，林嘉清脸上挂不住了。

好容易把这些捣蛋鬼收进购物袋，收银员说：“等下，这个还有赠品……”

收银员从身后的架子上取下更小巧的两只盒子，递给林嘉清。

林嘉清犹豫一下，一把抓过来丢进购物袋，落荒而逃。

周霄没费什么事就哄好了林嘉清。

林嘉清在车上从购物袋里翻出他们买的圣诞帽和驯鹿发卡，趁红灯，将圣诞帽戴在周霄头上，自己戴上驯鹿发卡。

车子驶回怡林园。

两人拎着购物袋上电梯，一路打打闹闹，嘻嘻哈哈。

电梯上到九楼，门徐徐打开，两人就这样出现在林嘉庆面前。

“姐……”林嘉庆目光在两人身上转来转去，“怎么不接电话？”

客厅里，林嘉庆坐在林嘉清和周霄对面，茶几上放着那箱平安果。

三人皆是一脸严肃。

林嘉庆咳嗽一下，问林嘉清：“你们交往多久了？”仿佛他是一家之长。

“几个月吧……”林嘉清道。

“那也不是很长时间。”林嘉庆眉毛一挑，望向周霄。

“哎，不是……你以为你谁啊，替爸妈审我呢，啊？”林嘉清回过味儿来，向林嘉庆丢过去一只抱枕。

林嘉庆接住抱枕，委屈道：“姐，我还不是为你好吗？！是谁隔三岔五被人骚扰……”

林嘉清一时语塞，周霄则瞪起眼睛。

这时林嘉庆的手机响了。

挂断手机，林嘉庆说他得马上回店里。

林嘉清和周霄都松了一口气。

林嘉庆起身往玄关走，发现周霄抱臂坐在沙发上不动，停下盯着他道：“这么晚了，周大哥不一起吗？”

“一起，一起。”林嘉清忙对周霄使眼色。

周霄收到林嘉清指示，叹口气，双手一拍膝盖站起来：“刚好我也准备走。”说得一字一顿，咬牙切齿一般。

林嘉庆和周霄并肩等电梯。

“周大哥以前恋爱过吗？”林嘉庆盯着电梯门道，“我姐这人比较单纯，据我所知还没谈过恋爱，家里人对她也一直爱护得很，希望周大哥对她好一点。”

林嘉庆这一番话说得挺严肃。

周霄点点头："我会的。"态度相当诚恳。

电梯门打开，林嘉庆率先进去，见周霄站着不动，按住开门键道："不进来吗？"

"我等另一部，"周霄说，指了指楼上，"我住楼上。"

林嘉庆呆住：还可以这样操作？这算什么，不是同居胜似同居？

林嘉清抱着手机犹豫不定：是不是该嘱咐林嘉庆一下，让他先别和爸妈说？

正自忐忑，门铃响了。

周霄回来了，像堵高墙杵在门口，向下盯着她的眼睛。

林嘉清心虚，回客厅沙发上缩起来，把抱枕挡在胸前。

周霄在她对面坐下。

林嘉清受不了周霄目光的压力，打算暂时躲避一下。她扔掉抱枕，站起来："你饿吗，我去做饭……"

"你坐下。"周霄指点着林嘉清刚才的位置。

林嘉清忐忑不安地坐下，不由双膝并拢，双手交叠，放在腿上。

周霄抱起手臂："你家里人还是不知道有我吗？"

"是……"

"那你老实跟我说，不跟家里人说有我，是觉得我们会分手吗？"

"不是。那是两回事好不好。没跟家里人说是想确定了再说嘛。"

"那不还是觉得会分手?！"

林嘉清语塞。

她想了想，决定换一种说法："不一样的。现在就说，他们会问东问西，会让我带你回去，会问什么时候结婚，我们就没自由了啊。"

"没什么自由？"

"比如说，将来万一要……要……分手，他们啰里啰唆……"林嘉清自觉于理不通，越说越小声。

“那不就是觉得会分手?!”周霄放开抱着的胳膊,将手支在膝盖上,“这样吧,那你说怎么样才算确定?你要是说没确定,那我们现在这样算什么?”

“是你非要挤过来跟我……”

“那我搬回去?”

林嘉清不吭声。

“那我搬回去。”

林嘉清嘟囔道:“也不用搬回去……”

“为什么不用搬回去?”

“因为……费门。”

周霄“扑哧”一声笑了。

“你笑什么?”林嘉清指指楼上,“你就住楼上,来来回回,可不是费门吗?”

“那我不搬回去,然后呢?”

林嘉清眨眨眼:“然后,然后……”

“然后,然后就是见对方家长啊,再然后就是结婚啊。林嘉清同学,你不会跟我说你不想结婚吧?”

“没有不想结婚啊,我,我没有那么开放……”

“那不就结了!”

“那……那你以后会后悔吗?”林嘉清问出了心里最大的疑问。

“我为什么会后悔?你说,会有什么事让我后悔?”

“我不知道……”

周霄叹口气,坐到林嘉清旁边,搂住她:“让我们后悔的那件事还没发生呢,甚至都不知道它会不会存在,那我们为什么不往前走?你不要那么没自信好不好?”

林嘉清想想,认真地说道:“你说得对啊,我怎么没想到呢……”

周霄几乎要笑哭。

“这样吧,先去见你父母,再去见我父母。”林嘉清道。

“那什么时候?”

“就选过节的时候吧。”

“那最近就是圣诞节，然后是小年、大年。”

“还是传统节日吧，长辈更看重传统节日。”

“说定了啊。”

“说定了。”

“那你今天怎么补偿我？”

“为什么要补偿你？”

“我陪你演戏了啊。”

“那倒是……那就补偿你。”

周霄挑眉道：“你也不问问我要什么补偿？”

“那你想要什么补偿？我告诉你，不要坐地起价啊，太贵重的我买不起……”

“不用花钱。”

林嘉清感觉不妙：“那还是花钱吧。”

“今天领导过来检查，大家都注意一点。内务和衣着要保持卫生整洁。还有，上班时间不要在窗口接电话！”

说完这番话，陈组长转向林嘉清：“林嘉清，你今天不拣药，上窗口。”

林嘉清一贯有耐心，态度好，再加上颜值高，是塑造窗口形象的最佳人选。

“好。”林嘉清站起来应道。

医院药学部主任和院长陪着市局领导走过来的时候，林嘉清正给一位老奶奶发药。老奶奶是老患者了，光林嘉清就接待过好几次。老奶奶记性不好，耳朵还背，虽然每次发药都有交代她注意事项，但是她每次都问同样的问题。除了林嘉清，药房其他工作人员都憷她。

老奶奶又开始了：“我吃这个药有什么不能吃的吗？”

“萝卜不能吃，中药里面有人参，补气的。”

“那可以和西药一起吃吗？”

“我们不建议中药和西药一起吃,最好隔开一个小时。”

…………

林嘉清耐心回答完老奶奶所有问题。

“你的态度是这个!”老奶奶竖起大拇指。

领导们站在发药窗口一侧观看完整个过程。等老奶奶走了之后,站在中间的一位领导问:“这位同志叫什么名字?”

药房主任道:“林嘉清。”

领导点点头:“这才是为患者服务的态度,值得学习,值得表扬!”

“林嘉清工作一贯认真,是我们医院的优秀员工!”药房主任道。

领导们走了,林嘉清松了一口气。其实她也会紧张害怕,怕有什么问题答不上来,丢人现眼。

晚上周父回到家,对周母说起林嘉清。

“周霄对象人不错。”

“你见着了?”

“检查工作时见着了。”

“照片都没看过,你怎么知道是哪个?”

“周霄跟我提过她的名字,今天我一问,对上了。”

“长得怎么样?”

周父对这个问题颇为不屑,想了想,道:“这么说吧,你儿子配不上人家。”

周母开心地拍了下大腿。周父轻易不夸人的,这话说明那姑娘是真的俊俏。

龚问蕊叫林嘉清和周霄周五晚上参加她的小型庆生会。庆生会定在“微笑里”,江州一家有名的音乐酒馆。

晚上七点多,林嘉清捧一大束鲜花,周霄手提礼盒,携手走进位于市中心步行街的“微笑里”。

“微笑里”店堂宽阔，中间环形吧台，四周卡座。圣诞节将至，店堂里一片红红绿绿的装饰，比平时显得拥挤了很多。

果真是小型庆生会，除了林嘉清和周霄，龚问蕊只叫了工作室的一名男孩和一名女孩。

吃完饭，蛋糕摆上，那两名活泼的年轻员工怂恿龚问蕊戴上随蛋糕赠送的王冠，当众许愿。

龚问蕊闭起眼睛：“祝愿工作室生意红红火火，我自己尽快脱单！”顿了一下，补充道：“还有，林嘉清和周霄速速结婚，速速生子！”随即一口气吹灭蜡烛。

在座的一齐欢笑鼓掌。林嘉清和周霄对视一眼，两人都笑盈盈的。

晚餐闭餐后，吧台供应酒饮和小吃，店堂内灯光转暗，驻唱登台表演，年轻顾客蜂拥而至，夜生活开启了。

一个穿夹克衫的身影从他们卡座边匆匆掠过。

周霄见林嘉清伸长脖子追着背影看，问道：“怎么了？”

“我好像看见我弟了。”林嘉清不是很肯定，“也许看错了。”

那个背影确实是林嘉庆。

林嘉庆是来接女朋友的。

林嘉庆女朋友苏安被闺密约到“微笑里”喝酒，他不喜欢闺密那一帮狐朋狗友，过来接苏安回家。

卡座里坐着整整一大圈衣着新奇、发色各异的小青年，苏安坐在闺密身边，在最里面。

林嘉庆站定，也不跟其他人打招呼，问苏安：“走吗？”

苏安感到为难，看看林嘉庆，又看看闺密，犹豫不决。

闺密道：“你就让她再玩一会儿嘛，没尽兴呢。”

林嘉庆不理会，只看着苏安：“走不走，不走我回了。”

“嘉庆！”苏安立刻站起来，去拉林嘉庆的手。

这时，一个将头发染成黄灰色的青年懒懒地开口了：“嘉庆，你架子真是越来越大了。叫你你不来，好容易来了，让你多待会儿，这面子都不给。”

这人三十上下年纪，在这一群小青年里是最大的，也是他们的头儿。他和林嘉庆算是熟人，是闺密的男朋友。

林嘉庆不看他：“最近忙。”

“大忙人嘛，理解。”黄毛语带讥讽，“这样，喝一杯你们再走。”

“喝不了，要开车。”

黄毛立刻变脸，将手中酒瓶重重往桌上一蹾：“有几个臭钱了不起啊?!林嘉庆，你很牛嘛，中秋节问你要点礼盒，你当听不见，就这么不给面儿是吗?！”

“你要的可不是一点礼盒。一开口就是二十件，我可伺候不了你。”

“林嘉庆，给你脸了是吗?！这样吧，我也不为难你，”黄毛指指桌上的一整打啤酒，“你把这些喝了，咱们就算前尘往事揭过，我让你走。不喝，想走，没那么容易！”

林嘉庆道：“不喝！我没时间跟你耗！”说着，拉着苏安就走。

黄毛示意他那一帮兄弟：“把他抓住！”

就有两个小弟拦住林嘉庆，把苏安扒拉到一边，一人抓住林嘉庆一只胳膊。

“你们放手！你们干吗?！”林嘉庆挣扎。

黄毛上前拍拍林嘉庆脸颊：“张嘴，我伺候你喝。”随即吩咐小弟：“开瓶！”

苏安一看不妙，赶紧求闺密跟黄毛求情。闺密让黄毛放过林嘉庆，不要搞出什么乱子来，黄毛不听。

黄毛一手捏住林嘉庆的两腮，强迫林嘉庆张嘴，却被林嘉庆一口唾沫吐到脸上。

黄毛抹掉唾沫，目露凶光，照着林嘉庆的脸就是一拳，林嘉庆嘴角登时破了。

林嘉庆奋力挣脱两名小弟的钳制，扑上去与黄毛扭作一团。

卡座乱哄哄闹将起来，吸引了其他顾客的视线。但店堂内乐声喧闹、人声嘈杂，根本听不清那边叫喊些什么，但见人影乱动，衣帽横飞。

林嘉清看着看着，心中越发不安。直觉告诉她，说不定就是林嘉庆出事了。

林嘉清起身，对周霄道："你跟我来。"

周霄不知何事，但紧紧跟上林嘉清。

等走到闹事的卡座附近，看见林嘉庆的身影，周霄立刻明白，不待林嘉清吩咐，一个箭步就插了进去。

"住手！"周霄喝道。说着，他一脚踹开扭着林嘉庆胳膊的，又一把拎起揪着林嘉庆头发的，随便往地上一丢。

周霄的身材和体格与那帮小青年相比，简直是正规军之于杂牌军，他往那儿一站，原先挤作一团的人就自动向两边闪开，仿佛被气场分开一般。

林嘉庆看清来人是周霄，不自觉去找他姐的身影："姐！"

林嘉清从周霄身后绕过来："嘉庆，怎么回事？"

林嘉庆抹一抹嘴角，看看手上的血迹，用目光寻找黄毛。但见黄毛早躲到人群之后卡座的角落里去了。

"伤到哪里了？要不要报警？"林嘉清端详着林嘉庆的脸。

"不用，就是闹着玩闹急眼了！"

林嘉清知道林嘉庆没说实话，但见他伤得不重，也就不想多事。

林嘉清狠狠瞪林嘉庆一眼："走吧。"

"好。"林嘉庆应道，回身拉过苏安。

跟龚问蕊打个招呼，林嘉清和周霄先把林嘉庆和苏安送到"微笑里"门外。

"你来这儿跟爸妈说过了吗？"林嘉清问林嘉庆。

"说过了。"

"那你这个样子回去，怎么跟爸妈交代？"

"我先把苏安送回家，打个电话就说有事回不去了。我先住店里，等看不出来再回去。”

林嘉清点点头：“也行。那你到店里，给我打个电话。”

“好。那我们先走了。”林嘉庆说着就要上车。

“等一下。”林嘉清叫住他。

林嘉清看看周霄，示意林嘉庆：“一句谢谢也没有？”

“谢谢周大哥。”

“不客气。”周霄笑道。

周霄升任正科长后，工作量倍增，最近更是动不动就加班到晚上八九点钟，偶尔周末也要去半天。

林嘉清有添置衣物的需求，想逛商场，可又心疼周霄，不想他劳累。找龚问蕊，龚问蕊正在外地。不得已，她决定自己去。

年底购物季，商家都在拼命搞促销，商场里非常热闹。

林嘉清逛了大半个商场，买了一件羽绒服。

她很后悔自己穿有跟的靴子出来逛街。仅仅是为了美，就让自己受罪，实在太不值了。

她想找个地方坐下来歇歇，喝点东西，可哪儿哪儿都人满为患。

林嘉清只能忍着脚疼继续往前找。大约走了二十米远，透过人流的缝隙，她突然看到一张没人坐的长椅。

她再仔细看看，那里紧挨着洗手间，怪不得没人坐。

顾不得那么多了，林嘉清快步上前。

坐下来那一刻，林嘉清松了一大口气，感到太舒服了，很想把靴子也蹬掉。

林嘉清从包里掏出手机看时间：中午一点二十五分。她跟周霄约好四点商场门口见，周霄接她回家，时间还差得远，该怎么消磨呢？

正发愁，耳旁响起一个女人的声音：“林嘉清？”

林嘉清抬头一看，愣住了。

十年未见，江漫依旧是江漫，明艳动人，酷似高圆圆的大眼睛没变，那眼睛里的神气也没变。

“可以聊一下吗？”江漫直截了当问。

江漫坐到林嘉清旁边：“听说你和周霄在一起了？”

林嘉清心想：真是三句话不离周霄。

林嘉清甩甩头发，道：“是，我和他在一起了。”

江漫一顿，大约没料到林嘉清这么干脆。

“没想到你们会在一起，还挺意外的……”江漫开始挑选字眼儿。

林嘉清笑一下：“很意外吗？”

“毕竟……几个月前，周霄小姨还托我妈帮周霄介绍对象来着……”

林嘉清强压下不耐烦：“有这事？”

“你不知道啊？周霄小姨还特意跟我妈说，女方户口一定不能是农村的……”江漫紧紧盯着林嘉清的眼睛，“不然，周霄父母肯定不同意。”

林嘉清垂下眼睛不说话。

“那你……见过周霄父母了吗？”

林嘉清抬眼，定定地盯了江漫几秒：“你是不是关心得过了头了？”

江漫的表情像是被针扎到了一般，显得很是尴尬。

“我要没记错，你家不是农村的吗，我只是作为老同学关心一下……”江漫声音越说越小，最后消失在嗓子眼儿里。

“那我就谢谢你。我有事，先走了。”林嘉清站起来，也不看江漫，拎着购物袋扬长而去。

“喂，我加完班了，去跟你会合，你现在在哪儿？”

“在家。”

“那么早就回去了？”周霄挺意外。

“商场人太多了，就回来了。”

“好，我马上回去。”周霄挂断手机。

林嘉清明显情绪有异，周霄用鼻子闻也能闻得出来。

周霄进门的时候,林嘉清正窝在沙发上看电视。

“在看什么?”周霄一边换鞋一边问。

“《柯南》。”

周霄没听清楚:“什么?”

林嘉清看他一眼,重复一遍:“我说是《名侦探柯南》。”

“又看。”

据周霄观察,林嘉清看《柯南》一般是在心情不好的时候,内容重复与否不重要,只要看完,心情就会变好。这一点,周霄觉得挺神的。

“想吃什么,我去做饭。”周霄往厨房走,却听到身后电视的声音停了。

林嘉清跟了进来:“要我帮忙吗?”

周霄把手中的洗菜盆往林嘉清眼前一蹾:“那就撕一下杏鲍菇。”

两人分工合作,周霄偶尔逗一逗林嘉清,林嘉清报以白眼或粉拳。

·

天冷了,两人吃过饭没有外出散步,而是挤在沙发里看电视。

周霄问:“你今天出门见着谁了?”

“怎么会这么问?”林嘉清警觉地看着他。

“你今天上午心情还挺好的,下午打电话时就感觉你情绪有点低落。不会是跟龚问蕊闹别扭了吧?”

“怎么可能。”林嘉清转头去看电视,顿了一下,道,“我遇见江漫了。”

“江漫?”

林嘉清盯着电视屏幕不作声。

周霄揽过林嘉清:“我感觉你不怎么喜欢江漫。”

“是。”林嘉清点点头,“你还记得高中选级花那档子事吗?”

“记得。”

“你们男生专门建了一个群讨论。”

“哎,你怎么知道?”周霄很是疑惑,“男生应该不会跟女生说这种事情。”

“你先别管我怎么知道的,当时是不是有人在群里问你,我和江漫你选谁？”

“是有人这么问。我说，难道你在男生中安插了内线？”周霄摸着下巴道。

林嘉清在周霄肩上捶一拳：“我是这种人吗？你以为我很稀罕级花吗？”

“逗你呢，逗你呢……”周霄举手投降。

林嘉清白周霄一眼，继续道：“你还记得你是怎么回答的吗？”

“我说江漫更合适……”周霄小心地看看林嘉清的脸色，“你早就知道了吧，还让我说……”“还有吗？”

“我说你为人低调，不喜欢这些……我发誓，我当真是这么觉得。”

林嘉清笑了：“挺老实的嘛。”

“你果真有内线。”

“才不是有内线，是江漫把你第一句话的截图发给我看了一下，又撤回去了。整整十年，我都只知道有第一句话，不知道有第二句。”

“那第二句话是怎么知道的？”

“是龚问蕊回江州后，叫我一起跟班长夫妇吃饭，班长说的。”

“这么曲折……”周霄皱着眉道，“所以，就是因为第一句话，你以为我喜欢江漫，从此就对我避之如蛇蝎？”

“你也不是蛇蝎啦。”林嘉清笑道。

周霄拉过林嘉清的双手，认真道：“那也就是说，江漫的一个举动，让我们错过了十年？”

林嘉清思索了一下，摇摇头：“也不能全怪她吧。我想我们之所以错过了十年，还是因为我们都缺少勇气吧。”

“你说得对。”周霄佩服地看着林嘉清。

“她今天又跟我说了一件事，也是关于你的。”

“她又搞什么！”周霄眉头紧皱，“这十年我都跟她没见过面，也没有任何交集。”

“几个月前，你家里是不是帮你张罗过相亲？”

“有这回事，我妈跟我提过，我拒绝了。”

“江漫说你小姨找到她妈,要求给你介绍个对象。”说着,林嘉清斜周霄一眼。

周霄感觉到全身有一层冷汗正冒出来，赶紧攥紧林嘉清的手:“我发誓,这件事我不知道。我当时就是不想谈,想谈的话也用不着相亲。”

“这倒是,”林嘉清点点头,做出上上下下打量周霄的样子,“毕竟你长得这么……”

“别打岔！接着说,江漫还说了什么？”

“你怎么知道她还说了别的？”林嘉清惊讶道。

周霄眉毛一挑:“她就说了我小姨拜托她妈给我介绍对象,也值得你生气？你是那么小心眼儿的人吗？”

“我当然没那么小心眼儿。”林嘉清顿一下,继续道,“江漫说你小姨托她妈帮你找对象，有一个特别注意事项，就是对方家庭必须不能是农村的。”

随即林嘉清将脸凑到周霄面前,盯着他的眼睛道:“你家很介意你未来另一半是什么户口吗？”

周霄沉吟一下,斟酌着说道:“也不是。主要是我妈怕对方家庭条件和我家不一样,生活习惯和思考方式差异大,未来相处不好,会有矛盾。”

林嘉清轻哼一声:“你真是会艺术加工,能把嫌贫爱富说得那么好听。”

周霄面对林嘉清坐正,认真说道:“你知道我并不那样想。再说了,要说家庭条件,我可能还配不上你。”

这句话明显把林嘉清哄到了。她想了想,又道:“你刚才说的也都是你自己的理解,怎么证明你爸妈真是那么想的？”

“那好办,让我爸妈亲自跟你说呗。”周霄巴不得有这个空子可钻,赶紧跟上。

林嘉清瞥他一眼,没说话。

周霄趁机再进一步:“说真的,你什么时候跟我回去见我爸妈,小年还是大年？你不去见过,我心里不踏实。”

“合适的时候呗。”

“什么时候合适,小年还是大年?”

“哎呀,你烦不烦,让我想想……”

林嘉清给林嘉庆打了个电话，要他给自己留几只特别定制的新年礼盒。

“我送过去吗?”林嘉庆问。

“不用,明天我过去拿。”

“行。”

“老周,什么事这么高兴,你都乐了一天了。”

“有吗?”

“有啊。看你这么高兴,不问下都觉得说不过去了。”

“今天小年,难道你不高兴?”

“高兴,但是也没你这么高兴啊!”

周霄与同事对视片刻,两个人都笑起来。

“不说是吧?不说算了。那就小年快乐啊。”同事耸耸肩,先走了。

周霄将手边的文件简单整理一下,就开车去医院接林嘉清。

林嘉清今天跟他回家见父母。

林嘉清坐进副驾驶位,关好车门,系好安全带。

“那我们就直接过去了?”周霄问。

“等一下。”

“你反悔了?”

林嘉清一副“我服了你”的表情:“没有。我们先去取点东西。第一次上门,我总不能空着手吧。”

“我爸妈不看重这个。只要你去,没我也行。”周霄笑道。

“别贫了,赶紧的,说话就要堵车了!”

“遵命!”

林嘉清指路，十多分钟后，周霄把车停在了一家“水果大师”连锁店门前。

周霄跟着林嘉清走进店里。

此刻前来抢购礼盒的顾客把不大的店堂挤得满满当当的。林嘉清踮起脚，好不容易才看到了林嘉庆。

“嘉庆！”林嘉清向林嘉庆招手。

林嘉庆抬手回道：“姐！”随即注意到周霄，热情挥手道：“姐夫！”

这一喊不要紧，顾客们纷纷回头，看到林嘉清和周霄这一对璧人，不由自主让开一条通道。

林嘉清听见“姐夫”两个字吓了一跳，疑惑地看看周霄。

周霄则十分配合地应了一声，得意地看着林嘉清。

林嘉庆走过来：“姐，今天你真不回家？”

“不回，大年二十九再回。”

“哦。”林嘉庆若有所悟，瞥了周霄一眼。

“礼盒呢？”林嘉清问。

“你等一下，我进去拿。”

林嘉庆跟员工交代几句，走进里间去了。

周霄环顾店堂，对林嘉清道：“装修和陈设都很时尚，店员的服饰也别致，你弟弟很能干啊。”

“是啊，这一年都是他在打理，边学边干。其实挺辛苦的，什么脏活儿累活儿都要干，还要随叫随到。说真的，他能坚持下来，我挺意外的。对了，‘姐夫’是怎么回事？”

“什么怎么回事，姐夫就是姐夫啊。”

林嘉庆从里间出来，两手各提一只礼盒。

周霄抽出插在裤兜里的手，接过礼盒：“我来。”

“你先去放车上吧。”林嘉清对周霄说。

周霄拎着礼盒放进后备厢，刚关好，姐弟两个就又拎着三只礼盒到了。

“这么多？”周霄又把后备厢打开，接过林嘉清和林嘉庆手里的礼盒。

“有两箱是给龚问蕊和陶蜜的。”

周霄点点头。

周霄和林嘉清前脚驱车离开，一辆黑色本田就在林嘉庆身后按响了喇叭。

“祁东哥！”

“你怎么站在这儿？”祁东打开车窗，问林嘉庆。

“我姐过来取东西，刚走。祁东哥，你得进来等我一下，我还有一点点事情要处理。”

祁东点点头。

林嘉庆的车去保养了，今天蹭祁东的车回去过小年。

祁东在店里等林嘉庆，几名员工一边瞄着他，一边在一起嘀咕：“今天来的人颜值这么高，都可以走红毯了……”

祁东听到，心里微微一动。

林嘉庆正在检视补货单，一名女店员凑过来：“老板，你周边的人都长得好好看啊，特别是你姐和你姐夫！”

林嘉庆瞪她一眼：“赶紧忙你的去！”

祁东和林嘉庆在回家的路上。

“今天小年，你姐不回家吗？”

“不回，说是有事。”

林嘉庆想了想，补充一句：“也不知道是不是交男朋友了……”然后暗暗观察祁东的反应。

只见祁东面不改色，眼望前方：“怎么说？”

“啊，我猜的……”林嘉庆别开眼睛，“不然，她干吗老不回家。”

林嘉庆总觉得祁东哥对他姐有意思。

如果猜对了，接下来祁东哥恐怕有的难受了。因为看他姐和周霄那意思，最近是要见家长了。

针对他姐漫长的单身生涯，林嘉庆也曾认真设想过，倘若他姐不主动出击任何人，那终结者只能是祁东哥了。毕竟祁东哥是他姐这只兔子窝边最好的草。首先，双方家庭知根知底，住那么近，关系又那么好，以后有什么事，帮衬、照应起来非常方便。其次，他姐和祁东哥青梅竹马，性格都那么温和，料想祁东哥会对他姐很好。再次，祁东哥对他林嘉庆关爱有加，很有长辈风范。一切都蛮理想的。

可是冒出了周霄这么个陌生人。林嘉庆一开始对周霄是有戒心的。本来嘛，他姐那么一颗嫩白菜，怎么那么轻易就能被拱了呢。不过，自从周霄在“微笑里”给他解围，林嘉庆就对周霄好感倍增。这人虽然有点狂，不过能打，以后带出去肯定特有面儿。对他姐呢，看起来也是保护周到，属于激情保镖一型，要不然怎么能把那胖男人往死里揍呢。

今天林嘉庆给周霄升级了，叫了“姐夫”，其实他是故意的。他就是要看看他姐什么态度。他姐那么保守的人，如果不阻拦，那事情就是定了，他也要做好心理准备。

至于祁东哥，没办法，只能替他遗憾了。

第六章 介意与生气

“我来。”周霄把两只礼盒提在手上，打算就把后备厢关了。

“等一下，还有东西。”林嘉清俯身，又提了一只礼盒下来，然后从一只不起眼的袋子里面拿了一瓶茅台出来。

周霄接过来瞧了一眼：“看年份，这一瓶上万吧。你什么时候买的？”

“前段时间。”

“我的女朋友真的是富豪。”

周霄责怪自己迟钝。林嘉清确实有问过他，他爸爸喝不喝白酒，当时他没想那么多，随口说：“喝！”

两人提着东西上楼，周家的大门敞开着，周母听到动静就从里面出来迎接。

“回来啦！”周母拉着林嘉清的手笑呵呵地说，“这就是小林吧？”心道：这姑娘长得真好看！看来老周没有骗她。

“阿姨好！”林嘉清有点招架不住周母的热情。

周霄站在一旁，无奈地说：“妈，让我们先进屋吧！手上还提着东西呢！”

周母反应过来：“对对对，先进屋，先进屋。你看我，真是的，看见你们回来光顾着高兴了！”接着又说：“怎么还拿这么多东西！周霄你真是的……”

林嘉清见周霄要遭殃，急忙把礼盒举到周母面前：“阿姨，这是我家里的东西，拿给你们尝尝。”

“不用这么客气！以后有空多来玩，不用拿东西来……”林嘉清第一眼就招周母喜欢，她说的这些也不是客套话，是真心实意的。

真是什么话都让母亲说了，周霄无奈地摇了摇头。

林嘉清有些紧张，她抬眼看了看周霄，周霄用眼神安抚她，让她不要紧张。

三人进了客厅，周母冲书房喊了一声：“老周，小林他们来了！”

把东西放下，周母让周霄和林嘉清到客厅的沙发坐，喝点水，休息一下，等下就开饭。

林嘉清刚喝了一口水，缓了一下，一个中年男人的声音在远处响起来：“回来啦？”

林嘉清抬眼看过去，立刻反射性地站起来，手足无措：“周局长！”

“爸！”周霄的声音紧随其后。

林嘉清尴尬到脚趾抠地，僵在那里。周霄说过他爸在市卫健委工作，没承想竟然是上次来她们医院检查的领导。

被周霄喊“爸”的中年人嘴角抽搐一下，继而温和地说：“是小林吧？在家里随意一点就好。”

周霄先是被林嘉清那一声“周局长”惊了一下，继而憋笑。

“周叔叔。”林嘉清立马改口，瞥了一眼周霄。周霄已笑得双肩耸动。

周父点点头，走过来坐下。

“你也坐。”周父对林嘉清说。

待林嘉清坐下来，周父问：“你在二院的中药房工作，是吗？”

“对。”林嘉清机械地点点头。

“上次我去你们医院检查看到你了，”周父说，“很优秀！”

“啊这……”林嘉清有些意外周父会夸她。

“我爸说你很优秀！”周霄凑过来，笑着对她重复了一遍，表情有几分得意，好像是他得了夸赞一般。

“我去问一下你妈什么时候开饭。”周父说完起身向厨房走去。

周母皱眉道：“你怎么也进来了？我们两个都跑进来了，不招呼小林像什么样？”

“你去。”周父好脾气地说，又有点无奈，“那姑娘把我当领导，好像有些怕我……我在那儿她很拘谨。”

周母扑哧一声笑出声，觉得儿子的女朋友太有意思了！心道：这下老头子有人治了，平时在家都是她和周霄让着他。

“你不用紧张，我爸又不吃人。”周霄安抚着林嘉清，唇边的笑意尚未消散，“他很好说话的。”

林嘉清红着脸，挥手打了一下他的手臂：“那你还笑！”

“好，好，我不笑了！”周霄举起双手做投降状。

周母从厨房出来，看见两人在打闹，睁大眼睛故意对周霄说：“周霄你在干吗？是不是欺负小林了？”

“妈——”周霄拖着长长的音调，转头看着周母，一脸无辜，“我是这样的人吗？”

林嘉清见来的人是周母，心里一下子没那么紧张了，主动对周母笑着说：“阿姨，我跟周霄闹着玩呢。”

“你看！”周霄大声说，“嘉清都这么说了！”

周母瞪了他一眼，转脸表情一变，笑眯眯地对林嘉清说：“以后周霄再欺负你，你就跟我说，我帮你揍他！”

气氛在周母和周霄的有意调节下变得轻松了起来。

没多久，周父围着围裙从厨房出来，告诉他们，可以开饭了。

周母在饭桌上热情无比，仿佛这就是她的舞台。周霄完全没有用武之地，他和周父默默地自己夹菜吃饭。

“别客气啊！今天做的都是阿姨的拿手菜，周霄和他爸都特别爱吃，你也尝尝。”周母自夸起来让人觉得很可爱，“你喜欢吃什么，和阿姨说，等下次来，阿姨做给你吃！”

“好的，谢谢阿姨！您别忙了，我自己来就好。”林嘉清看着冒尖的饭碗，有些头疼，桌底下，偷偷踢了周霄一脚。

周霄腿上突然被踢了一下，差点被呛到。

接收到林嘉清的眼神信号，他拿纸巾擦了一把嘴角，开口解围：“妈，你别夹了，你看碗都装不下了。”

周母一看，还真是。

“那你想吃什么自己来，就当自己家里，别客气啊！”

一顿饭吃下来，林嘉清肚子要撑爆了。

阵地转移到客厅，周母让周霄去切点水果，周父被安排去厨房洗碗，林嘉清有点不好意思：总不好让最大的领导洗碗，自己在客厅坐着吧，便上前主动询问要不要帮忙。

周父还没说话，周母就抢先开口：“不用不用，周霄他爸洗惯了，这都是他的活儿。”

周父说：“……好，你说什么就是什么吧。”

周霄切好果盘，周母热情地端到林嘉清面前，招呼她吃水果。

“谢谢阿姨。”林嘉清用牙签插了一块出来，拿在手上慢慢品尝。

周母把周霄挤到一边，开始找话题和她聊天。

“小林，听周霄说你们俩住在同一个小区，是吗？”

“对，都在怡林园。”林嘉清咽下嘴里的果肉，回道。

“那好啊，住得近，方便照顾，你有什么事都可以叫周霄帮忙！”

周霄等母亲说完，慢悠悠来了一句：“我每天都有照顾她的，不信您问嘉清。”是天天照顾，而且都照顾到床上去了。

林嘉清闻言朝周霄的方向瞄了一眼，他抬头刚好发现她看过去，立刻挑了眉盯着她，唇边带有笑意。林嘉清耳下一红，急忙收回视线。为什么周霄一看过来，她就立刻明白他话里的意思，林嘉清好想捂脸，她感觉自己被周霄带坏了！

“呵呵，那就好。”周母瞥了一眼笑得荡漾的自家儿子，很少见他那么主动，上学那时候就不爱跟女生一起玩，看来现在是解开封印了。

“那你父母住得离怡林园近吗？”周母又问，想多了解一点林嘉清家里的情况。周霄只大致跟她提了一些，说过怡林园那套房子就是她家里帮买的。

“不是很近。”林嘉清顿了几秒，朝周霄看了一眼，心想：他还没跟他父母说过吗？

“我家住在香兰那边的村上。”

“什么？住村上的吗？”周母呆了一下，有些意外，因为林嘉清看着不像是农村出来的。

林嘉清观察细微，察觉到周母的表情有点不对劲，心有点沉下来。

“香兰那一片挺好的，不是正在开发吗？”周霄出来打圆场，他也没想到母亲反应那么大，本来靠在沙发上的脊背立刻挺直。他一边说话还一边观察母亲和林嘉清脸上的表情。

林嘉清的表情淡了下来。

周母自知失言，又把笑容堆起来，看了周霄一眼，跟着道：“是挺好的，听说那边要搞一个什么生态公园。”

“那你父母他们……”周母比较在意的是林嘉清父母的职业。

“我妈跟您一样是家庭主妇，我爸在外面做点小生意。”林嘉清没等周母说完，主动介绍了自己父母的情况，但是她此刻没打算把家里开公司的事情说出来，就让她误会好了。

“妈——”周霄要说什么，被林嘉清一个眼神制止住。

“这样啊，那挺好的……”周母客套道。

气氛明显不太对劲，有点聊不下去的样子。

周母尴尬地笑了一声，起身对他们说道：“我去看一下你爸，怎么洗个碗洗这么久。”

周霄和林嘉清两个人在客厅里。

“对不起，我妈她没有看不起的意思……”周霄知道他妈的话让林嘉清不舒服了，周母刚离开客厅就率先跟她道歉。

“我知道。”林嘉清淡淡地笑着说，忽略他的道歉。

周霄伸手捏了捏林嘉清的手，安慰道：“你是嫁给我，又不是嫁给我妈。”意思是她不用理会他妈是怎么想的，不管他妈是介意也好，不介意也好。

林嘉清怎么可能不理会。

“唉！小林这孩子挺好的，就是父母都是农村的，如果是市里的就好了……”周母皱着眉头可惜道。她也不是说看不起农村的，但是周父的职位在这里，到时候周霄娶了林嘉清，同事问起亲家的背景，总不能说是农村的吧，不好听。

“我都快退了，还在乎好不好听？农村不农村的我不在意，我看那姑娘挺好的！”周父倒不是很在意这些，他过几年就退了，在乎这些虚的干什么？

“话是这么说，但是你不是还没退吗……”

“你在孩子面前别说那些有的没的，到时候两个孩子闹别扭，你看你儿子会不会怪你。”周父对自己的儿子比较了解，周霄看上的人肯定会护着。

“知道了……”周母应下，心里也是有些委屈：她这还不是为了他好？

夫妻俩从厨房里出来，刚好碰到林嘉清和自家儿子要离开。

“叔叔阿姨，正想跟你们说，我单位里有点事得先走了。”林嘉清还保持着进门时的礼貌。

周父点点头：“你先去忙，单位的事情要紧。”

“这么快就走啦……”周母有些自责，以为这是林嘉清想离开这里的托词。

林嘉清颔首，转身往门口那边走去。

“我开车送她。”周霄看了周母一眼，冲周父说了一句，然后快速跟在林嘉清身后，两人的身影很快消失在门口。

周母张了张嘴，来不及叫住周霄，片刻之后，心情低落地对周父说：“儿子是不是在怪我？”

“他是你儿子，怎么会怪你？”周父心里骂了一句周霄不孝子，见不得周母难过，安慰了一下，“不过以后他们的事你就别掺和了。”

“不管了，以后再也不管了，他想找什么样的都行。”周母怕了。

本来好好一顿饭，挺开心的，现在闹得大家都不高兴。

林嘉清坐在副驾驶位上，抿着嘴角，看向窗外一侧，街边的一个接着一个的路灯一闪而过。

她确实是要去医院上班，二线班，今晚值夜班的同事家里突发情况，电话打到林嘉清这里。

所以周霄现在送她去单位。

周霄把车开得有些快，车里很安静，他想说点什么，但是现在不是时候。

很快，他把林嘉清送到了医院门口。

“你先回去吧，开车注意安全！”林嘉清下车，冲他挥挥手，好像跟往常一样，说完就要转身进去。

“嘉清！”周霄忍不住叫住她，对她沉声说：“今晚的事情你别多想。”

林嘉清点点头，没有再说什么回应他，这次终于转身进了医院。

周家。

“这是哪儿来的？”周父整理客厅的时候，发现地上放了一瓶珍品茅台。

周母走过来看：“怎么了？”

“哦，这是小林拿来的。”周母记得进门之前，这瓶酒是林嘉清提在手上的。

“二十年陈酿，市价最少两万吧。”

“还有那几箱礼盒也是非卖品，定制的，虽然不是很贵，但是在外面根本买不到。”

“这么贵！”周母瞠目结舌，惊叹林嘉清的大手笔，不起眼的一瓶酒竟然就要两万块。

周父不说话，只是觉得林嘉清能对男方的父母家人这么大方且上心，做到这份儿上，也是很难得，而且不像是打肿脸充胖子的人。

周母心里这下更惭愧了：“要不跟周霄说说，我去跟小林解释一下。”

周父摇了摇头，看林嘉清离开时候的态度，虽然彬彬有礼的样子，但心里肯定对周母有疙瘩了，她不一定接受。

“那怎么办？”周母看着周父，心里忐忑不安。

“顺其自然吧。”周父叹了一口气，“只能指望你儿子了，人家不介意，还能当一家人自然最好。”

小年夜那晚之后，林嘉清表现得没什么异常，和周霄之间玩笑照开，周霄情动的时候也没有拒绝，只是没有再提让周霄跟她回去见父母的事情。

大年二十八那天晚上，周霄和林嘉清依偎在一起。

周霄问：“你什么时候回来上班？”

人还没走，现在他就开始舍不得了，恨不得把人拴在身边，走到哪里带到哪里。

“初七。”林嘉清困得要命，迷迷糊糊地给出答案。

周霄俯身，吻了吻她光洁的额头，轻声道：“睡吧。”

林嘉清闭着的眼睛睫毛动了动，然后沉沉地睡去。

大年二十九，林嘉清陪着林母搞了一整天的卫生，到了晚上的时候就腰酸背痛的。家里太大了，就这点不好，卫生不容易做。

到了吃饭的时候林父和林嘉庆才从公司里回来。

“终于放假了！”林嘉庆一进门就大喊，“我终于可以睡懒觉了。”

每年年前的这段时间，公司都异常忙碌，林氏集团的水果出货量非常大，又因为林父花了很多精力放在质量把关这一块，所以林氏集团的产品口碑一直比较好。

吃饭的时候，林父宣布了一件事，他和几个叔伯商量了一下，明天大年三十的年夜饭跟林家家族里比较近的几家一块儿吃，不用自己做，已经在市里的天妃酒店订了一个包间。

第二天下午，林家的几辆车载着林家宗亲老小，浩浩荡荡地从村里出发，到达天妃酒店门口的时候刚好六点半，一溜儿豪车引来周围的人驻足回首，林父一身儒雅的西装，从最前面一辆车下来。

周霄母子刚好走到天妃酒店门口，周母落后了周霄几步，停下来回头看了豪车和林父一眼，然后转身大步跟上周霄的脚步。

她转身太快，以至于没看到紧随林父下车的林嘉清，她手里牵着族里叔叔的孩子——一个四岁多的小胖墩儿。

周霄他们家今年的年夜饭也订在了天妃。和他小姨家两家人一块儿过，他表弟今年在首都没回来过年，也许是家里亲戚比较少的原因，他们两家一直都是一起过的，图个热闹，惯例就一年一年延续了下来。

饭桌上，菜还没上，男人一边，女人一边，都在闲聊。周母和自己的妹妹何瑜说起了林嘉清的事，感叹道："其他都好，就是家里是农村的，可惜了。"

"不过我现在是不管了，也不敢管。周霄小年夜那天生我的气一直气到现在，就刚刚才给我一点好脸色。"

何瑜当初刚知道的时候就愁过，特地和周霄提了，周霄还觉得她过于操心了，事实证明她还是很了解她姐姐的。"那姐夫没说什么吗？"

"说了。"周母端起桌上的茶杯，抿了一小口，咽下去之后继续道，"你姐夫说他过几年就退了，什么农村不农村的、好听不好听的，都是虚的，他不介意。"

何瑜心道：这倒是很像她这个当官儿的姐夫说的话。

饭菜陆陆续续上来，周家这边，酒过三巡，周霄喝多了起身出包间去卫生间。

两家相比之下，林家这边就要热闹许多，主要还是林家的人多。

林嘉清今晚全程都被小胖墩儿缠着，谁带他都不要。他妈妈想把他抱开，他张嘴就号啕大哭，嘴里嚷嚷着要嘉清姐姐，于是他又被塞回林嘉清的怀里。

不知道小胖墩儿是不是饮料喝多了，直喊要尿尿，想上厕所。男厕所她进不去，林嘉清想让她弟领着小胖墩儿去洗手间，可是小胖墩儿一直抓着她的手不放。然后林嘉清认命了，现在是姐弟俩领着小胖墩儿往洗手间走去。

谁也没想到，这么巧，周霄从卫生间出来的时候恰好和林嘉清他们三人在卫生间门口碰到了。

“嘉清？”周霄一脸惊喜，万万没想到今天会在这里遇见林嘉清。

林嘉庆还是挺有眼力见儿的，尽管不是很乐意，但还是抱起小胖墩儿往洗手间里走去。

“你怎么在这儿？也是过来吃年夜饭吗？”周霄实在太过意外和惊喜，想问的问题很多，他以为要好几天才能看到林嘉清。

林嘉清倒不是很热情，看了他一眼，很平淡地回了一句：“嗯，跟家里人一起来吃饭。”

“我也是，今天和我小姨家一起过来吃年夜饭。”周霄迫不及待地和她分享，兴奋地说，“哦，我小姨你之前也见过的。”

林嘉清点点头，一副心不在焉的样子。

然后她突然看见小胖墩儿从洗手间里跑出来，身后的林嘉庆却不见了踪影。她伸手拦住小胖墩儿的去路，转头对周霄说：“我先带他回去了，有空再聊。”说完，不等他回答，就牵着小胖墩儿离开了。

周霄愣了一下，盯着她的背影，嘴巴抿成一条直线。

他现在才发现刚刚和林嘉清的对话之中，他是一直很激动兴奋的那一个，以至于下意识地忽略了林嘉清的冷淡。

也终于意识到，小年夜那天的事情，在林嘉清这里并没有过去，尽管她那几天保持得很正常，正常到他以为她已经不计较了。

所以，她那几天都是装的吗？

周霄心里苦笑。

"周大哥,你有看见我姐和我堂弟吗?"

林嘉庆急急忙忙地从卫生间里出来,看见周霄低头一个人站在卫生间门口,他姐和堂弟都不见踪影,纠结了一下,还是上前开口询问。

周霄转头,然后顿了一下,仿佛看到了什么,用奇怪的眼神把他上下打量了一番,才说:"他们回去了,你的——"

"那就好!吓死我了,还以为把小胖墩儿弄丢了……"林嘉庆听到他想听的,打断了周霄未说完的话,拍了拍胸口,拧着眉头又说,"不行,我要回去把小胖墩儿揍一顿,让他不听话到处乱跑!"说完一阵风似的转身走了。

周霄:"哎——"他的话还没说完呢。

回到包间里,林嘉庆果然看到小胖墩儿赖在他姐的怀里,正享受着林嘉清的投喂。这个小屁孩儿就是个撒谎精,刚刚林嘉庆带他去卫生间,他根本没尿可尿,说尿急就是想让林嘉清带出包间去玩一下而已。

林嘉庆想着既然来都来了,他也顺便解决一下,就让小胖墩儿在旁边等着,哪知道一回头小屁孩儿就不见了踪影,把他吓出一身冷汗,急忙拉上裤子,手都没洗就慌里慌张地跑出来找人。

现在他决定要为自己出一口气,走到小胖墩儿的身旁,待林嘉清喂他吃下一口东西,立刻伸出魔爪在小胖墩儿胖乎乎的脸上蹂躏一番:"不是让你在旁边等着吗?怎么跑出去了?嗯?

小胖墩儿拿自己肉乎乎的小手扒拉他的手,见挣不开,嘴里呜呜个不停。

林嘉清拍一下林嘉庆的手臂:"你弄他干吗?"

林嘉庆夸张地摸了一下被拍的地方,气愤地说:"姐,你怕是不知道这个小屁孩儿,他都成精了!"

"他根本就不是尿急,就是想让你带他出去包间玩而已。"

"还趁着我上卫生间的时候跑了!"

林嘉清听完无所谓地看他一眼:"你跟个小孩子计较啥?"

这时,小胖墩儿忽然从林嘉清的腿上跳下来,有恃无恐,仰头冲着林嘉庆吐起舌头。

林嘉庆翻了个白眼儿，被气得胸口一起一伏。

小胖墩儿眼珠一转，跑开之后，在远处大声喊："嘉庆哥哥，你裤子拉链没拉！"

本来热闹非凡的整个包间里忽然安静了下来，然后亲戚们同时爆笑出声，鼻涕水都要笑出来了。

林嘉庆以为他是在恶作剧，呆了几秒，不放心地低头一看，脸都绿了，急忙转身捂住，然后拉起来了。

天啊！这是什么大型社死现场！

他还一路大摇大摆地从卫生间走到了包间。

"林治饶！"林嘉庆转头大声叫着小胖墩儿的大名，一副要找人算账的模样，都怪这个小屁孩儿！

"你别吓他。"林母把小胖墩儿护在怀里，瞪着林嘉庆道。

别看小胖墩儿人小，但是鬼精鬼精的，早就钻进了林母怀里，他知道林嘉庆在包间里最怕的人就是林母。

林嘉庆无可奈何，只好愤愤地盯着小胖墩儿。

又过了差不多两个小时，这顿年夜饭才算结束。

林家一群人浩浩荡荡地下楼，林父和林嘉庆去前台结账，林母跟着林嘉清的婶婶边聊边走出去，剩下林嘉清牵着小胖墩儿在大厅的沙发上等人。今晚没喝酒的人回去的时候要充当司机，她今晚要当林父和林嘉庆的司机。

周家他们一行五人，下到一楼客厅的时候，周霄的脚步顿了一下，才又继续往前走。

"怎么了？"在他后面的小姨夫问道。

"没事。"

他看见坐在沙发上的林嘉清了，还有林嘉庆口中那个胖乎乎的小胖墩儿，两人低头玩手指正玩得不亦乐乎。

走到酒店门口，不可避免地就要经过大堂沙发那里，周父和周母也发现了林嘉清。

“小林？”周母第一个喊出声，有点不敢确认。

林嘉清抬头，笑容淡了下来，然后拉着小胖墩儿从沙发上站起来。

“叔叔阿姨新年好！”对着周父周母还有他们身后的小姨夫妻问好，又拍拍小胖墩儿的肩膀，让他叫人。

“叔叔阿姨新年好！”小胖墩儿很听她的话，乖乖跟着她叫人，然后两只圆溜溜的眼睛看了一眼周霄，明显还记得他，又自己加了一句，“帅哥哥也新年好！”

周父周母一行人被小胖墩儿的童言稚语逗笑了。

“你也新年好！”周霄蹲下来，眼睛跟小胖墩儿平视，一脸认真地祝福他。

小胖墩儿明显很招人喜欢，周母几个人翻了翻口袋，尴尬地笑了笑，愣是一个人也没带红包和现金出门，满大街都普及的电子支付就是这点不好。

“叔叔阿姨，你们不用客气。”林嘉清看出来他们在找什么，开口解围。

周母正想说什么，被远处的声音打断。

“姐！走了！”林嘉庆在远处扬声叫林嘉清。

林嘉清转过去看了一眼，冲那边点头示意。

周母顺着林嘉清的视线看过去，赫然发现叫林嘉清“姐姐”的年轻男子正站在她进酒店时看到的那个中年男子身旁：他们是什么关系？

“叔叔阿姨那我先走了。”林嘉清说完牵着小胖墩儿向林父那边走去。

周霄站起来，眼神晦暗，与周母他们站在原地，看着林嘉清走到林父身边。

不难看出，林嘉清和林嘉庆的样貌同那位儒雅的中年男子如出一辙，三人站在一起极其养眼，很明显是一家人。

恰逢此时，酒店一身西装革履的大堂经理朝林嘉清他们快步走过去，脸上堆满笑容，态度谦恭，明显是来送客，响亮的声音从那边传来。

“林总这就走了吗，不多坐一会儿？”

“这是您儿子和女儿吗？跟您长得真像啊！都是一表人才！”

“林总慢走,以后多多照顾我们酒店的生意啊!”

等林父几人出了门,大堂经理才直起身子往回走,林父明显是他们的大客户。

这一幕全程都被周家五人看在眼里。

“怎么会?”周母低头嗫嚅着,旁的人听不清楚,身边的何瑜担心地看了她姐一眼。

“走吧。”周父率先出声。

这顿年夜饭当属周母受到的打击最大,回到家之后就神情恹恹的。

现在看来她是有多么可笑，那天晚上竟然还嫌弃林嘉清的家庭背景，并且表现得那么明显。估计在林嘉清眼中她就像个跳梁小丑一般,还自以为高人一等。

林嘉清负责开车,林父喝多了,坐在副驾驶位上闭目养神。林嘉庆坐在后座,林母跟着婶婶的车子走了。所以,虽然极其不愿意,但小胖墩儿还是被迫跟林嘉庆一起排排坐。

“哈哈,小屁孩儿,终于被我逮到了吧!”林嘉庆像个幼稚的小学生,使劲捏着小胖墩儿的脸蛋儿。

小胖墩儿自坐到他旁边的那一刻就放弃了挣扎,任由林嘉庆对他上下其手,嫩生生的小脸蛋儿碰一下就有红印,此时被捏得满脸通红愣是一声不吭。

“哼,你有种!”林嘉庆放开小胖墩儿,见小屁孩儿一点都不反抗,他瞬间觉得没了意思。

林嘉清开着车,透过后视镜瞥了一眼后座的情况,抽空警告了林嘉庆一句:“你别把人弄哭了,等下有你受的。”

话音刚落,刚刚还如闷葫芦一般的小胖墩儿瞬间呜呜地哭起来,硬生生挤出两颗豆大的眼泪,挂在脸上将落未落。

“呜呜……我要妈妈……”

林嘉庆来劲了。

这小屁孩儿早不哭晚不哭，偏偏他姐刚把话说完就哭上了，故意的吧！

“你妈妈在另一辆车上呢，去不了，你如果跳车就可以去！”林嘉庆对小胖墩儿说。

林嘉清不赞同地瞪了她弟一眼：他这是劝哭还是劝停呢！

还别说，林嘉庆这招还挺管用的，小胖墩儿呜呜的哭声立刻就停了。收放自如，简直令人叹为观止。

“嘉庆哥，你这样对我，就一点都不帅了！”小胖墩儿自己抹了那两滴眼泪，不甘心地来了一句。

“嘿！你说我不帅？”林嘉庆把小胖墩儿的脸扳起来，指着自己的脸问，“我不帅谁帅？”

“哼，嘉清姐姐的男朋友比你帅多了！”小小年纪不知道从哪里学来的词汇，此话一出把林嘉清姐弟两个都惊着了。

林嘉庆眼疾手快地把小胖墩儿的嘴巴捂住，生怕他又说出什么惊人语录。林嘉清用余光瞥了一眼林父，发现他还是闭着眼靠着椅背，没什么反应。

两人悬着的心终于落下来。

过了一会儿，林嘉庆才松开小胖墩儿的嘴，低头一脸严肃地问他：“林治饶，你怎么知道‘男朋友’这个词？”

“哼，我不告诉你！”小胖墩儿根本不买他的账，把脸转向一边。

林嘉清适时出马：“姐姐想知道，那可不可以告诉嘉清姐姐？”

小胖墩儿思索了一下，点点头。

“我跟我妈看电视的时候看到的，电视上都这么演的！”

林嘉清和林嘉庆一致认为，回去之后要好好跟婶婶报告一下这件事。

周霄回去之后，周父找他进书房谈了一下。

“你和小林谈对象之前就知道她们家的情况？”

“后来才知道的。”周霄如实回答。

“小林和你……你们俩没有闹别扭吧？”周父问这个是因为他今天注意到林嘉清根本没有正眼看周霄一眼，更别提说话。

“不知道，”周霄说完顿了一下，自己都有点不确定，“也许吧……”除了林嘉清今天对他有些冷淡，他昨晚发过去的微信她都有回他，起码明面上没有吧。

这是什么回答？

周父沉默了一下：“你妈那里……你别怪她，她现在应该很自责。”

见周霄久久不回答，周父叹了一口气，退而求其次：“那在家里的时候，你妈跟你说话，你至少理一下她。”

“嗯。”周霄从鼻腔中飘出一个字。

从书房出来，在客厅里没看到母亲，周霄披上外套，直接出门下了楼。

大院里一群小孩子在嬉笑打闹，与周霄此时的心情格格不入。他有些烦躁，支着两条大长腿，姿势慵懒地靠在树上抽烟，灯光照不到那里，黑暗中只看到指尖的星火一明一灭。

抽完那支烟，重重地呼出一口气，周霄从兜里掏出手机，翻出联系人的页面，想了一下，又退出来，转而点进了微信里。

两人最近一次聊天对话还停留在昨晚。

周霄让她过完年早点回来，末了还打了“想你”两个字，林嘉清那边回了三个字——“知道了”。

盯着对话框看了许久，周霄又翻出她的号码，拨过去。

一直没有人接。

周霄挂断，不由想：是不想接还是没听到？

如果手机此刻拿在林嘉清手上，估计是不好说，可惜她的手机正静静地躺在房间里充电。

林嘉清正在她家楼下打麻将。

从天妃酒店吃完年夜饭回来之后还早，村里家家户户都要守岁守到十二点。林嘉庆觉得无聊，把住他们家不远处的祁东叫过来了，还有一个小堂妹，加上林嘉清，刚好四人组了一个麻将牌局。

林嘉清坐在祁东的下家，今晚手气爆棚，连和了好几局。

“杠！”

祁东刚放下一张牌，就被林嘉清杠了。

“祁东哥，你是不是放水了？”连续点了几次炮之后，坐在祁东上家的小堂妹嚷嚷着说，“怎么你打出去的都是嘉清姐要的牌！”她现在非常怀疑。

“屁！那是我姐运气好！”林嘉庆跳出来说，然后催促道，“快点，我九筒你要不要？”

“碰巧而已。”祁东看了林嘉清一眼，不慌不忙地回道，然后又对小堂妹说，“那要不下一局你坐我下家？”

“算了算了。”小堂妹摇了摇头，可能真的跟林嘉庆说的一样，她坐下家可能就没那么好的运气了。

刚说完，下一局，林嘉清就点了小堂妹一炮。

小堂妹耸着肩膀，捂着嘴巴偷笑：“看来真是说不得说不得……”

洗牌的时候，祁东不着痕迹地扫了一眼林嘉清的牌面，然后顿了一下：刚刚点炮的那张牌是她拆了打出来的。

说来也怪，接下来林嘉清的牌运异常的差，上家的牌要的不多。

将近十二点的时候。

“今晚就到这儿吧……”林嘉庆有气无力地说。他今晚输得最多，小堂妹赢得盆满钵满，钱几乎都是从他这儿刮去的。

四人麻将牌局解散了，小堂妹钱拿到手之后就先跑了，走的时候笑得合不拢嘴。

“那我也先回去了。”祁东站在林嘉清身旁，对姐弟俩说。

林嘉清点点头。

“姐！你顺便去锁一下门！”林嘉庆冲林嘉清喊了一声。

“知道了。”林嘉清见他正在收麻将牌，应下来，同祁东一起往外走。

祁东出了门，犹豫了一下，转了个身，刚想对林嘉清说什么，一束绚丽漂亮的烟花就在两人头顶的空中盛开，祁东的声音被淹没在烟花的尖叫中。

林嘉清抬头看了一眼，等烟花停下，才问：“你刚刚和我说什么？”

祁东朝她露出一个微笑：“我回去了，你锁好门。”

“哦，好。”

等林嘉清把门关上，祁东才迈开长腿转身离开。

他刚刚对她说的是：“林嘉清，新年快乐！”

守完岁，已经过了零点，林嘉清才上楼回房间。

拔了正在充电的手机，点开看，提醒有一个未接来电，十点多的时候周霄打了一通电话过来。把提醒消息划走，打开微信，全是踩点贺岁送祝福的消息。

置顶的周霄的头像上有一个红点，点进去，有两条信息。

十一点的时候：“在忙吗？”

零点整的时候：“新年快乐！”

林嘉清抿着嘴，把手机的屏幕按黑。

大年初一，放下工作，大家无非就是吃吃喝喝和玩乐，林嘉清被拉去搓了一整天麻将。

大年初二，林嘉清一个人坐在一楼客厅的沙发上看春晚重播打发时间。林母和林父开车去她外婆家走亲戚了，她和林嘉庆长大之后就不爱去了。

“姐！你想不想吃窑鸡？”林嘉庆兴冲冲地从大门口跑进来问她。

“哪里有？”林嘉清视线从电视上移开，转头看他，来了兴致。

“你就说你想不想吃吧。”

“想啊。”林嘉清不假思索，她是真的想吃。

“那你等下来大伯家田里！”林嘉庆得了他姐的回答，丢下一句，转身又跑出去了。

“你记得来啊！”人已经出了门口不见踪影，声音却洪亮地传了进来。

大概过了十多分钟，林嘉庆又打了电话给她，让她过去。

林嘉清走到田里，惊讶地发现祁东蹲在地上，撸起袖子在杀鸡，她弟则在田里垒窑。

走到祁东身旁，蹲下去。她只拔过鸡毛，没自己动手杀过鸡，此时有些跃跃欲试："要我帮忙吗？"

"不用，很冷。"祁东转头，目光落在林嘉清被冷风吹红的脸上几秒，继而收回视线，继续手上的动作。

他手脚干净利索，三两下杀好了一只鸡，拔毛，掏内脏，手法娴熟。

"我帮你舀水。"林嘉清起身，拿起旁边水桶里水瓢打了一瓢水出来。

把鸡冲洗干净，祁东又往鸡的腹腔里塞好提前准备的佐料，再往鸡的全身上均匀抹上精盐，最后用锡箔纸包好，他的手被冻得有些僵住了。

放进窑里，盖上一层泥土，开始烧窑。

三人围在火堆旁取暖。

"你们怎么想到要弄窑鸡？"林嘉清好奇地问眼前的这两个人。

"是我提的，我提的！"林嘉庆在两人面前像个小孩一样举着烧火棍抢答。

"在家没事儿干，无聊。"祁东勾起嘴角，给出的理由特别简单，却又让人很信服，因为她也觉得很无聊。

"我今天还拯救了祁东哥，因为我去找他玩的时候他正在被三姑六婆催婚！"林嘉庆得意扬扬地说。

林嘉清："……你好厉害哦！"

"话说你那个女朋友呢，怎么不见你去找她玩？"她把话题扯开。

提起这个，林嘉庆瞬间就蔫了吧唧的："分了。"

"怎么就分了？"林嘉清诧异，有些没想到，上次在音乐酒馆两人还在一起。

"上次你和周……在酒馆不是看见了吗？"林嘉庆的语速降下来，关键时刻默默地把"大哥"两个字吞到肚子里，看了旁边的祁东一眼。他差点把周霄暴露了。

林嘉清幽幽地看着他。

"你什么时候交了女朋友？"祁东开口问道，"你姐见过啦？我都不知道。”

“也没多久……”林嘉庆有些不好意思起来。

林嘉清道：“我也就见过一次。”

三人在田里边聊天边等，中途林嘉庆又添了几根柴火，大概过了一个小时，才把窑鸡挖出来。

“哇，好香啊！”祁东刚剥开锡箔纸，林嘉庆就迫不及待地大喊，“口水都要流出来了！”

“慢点，很烫。”祁东戴上一次性手套，把窑鸡分块，然后把第一块递给还没说话的林嘉清。

“谢谢！”林嘉清双手接过，对他道了一声谢。

林嘉庆等不及了，已经自己上手抢食。

“嗯，真的好香！”林嘉清闻了闻，还没下嘴咬下第一口，嘴里已经开始分泌唾液，吃到她喜欢的东西不由说了一句，“我好喜欢吃窑鸡。”

如果林嘉庆叫她吃别的，她可能不会出门来这里。

祁东闻言，轻笑一声，看着她说：“你喜欢就好。”仿佛得了她的喜欢，今天做的一切都是值得的。

林嘉清听见他的话，嘴里的肉突然不太香了。

转头看了一眼林嘉庆，他在一旁大快朵颐，根本没空听他们说了什么。林嘉清觉得林嘉庆就像一个“铁憨憨”，把姐姐卖了都不知道的那种。

分食完那只窑鸡，三人拿着工具往回走。

“好好吃啊！”林嘉庆打了一个饱嗝，顺了一下胸口，又畅想道，“不知道下次吃自己弄的窑鸡是什么时候了。”

林嘉清瞥了她弟一眼：“刚吃饱就想着下次。”

祁东倒是很好说话，转头看着林嘉清说：“你们想吃，什么时候都可以。”

林嘉清不自然地把视线移开，她发现这次过年回来，祁东对她就怪怪的，经常说一些似乎意味深长的话。

年三十那晚打麻将是，今天也是。

“祁东哥，你说的是真的吗？”林嘉庆立刻转过来跟他确认道，毕竟做窑鸡真的很麻烦。

祁东点点头："当然是真的。"

林嘉庆得到肯定的回答立刻兴奋地跳起来，他觉得祁东真是个好人，好人一生平安。

三人还没走到家门口，碰到一个住林嘉清家隔壁的邻居。

"嘉庆！原来你们在这里啊！"邻居惊讶道，"怪不得敲你们家门没人应……半个小时之前，你们家来客人了，一个长得白白净净的男的，可帅了！好像说是来找嘉庆的，不知道走了没有，刚刚还在门口呢！"

祁东和林嘉清齐齐把头转向林嘉庆，看着他，均是一脸疑问。

林嘉庆皱眉，他可想不起来他有哪个朋友长得那么帅的，还挑过年的时候来看他。

等三人快走到林嘉清家门口的时候，谜底揭晓了。

周霄身着一件深色派克外套，伸出大长腿支在地上，背靠着他那辆黑色迈腾在抽烟。见他们三人走过来，把未抽完的烟扔在地上，抬脚踩灭。

他定定地站在原地，望着三人。

祁东站在林嘉清的身边，瞥了一眼那似曾相识的车牌，毫不示弱地和周霄相视而立。

这一刻，在某种意义上是两个男人之间的较量。

周霄眯了眯眼，眼中敌意更甚。

"呃……周大哥，你怎么来了？"林嘉庆打破沉默，在跟周霄说话之前，看了他姐一眼。

周霄视线移开，落在林嘉清的脸上，回道："我来你家拜年。"

"这样啊……"林嘉庆的脸要裂开了，尴尬地笑着说，"等久了吗？怎么不提前打声招呼，我和我姐刚刚出去玩了……"

"在冷风中等了大半个小时。"

"那我们赶紧进去吧。"林嘉庆伸手拉着周霄的衣袖赶忙说，心道还好今天他爸妈不在家，否则周霄别想进他家的门。

祁东转身对林嘉清说:“既然你们有客人,我就先回去了。”顿了一下,又道,“你下次什么时候想吃窑鸡,再和我说。”

是“你”,不再是“你们”,用词直接变了,也不遮掩。

林嘉清下意识地看向周霄, 他站在原地一动不动。他脸上挂着微笑,但是眼中却没有笑意。

他生气了。

林嘉清和周霄在一起几个月,摸透了一些他的表情和行为。

林嘉庆见拉不动周霄进屋,脑袋一转,对林嘉清道:“姐,你先开门进屋,周大哥说他车里的后备厢还有东西要我帮他拿。”也不管周霄的后备厢里没有东西怎么办,双手交叉放在胸前,反正就是准备等着看他的笑话。

“哦。”林嘉清应道,信以为真,看向正等着她回复的祁东,开口说,“那你先回去吧,我也进去了。”说完大步向前,跑去开门。

周霄看了一眼还没离开的祁东,他好像也在等着看他笑话,于是转身打开后备厢,吧嗒一声,后盖抬起来,入眼是喜气满满的礼盒。

林嘉庆傻了眼,把交叉的双手放下来,感叹道:“那么多啊!”还真有啊!

周霄冲着不远处的祁东故意挑了一下眉。

祁东当没看见,转身走了。

林嘉庆和周霄搬了两趟,才把东西搬完,他现在对周霄的看法稍微有一些改变了;大年初二不打招呼就敢上他家来,勇气可嘉!

“我去门口帮周大哥看一下车。”林嘉庆找了一个无比敷衍的借口出去。大白天的,周霄的车哪里用得着他看,他其实就是想在门口帮两人放风。

林嘉庆走后,只剩下周霄和林嘉清站在客厅里,从进门到现在两人还没有说过话。

“你坐吧。”林嘉清在客厅的沙发上率先坐下来,这里毕竟是她家。

周霄这才坐下来。

沉默了几秒。

“对不起，我今天来你家事先没和你商量。”他开口第一句话就是道歉，因为他擅自做主。

林嘉清摇摇头，不知是生气了还是没生气。

“我来是因为你大年三十那天对我特别冷淡……”

“还有，跨年那天晚上我给你打电话，你没接；凌晨发给你的微信，你第二天才回……”

“你是不是……还在生我妈的气？”周霄忐忑不安地点出关键所在。

林嘉清瞬间泪水氤氲。

“你妈嫌弃我家农村背景，我生几天气怎么啦？”她鼻音渐重。

“我又不是要和你分手！”她已经很大度了好吗，只是自己生闷气而已。

“不接你电话怎么了?！晚一点回你微信怎么了?！你还跑来质问我对你冷淡！”

形势逆转，瞬间周霄变成不讲道理的那个人。

林嘉清的眼睛已经红通通的了。

“我错了，是我不讲道理。”周霄移了位置，在林嘉清面前蹲下来，抓着她的手，心疼地认错。

林嘉清自从跟他在一起，就被他弄哭了好几次。

“你放开我……”林嘉清想把他的手甩开，说出的话却软绵绵的，一点威慑力都没有。

“不放！”周霄霸道地说，反而把她纤细的手指分开，交叉扣在一起，“我心疼你。”

“我也气我妈，已经好几天没跟她说话了。”话里话外全是站在她这一边，虽然是真的，但是此时说出来有几分讨好林嘉清的嫌疑。

大过年的，怎么可以和父母生气不说话，那家里的环境得有多压抑。

林嘉清此时已经被周霄哄得态度有些软下来了：“是我生气，你跟着生什么气？”

“是我妈做得不对，惹我媳妇生气了，我不该生气吗？”乍一听，周霄说得还挺有道理的。

待林嘉清反应过来，耳尖红透了，开口呛他："谁是你媳妇？你结婚了？"

"没。"周霄盯着她说，"我是怕我妈把我未来的媳妇气跑了。"

"无赖！"

周霄不说话，视线移下来，盯着她的粉唇。

"你怎么不说话？"林嘉清见周霄被骂了也没反应。

"你把头低一点，我告诉你——"周霄声音低沉，到最后几乎听不到。

林嘉清听不清楚他后面的字，以为他真的要说什么，下意识俯身把头低下来。

下一秒，她的脸就被捧住，周霄吻了上来，直吻到林嘉清气喘吁吁才把她松开一些。

林嘉庆从大门口走进来，走到一半就把自己的眼睛捂住，红着脸又回到门口。

他在大门口放风容易吗？大冷天的，坐在水泥地板上冻死了、硌死了，想回去搬把椅子出来坐——老天非要让自己这么难吗？

松手再看客厅里，两人已经分开了，特别正经地各坐一张沙发。

"你生气可以，打我骂我都可以，就是别不理我。"周霄哽咽着把心里话说出来，"我在你这里，其实特别没有安全感。"

林嘉清被他一番话震惊了，难道一直没有安全感的人不是她吗？

在一起半年，感情方面周霄那边稍微有点风吹草动她就想退缩，林嘉清其实是自卑的。

除了样貌好一些，房子和优渥的生活条件都是父母给予的，她自认为自己就是一个平平无奇的女生，性格中庸，没有什么事业心大志向。有时候会想，两个人当初会在一起会不会只是因为当时没得到？就像心里的白月光一样。

来不及让她多想，林嘉庆异常洪亮的声音从大门口外面传来。

"爸！妈！你们怎么这么快就回来啦！"

这是在跟他们俩通风报信，虽然挺迟的。

林嘉庆作为在门口放风的“吹哨人”，一点都不合格，林父的车子都停在他眼前了他才发现：王者荣耀打入迷了。

坐在客厅里头的两人当然听见了。

但是时间太赶，林嘉清一时无法决定到底让周霄以什么身份见她父母。如果是男朋友，那她就不用走，和周霄一起坐在客厅里就好；如果是林嘉庆的朋友，那她现在就要立刻马上离开客厅，最好到楼上去。

“我要先看看你们去外婆家带了什么好吃的回来！有没有粽子？”林嘉庆开始发挥他的三寸不烂之舌，意在拖延林父林母进门的时间，好让他们做好准备，最好不要再做亲亲的事了。

林嘉清转头看了周霄一眼，只见他挺直身板，坐在沙发上正盯着她看，眼睛里全是期待。

“回去再看，在门口翻出来东西都被你弄乱了！”林母把林嘉庆伸过来的手挥开，一点也不客气地拒绝道，温润的外貌和她此时的言行一点都搭不上边。

此时林父重新把车停好，走过来就冲林嘉庆问道：“这是谁的车，怎么停在咱们家门口？”

“是周大哥的车，他今天来我们家拜年……”林嘉庆眼神躲闪，用词含糊道，也不说来人和他什么关系，“他现在在客厅里呢，我先进去招呼他一下……”说完自个儿先跑进门，留下一脸疑惑的林父林母。

再不跑，接下来他爸妈再多问一个问题，就能把他问露馅了。

算了，林嘉清在周霄期盼的眼神中败下阵来，选择坐在原地没有动。

沙发上的周霄偷偷勾起嘴角。

“姐！”林嘉庆已经跑进了客厅，用眼神来来回回地看着两人，“爸妈他们回来了，马上就进门。”这是提醒他们小心一点。

“知道了。”林嘉清回了林嘉庆一句，继而转头对周霄说，“你跟我出来一下。”说完率先起身。

周霄站起来，伸手整理了一下自己的衣服，在人注意不到的情形下把僵硬的五指活动一下，然后一脸镇定地跟在林嘉清身后。

真淡定！林嘉庆好想给周霄竖一个大拇指。

“爸、妈，你们回来啦！”林嘉清对着刚进门的林父林母两人说，然后看了一眼站在她身边的周霄对他们介绍道，“这是我男朋友周霄，今天过来我们家拜年。”

林父林母愣住了，不知道说什么好。

“叔叔阿姨新年好！”周霄适时站出来问好，见林嘉清的母亲一脸吃惊的模样，又说，“可能之前嘉清没有同你们说过，我今天冒昧地过来打扰，希望你们不要介意。”

“怎么会……”林母尴尬地笑了一下。

大过年的，再怎么介意也不会表现在脸上。

“先进屋里坐。”站在一旁的林父开口了，谁也看不出他是什么态度。

“好。”周霄心中忐忑，虽然上次已经远远地见过林父，但是现在本尊正站在他面前。不知道是不是全世界的女婿都和他一样，第一次见岳父心里非常紧张。

几人坐下来，林嘉庆默默地也搬了一张小马扎坐在一旁围观。

“嘉庆你去厨房沏一壶茶过来。”林父转头对林嘉庆说，坐下之后第一件事就是让他去干端茶倒水的活儿。

在场的其他人，谁去干这差事好像都不太合适。

“我这就去。”林嘉庆老老实实地站起来去干活儿。

“小周是吗？”等林嘉庆走了之后，林父开始朝周霄问话，“你和我们嘉清是同事?”

“不是的，叔叔，我在江州钢铁集团工作。”周霄看了林嘉清一眼，摇头说道，看来她真是一点都没和家里提过他。

林父点点头，不知是满意还是不满意。

“家里也是江州的吗？”

“对，我是土生土长的江州人，家住市卫计局家属大院。”周霄回答的时候故意透露了家庭背景。

“你爸妈在卫计局上班？”林父倒是问得很直接。

“我爸是，我妈不是，她已经退休了。”

林父看了他一眼，又点点头，不知道周霄在他这里过关了没有。

不过家庭和事业这一关在林母那里算是过了，父母体制内双职工，江州钢铁嘛，在所有江州人眼中是很有前途的国企，能进去的能力应该不差，更何况相貌还这么优秀。林母想着，又悄悄打量了一遍周霄。

衣着打扮简单得体加分，说话谦卑礼貌加分……相貌满分。

林嘉清现在就是个陪坐的工具人，一句话都不用她说。

“喝茶喝茶。”林嘉庆从厨房拎了一壶刚泡好的茶出来，虽然他动作挺快的，但是他还是感觉自己错过了好多。

帮所有人都倒了一杯，林嘉庆又默默坐回他的小马扎上面。

其他四人都顾着喝茶，没人说话。

快点开始啊！林嘉庆在心里着急大喊，为什么他一回来他们都忙着喝茶不说话了？他想听听父亲会问周霄一些什么问题，也好提前积累经验，他以后肯定用得上。

过了片刻，好像四人都饮了茶，林父才开口：“你和嘉清在一起多久了？”

小马扎上，林嘉庆立刻打起精神，内心激动：问了问了，终于开始了。

周霄下意识地看了一眼林嘉清，见她垂着双眸，明显是想让他自己回答，于是如实回道：“大概半年左右。”

“那嘉清去你家见过你父母了吗？”

“小年夜那天见了，还一起吃了一顿饭。”林嘉清终于开口。

男女交往，如果到了谈论婚嫁的地步，一般都是女方先去见男方父母，如果女方觉得不错，才会同意带男方回家，这是江州这里的习俗。

所以林嘉清这句话就表示，周霄今天坐在这里她是愿意的，否则周霄就算是不请自来，她完全可以不回应不帮衬，甚至把他轰走。

怪不得！林嘉庆瞄了周霄一眼，他当时就有点奇怪，他姐让他留了那么多箱礼盒，估计都拎去他家了吧？

“会下象棋吗？”林父突然转了一个话题，气氛陡然轻松下来，刚刚严肃得有点像是在对周霄三堂会审。

“会一点,不过不精。”周霄松了一口气,这算是初步过关了吧。他手心冒了许多汗,生怕哪里让林父和林母不满意。

“那和我下几盘。”林父说,然后又叫小马扎上的林嘉庆去书房把象棋拿过来。

林嘉庆说:“这就结束啦……”一副失望的样子。

乖乖去书房把象棋拿过来，坐在一旁观战，虽然他下象棋的技术很差,但是现在他还不想走开。

林母则把林嘉清拉进了厨房。

“这恋爱都谈了半年了,咋没听你提起过周霄?”

其实林母刚进门听到周霄的介绍就觉得不大妥,因为之前听都没听林嘉清提过他,今天不打招呼就自己上门了,不是在逼她女儿吗?总之第一印象不太好。

“想过段时间再带他回来的。”林嘉清没提周母的事,怕以后林母心里有疙瘩。

“不过今天来也挺好的,起码让我们知道你有对象了。”

“你是不知道,今天在你外婆家有多少个亲戚问了我们你谈对象没。”

“烦得我饭都没吃就赶紧拉着你爸回来了。”林母一阵碎碎念。

怪不得今天回来得那么早!

林嘉清在心里想:再晚一点估计就看不到周霄了。

“话说回来，周霄看着挺好的一个小伙子！”林母现下接触了周霄之后,对他印象又不一样了,大方夸赞道,“长得很精神!”

林母此刻完全印证了那句话:丈母娘看女婿,越看越喜欢。

林嘉清诧异,没想到周霄在她妈这里评价那么高。以她对自己母亲的了解,估计颜值占了挺大一部分比例吧,要不然当初也不会死缠烂打都要嫁给她爸,毕竟据说他爸家里当时那么穷。

“还行吧。”林嘉清回道,虽然也觉得周霄长得好看,但是在她妈面前她夸不出口——肉麻。

母女又在厨房里说了一会儿话。

“你帮我去菜园摘点青菜和大蒜。”林母递过来一个篮子，给林嘉清指派任务。她现在没空儿，今天她打算在未来女婿面前露一手她的厨艺。

林嘉清拎着空篮子从厨房里出来，周霄和林父还在下棋，两人都全神贯注地盯着棋盘。

“姐，你去哪儿？”林嘉庆这个半吊子抬头看了一眼。

“去菜园子。”林嘉清回道，又问，“你要去吗？”她知道林嘉庆的象棋水平就是个渣渣，因为每次都被她完虐。

周霄突然抬头看了林嘉清一眼，又快速转回去，继续下棋。

“噢。”林嘉庆应了一声，回绝道，“不去。”

被拒绝之后，林嘉清一个人提着篮子去菜园子。菜园子离她家有些远，几乎是要走到村末尾的位置了。

中途路过一个小商店门口，坐了好些人在那里玩，都是认识的，林嘉清停下来跟人打了招呼才继续往前走。

林母把菜园子打理得非常好，虽然天气冷，但是可能是因为出了太阳的缘故，地里的青菜看起来绿油油的。

在菜地里转了一圈儿，心情突然好到飞起来。林嘉清蹲在菜地里摘青菜的时候拿手机放了歌，还不由自主地跟着哼了起来。

一首歌放完，菜还没摘几根，林嘉清抽空点了播放下一首。

“姐！”林嘉庆这个大嗓门，人还没走到，在路边就开始喊人。

林嘉清背对着马路，当没听到，继续摘菜。

“姐，我刚刚喊你，你没听到啊？”不到一分钟，林嘉庆已经走到菜地里，站在她旁边。

“嗯，刚刚在听音乐，没注意。”林嘉清对他撒了一个小谎。

林嘉庆信以为真：“你这放的什么歌？挺好听的。”这首粤语歌的旋律好像有点耳熟。

“不记得了。”林嘉清听歌经常不记歌名，“我看一下。”说完掏出手机看了一眼。

“这首歌叫《好心分手》。”林嘉清单纯地说。

“《好心分手》？”林嘉庆不敢置信，再次确认。

“对啊。”

林嘉庆捂嘴偷笑，转身对身后的人说：“周大哥你听见了没？”

林嘉清这才发现周霄和弟弟一起过来，便怒道：“不说你会死吗？”男朋友今天来她家拜年，自己在他面前放了一首《好心分手》！

“听见了。”周霄走上前来，居然没生气，还笑了一声说，“旋律挺好的。”

林嘉清立刻切换了歌，挑了一首歌名好听的，叫《我很快乐》：

错谁的错

谁能说得清楚还不如算我的错

做什么不敢做怕什么

相信我不在乎就算你走了

…………

三个人面面相觑。

“这首歌叫什么名字？”林嘉庆小心翼翼地问。

林嘉清麻木了：“《我很快乐》……”

林嘉庆笑弯了腰。

周霄身姿挺拔地站在菜地里，低头看着林嘉清，眼中全是笑意。

有了周霄和林嘉庆的助攻，青菜和大蒜很快都搞定了。

已经装满的菜篮子转移到周霄的手上，三人肩并肩往回走，路过小商店的时候，那群人还在那里。

“嘉清，你对象长得可真俊啊！”

“要不是刚刚问嘉庆，我们都不知道你谈了对象！”

林嘉清笑呵呵地应着，转头看了林嘉庆一眼，用眼神质问道：你刚刚说了啥?

林嘉庆一脸心虚地别过头,他也没说啥。

不用想都知道,第二天,不,用不着第二天,晚上的时候,她带对象回来的事就会传遍全村!

可别小看在小商店门口的这些人, 他们可都是村里 "情报交流中心" 的骨干成员!

"林嘉庆,你来的时候说了什么? "等走过了商店,林嘉清立刻对林嘉庆进行盘问。

"我也没说啥,不信你问周大哥! "林嘉庆转身躲在周霄身后喊冤。

周霄转头看了他一眼,思索着到底要不要说真话。

见周霄犹豫,林嘉庆心里害怕自己被他拆穿,一把快速地抢过周霄手中装得满满的菜篮子,对着林嘉清振振有词道:"我先把菜拿回去了,你们走得太慢了! "然后一溜烟儿跑了。

"你——"

跑得那么快,心里肯定有鬼! 林嘉清把视线移到周霄身上,用眼神说话:你来说?

"人家问他我是谁,他就介绍了我是你男朋友。"周霄最终决定帮未来小舅子一把,毕竟他是实际受益人。

"就这样? "林嘉清怀疑:这么简单的话,林嘉庆跑什么?

"就这样。"周霄语气肯定。

"好吧。"尽管还是怀疑,但是林嘉清打算放过他。她决定回头找个时机再对林嘉庆进行"严刑拷打"。

实际上林嘉清从家里出来之后,林父接了个电话,棋局就散了。周霄对林嘉庆说他想去他家菜园子看一下,很好奇都冬天了,乡下的菜园子还长什么菜。

林嘉庆故作鄙夷地看了他一眼, 然后大发慈悲地说:"那我就带你去看一下吧。"

于是两人从林家出发,和林嘉清一样,要经过小商店门口。

村里的人见林嘉庆身边跟着一个白白净净又长相俊朗的男人，便好奇地问他："嘉庆，你朋友来你家拜年啊？"

"不是我朋友。"林嘉庆摇头，随后大方地解释道，"他是我姐的男朋友。"

"真的假的？我不相信！"村里人觉得林嘉庆开玩笑的成分比较大，因为之前都没听说林嘉清有谈对象。

"不信你问我姐夫！"林嘉庆一时口快，说出来之后顿了一下，转头看了周霄一眼。

周霄笑了一下，点头道："我是嘉清的男朋友。"

还真的是啊……

商店里的其他人也跑过来凑热闹。如果周霄是林嘉庆的朋友，他们顶多听一耳朵就过了；但是如果周霄是林嘉清的男朋友的话，那就另当别论了。

争取采集第一手资料，通过他们这些"情报交流中心"的骨干成员，传播到村里的每个角落！

当然，这些林嘉清目前还是被蒙在鼓里的。

回到林家之后，不一会儿就开饭了。

等人都坐下。

"来，小周，尝尝我们乡下的江河鱼，很鲜的。"一上桌，林母就开始推销她的菜肴，先用一个小号的白瓷汤碗舀了一碗奶白的鱼汤递给周霄。

"好，阿姨，我自己来。"周霄站起来双手接过。

"你们要喝酒吗？"林嘉庆见他妈对周霄这么热情，有点吃醋，看着周霄故意问道。

林母抬手朝他脑袋上作势敲了一下："没看到小周开车来的，喝什么酒！"喝酒之后不能开车，不回去总不能睡他们家里吧！没结婚就留宿不大好，虽然她对周霄印象挺好的。

"那今天喝饮料？"林嘉庆躲闪林母的袭击，侧头又问。

林母放下手，点头做主道："嗯，今天就喝饮料。"

"啊？真就喝饮料啊！"林嘉庆一脸不可思议，他就是问问而已，原本还想看他爸怎么为难周霄呢！不是说第一次见岳父都免不了要过被灌酒这一关吗?

“对！”林母一锤定音。

倒饮料的工作由林嘉庆负责，他帮每个人都满上了一杯。

没吃几口饭，周霄站起来，双手举着杯子，对林父林母郑重其事道：“我在这里敬叔叔阿姨一杯，今天突然过来拜访有些失礼，希望你们不要介意。”说完仰头一杯饮尽。

然后自己又满上一杯。

“这一杯，是希望你们能放心把嘉清交给我，其他的话我不敢保证，但是我一定不会让她受委屈！”同样仰头饮尽。

旁边的林嘉庆见状，立刻十分积极地帮他斟满一杯。

听了周霄的承诺，林父当然欣慰：起码他愿意表态。但是端起杯子之后，在喝之前，林父对他说了一句：“男人要行重于言。”

意思是你现在说什么不重要，重要的是你以后能不能做到，现在说得再好听也没有用。

林母见林父喝了，才紧跟着一杯饮尽。

听完林父的话，周霄脸上一阵燥热——因为羞愧。他把话说得太满了，会让人觉得过于自大，还没发生的事如何承诺？且不说前几天他还让林嘉清在他母亲那里受了委屈，难道以后两人长久相处之中他能保证不会有矛盾？林嘉清一定不会受委屈？

他不能。

话不可说满，就算一定可以做到的事情还是要等到真的能做到再说吧。

“叔叔说得是。”周霄没有了刚才的踌躇满志，一脸谦卑严肃。

林父点点头，看周霄的样子明显是把话听进去了。对年轻人有时候就是要挫一挫他的锐气，这样他才懂得反思。

从今天下午的聊天当中，林父可以窥见，周霄家庭条件优越，事业成功。几乎一路都是顺利的，没有受过太多挫折的人容易自大。能接受别人的意见，懂得反思，这一点也是难能可贵的。

周霄又端起杯子，对着林母说："阿姨，这一杯是单独敬您的，辛苦您今天做了这么一大桌子好吃的菜！"

"不辛苦，不辛苦。"林母此时的杯子是空的，急忙倒了一杯端在手上，"小周你不用客气，少喝一点，多吃菜！"林母担心周霄喝多了饮料占肚子，吃不下她烧的菜，貌似已经把他当成了半个儿子对待。

"好。"周霄顺从地点点头。

林嘉清和林嘉庆全程就是吃饭工具人，好像没他们俩什么事。

不过一顿饭吃下来，吃得算是宾主皆欢。

冬天的晚上寒风瑟瑟，周霄从林家出来的时候已经是八点多了。

林家一家人出来送行。

"这些给你带回去，大过年的可不能让你空手回去。"林母提着两个纸袋子出来，特意装了一些东西让周霄带回去。这里的习俗是有这种说法：不能让客人空手而归。

"谢谢阿姨！"既然林母都这么说了，周霄只好道谢，伸手接过来。

把东西放到后座上，关上门，周霄又打开前门钻进驾驶室里。

"开车慢点。"林嘉清有些担心，这条道大货车比较多，天又黑了。

周霄从车窗探出头来，看了林嘉清一眼，对林家一家人说道："你们回去吧，外面太冷了。"说完才启动车子，车灯亮起，缓缓掉了个头，然后向前驶去。

直到看不到周霄的车尾灯，林嘉清才转身进门。

春节之后，周霄和林嘉清的关系恢复如常，甚至比之前更亲密。见了彼此父母，到底还是不一样了。

日子爬到了 2 月 14 日情人节这天。

林嘉清这天休息，其实她已经把情人节这个日子给忘了，因为前面几天工作异常忙碌，她就记得周末，啥也记不得，因为到了周末就可以休息了。

中午的时候，她还没起，周霄就打电话问她晚上想吃什么。

“随便，都可以。”林嘉清赖在床上不肯动，声音也是迷迷糊糊的，回答完之后觉得自己太敷衍，赶紧补充了一句，“只要是你做的，都好吃！”千穿万穿，马屁不穿！

“我们今晚出去吃。”周霄在电话那头说，他特地从办公室跑到卫生间打这个电话。

“为啥要出去？”林嘉清问。

“……”周霄，“你知道今天是什么日子吗？”

林嘉清：“好日子……一年三百六十五天，天天都是好日子。”

周霄扶额，她现在变得好贫，跟林嘉庆有点像了，话说满大街的促销广告她都不看的吗？

“真不知道？”周霄又问。

“今天是周末啊！”林嘉清从床上蹦起来。

这都什么跟什么，看来她是真的不知道。

周霄无奈：“今天是情人节。”

“啊？”林嘉清微微吃惊，因为从来没有过过这个节日，所以从来不关注，她就没往这个方向想。

周霄在电话那头说，下午下班回来接她去吃饭，然后就匆匆收了线，他在厕所待得有点久了。

“咋办？”林嘉清抓了抓头发，对着一屋子的空气发问，她一点准备都没有，过情人节是不是还要送礼物？

经验全无的林嘉清拨通了龚问蕊的电话。

“你说今天情人节我要送周霄什么好？”林嘉清为此苦恼，周霄好像什么都不缺。

“像领带、打火机之类的都可以啊。”龚问蕊明显比她有经验，给她提供了一些参考。

“领带我不会选，他好像不怎么打领带。”林嘉清回忆周霄平时的着装打扮，直接把这个选项划掉。

“打火机可以，他平时抽烟。”她快速地做了一个决定，“那就打火机吧！”

突然电话里两人都没声。

“干吗？”龚问蕊心里有一股不好的预感。

“嘿嘿……”林嘉清在电话那头憨笑，“你今天有空吗？陪我去挑一下。”

果然，她就知道，不过她还有一个发现。

“我发现你最近脸皮越来越厚了！”龚问蕊说，林嘉清过了个年回来就跟变了个人一样，比以前闹腾爱开玩笑了。

林嘉清说：“你就说陪不陪我去吧！”

“陪，陪，怎么敢不陪……迫于您的淫威，不敢不从！”

一个小时之后。

林嘉清见到龚问蕊有点惊讶，因为她看上去胖了好多。

“你不会怀孕了吧？”林嘉清开玩笑地问，龚问蕊是单身人士她当然知道，但是她可不敢说她在龚问蕊的身上看到了母性的光辉。

龚问蕊不说话，表情奇怪地看了她一眼，好像在说：你怎么知道？

“不是吧！”林嘉清讶异，声音扬了起来。

父不详，龚问蕊打算把孩子生下来独自抚养。

两人坐在星巴克里，龚问蕊对她这么说。

“孩子几个月了？”林嘉清问，月份小可以拿掉，她还是不希望龚问蕊当单亲妈妈，未来会很辛苦的。

“五个多月了。”

林嘉清叹了一口气，怀孕五个月堕胎风险比较大，而且胎儿已经发育成型，估计龚问蕊已经和肚里的宝宝有了感情。

难。

在店里聊了挺久，两人才出来。

因为龚问蕊已经怀孕了，林嘉清就没有让她陪着到处逛，两人直奔那家店里，选了一个看上去很简约精致的打火机，让柜台包好。

还没从专柜离开，周霄的电话打了过来。“你在哪儿？”他回家没发现人在家。

“我和龚问蕊在市中心这里的商场。”

“等我一下，我马上过去。”周霄得了地址，挂断电话。

“周霄的电话？”龚问蕊问，她大概猜出来了。

林嘉清点点头。

“那我再陪你一下，等他来了再走。”龚问蕊觉得丢下她一个人太孤单。

林嘉清跳起来，预备给她一个拥抱：“爱死你了！”

“别别别——”龚问蕊嫌弃道，摸着肚子说，“这里还有宝宝呢！”

“好吧。”林嘉清把手放下来，瞬间觉得自己失宠了，不甘心地说，“那我轻点。”

然后龚问蕊站在原地翻着白眼，被她轻轻环住。

“宝宝在肚子里要听妈妈的话哦。”林嘉清最后松开的时候对着她的肚子温柔地说。

龚问蕊瞬间鼻尖酸胀，红了眼。她别开脸，林嘉清这个轻轻的拥抱是在安慰她。在跟林嘉清说起自己做的决定的时候，她都是笑着说的，她以为自己很坚强，没想到林嘉清一个拥抱、一句话就让她溃不成军。

周霄来得很快，看见龚问蕊的时候也很惊讶，但是没有多问。

“你们等下要去哪儿？”龚问蕊好奇地问。

周霄说了一个地址。

“要不我们先送一下龚问蕊回去？”林嘉清也知道那个地方，但是跟龚问蕊住的地方不是一个方向。

“行。”周霄应得干脆。

“不用，我打车回去就可以了。”龚问蕊拒绝道，不想麻烦出来过情人节的两个人。她肚子大了之后就不自己开车了，出行都是打车。

最后拗不过龚问蕊，林嘉清和周霄两人送她到商场门口，帮她拦了一辆的士。

“我先走了！拜拜——”

“拜拜——注意安全！”

“唉！”林嘉清送走龚问蕊之后，叹了一口气。

“怎么了？”周霄转头问她。

“龚问蕊要当单亲妈妈了，心疼她。”林嘉清幽幽地说，“希望我以后不会像她一样。”

周霄蹙眉道：“你为什么会像她一样？”

林嘉清知道说错了话，吐了吐舌头。

林嘉清伸手挽着周霄往停车的地方走去。

今天市中心情人节的氛围异常浓烈，如果还是单身，林嘉清想，她根本不会选择在情人节这天晚上出来逛街吃饭。

两人路过步行街里一个摄影工作室支的棚子，棚子布置得非常浪漫梦幻。林嘉清好奇地往里看了一眼，只见四角挂着帷幔，展示了一些成品，里面放了几张园艺桌椅，工作人员拿着几本厚厚的册子，正在热情地为进去咨询的两对情侣作介绍。

“美女帅哥，你们好！是想要拍艺术写真吗？可以坐下来了解一下啊！”

门口一个打扮时髦的小帅哥见林嘉清往里看了一眼，极有眼力见儿，立刻热情地对他们发出邀请。

其实他早就注意到林嘉清和周霄这对情侣了，因为他们走在步行街上极其夺目养眼。但是碍于两人的穿着打扮都非常体面，怕人家看不上他们这小小的工作室，便没有贸然上去打扰。

林嘉清停下来摇摇头，表示拒绝。

一旁的周霄配合地停下脚步。

小帅哥见林嘉清温温柔柔地拒绝，没有看低他们的意思，顿时好感倍增，又热情地说：“现在不方便坐下来也没关系，美女可以拿我们的宣传单回去看看啊！”说完伸手递过去一张工作室的宣传单。

“谢谢！”林嘉清出于礼貌，没有拒绝，接过了小帅哥递过来的宣传单。

周霄全程极其配合，没有打扰两人的对话，此刻盯着林嘉清手上的宣传单若有所思。

“走啦——”林嘉清打断周霄的思绪，在前面拉了一下还站在原地沉思不动的他。

缓过神来，周霄看了一下自己被林嘉清拉住的手，转而握住她的，最后变成手牵手走在一起。

走着走着，两个人连在一起的手臂小幅度前后摆动起来，周霄往下看了一眼，林嘉清正晃得起劲，明显心情很好，但是好像她自己意识不到自己在干吗。

一路被她晃到停车场，两人停在周霄的车旁边，把她还在摇的手按住，周霄抬起另一只手飞快地蹭了一下她的脸，笑着对她说："好了，我们先上车。"

林嘉清晃得起劲的手突然被拉住，结合周霄带着笑意的话，她才反应过来自己一路上都干了什么，脸上被他短暂触碰的地方热了起来。

打开车门。

"哇——"林嘉清忍不住捂嘴惊呼一声。

她一打开副驾驶一侧的车门就看到座位上躺着一大束娇艳欲滴的玫瑰，在她看来，周霄给了她一个大大的惊喜。

"很漂亮，我很喜欢！"林嘉清坐在副驾驶位上，捧着那束玫瑰爱不释手。

"你喜欢就好！"周霄回道，很开心又有点心疼：他的女孩好像第一次享受这种待遇，很容易满足。如果可以的话，他此刻很想把全世界都送给她。

驱车到了一个情调高雅的中餐厅，周霄和林嘉清肩并肩地走到门口。

"请问先生有预订吗？"门口的服务生态度和善。

"有。"周霄点头，报了名字。

服务员领着他们到了一个窗边的位置，可以看到江州的夜景。

两人点好菜，把菜单交还给服务员，服务员又确认了一遍，却没有马上离开。

"请问你们两位是情侣吗？"服务员忽然问，见两人一起抬头看她，便解释道，"是这样的，我们店今天有特别活动，如果来的是情侣，我们会免费赠送女生一束花。"

“我们看着不像情侣吗？”林嘉清问，她有点纳闷，花不花的不重要，重要的是服务员竟然觉得她和周霄不像一对儿，早知道她就把那束玫瑰捧上来了。

因为她一路对玫瑰爱不释手，下车的时候周霄便让她带上，她嫌太高调拒绝了。

“啊？不是……我不是这个意思。”服务员尴尬了，还好业务能力不错，立刻肯定，“你们看起来很登对！”

“但是我们店的规定，送花之前先确认一遍。”服务员语气镇定下来，她看出来林嘉清也不是故意找茬，估计是误会了。

“这样啊……”这下轮到林嘉清尴尬了，恨不得立刻钻到桌底。

周霄突然拉着林嘉清放在桌子上的手，五指相扣，然后对服务员点头道：“我们确实是情侣。”把焦点转移到他这里，解除林嘉清的尴尬。

林嘉清突然被周霄这么明晃晃地把手握住，还是在服务员的面前，两颊飞快地印上绯色，盯着桌面不敢看周霄，也不敢看服务员。

“好的，我们稍后会赠送女生一束鲜花，祝你们用餐愉快！”服务员被迫吃了一把狗粮，说完转身走了。

服务员一走，林嘉清立刻挣开周霄的手，害臊了。

周霄也不介意，看着她轻笑了一声。

最后，餐厅果然送了林嘉清一束花。

吃完饭，两个人回到车里，林嘉清把餐厅送的花放到后排座椅上，抱在怀里的还是周霄送的，忽然想起什么，拍了一下自己的脑袋。

“对了，我也有东西要送你！”林嘉清把花递给周霄，让他帮拿一下，从包里拿出一个精致的礼物盒，递给他，“喏，送给你！”

“是什么？”周霄收到林嘉清的礼物很意外，毕竟她上午的时候还不知道今天是情人节。

“你打开看看，是打火机，不知道你喜不喜欢？”林嘉清把他手里的玫瑰抱回来。

“喜欢。”

林嘉清嗔道："还没看呢就说喜欢……"

"只要是你送的我都喜欢。"

林嘉清给他个白眼儿："你这人真没意思！"

把车子开出来，却不是回去的路。

"我们不回去吗？"林嘉清问，收到花了，饭也吃了，礼物也送了，情人节到这里就结束了吧？

"带你去个地方。"周霄转头看了她一眼，把话说一半，去哪里却没有说。

等车子停在了江州市最出名的小松山山脚下，林嘉清才知道周霄带她来干什么。

因为她曾经和周霄说过，好想晚上的时候去一趟小松山看星星。小松山周围没有灯火通明的高楼，远处又可以看到江州市穿城而过的江水，抬头还可以看到天上一闪一闪的星星，就是离市区有一点远，晚上来这里的人很少。

林嘉清一个人的时候，晚上出门总是不方便，更何况来这里，没有男生陪同她根本不敢自己来。

没想到周霄把她的话一直记在心里，眼窝突然有点发热，林嘉清低下头。

"怎么了？"周霄问她，见她忽然低头，还不说话。

"没事。就是感动。"

林嘉清抬头，两只眼睛亮晶晶的。

下了车，周霄说去前面的便利店买两瓶水，等下到山上可能会渴。

只是买水，林嘉清就懒得一起进去了，说在门口等他。

周霄环顾了一下灯火通明的四周，商铺都开着，点点头，然后自己进去买水。

等待的过程中，林嘉清突然看到一只拉布拉多蹿出来，到处乱走，主人却不见踪影，它好像饿了在找东西吃，不会是走失了吧？她好奇地跟上去。

不知不觉离便利店有了一段距离。

拉布拉多停下来，在一簇草丛旁边，扒拉了一下，又嗅来嗅去，然后抬腿撒了一泡尿,撒尿的时候不停地摇着小尾巴,模样极其惬意。

林嘉清心道,原来是公的。

撒完尿,拉布拉多又吧嗒吧嗒迈着小碎步走到路边的一只垃圾桶旁,对着垃圾桶嗅了一下,然后围着垃圾桶打转儿,甚至试图跳起来翻垃圾桶。

“你是饿了吧?”林嘉清摸了一下身上的口袋,只有一块出门的时候在桌上随手拿的牛肉干。从口袋里掏出来,拆开,蹲下来,扔到拉布拉多的面前,不知道它吃不吃。

拉布拉多听到响动,停下来,小心翼翼地,试探地挪过来,察觉到林嘉清没有恶意,伸头嗅了嗅,刚刚咬上。

“阿——嚏!”鼻尖有些痒,林嘉清一时忍不住打了个喷嚏。

拉布拉多全身抖了一下,叼着牛肉干被吓跑了。

胆子真小!

林嘉清起身站起来,准备往回走。

不知什么时候,路上冒出来一个醉酒大汉,嘴里骂骂咧咧,走路七扭八歪的。

林嘉清晚上一个人走夜路的时候特别害怕长得彪悍的男人,如果那人多看她两眼,她可能会忍不住跳起来做好逃跑的准备。

现下这个,还是个喝醉了的,又是喝醉了的。

自从上次被非礼,林嘉清心里对这种人心里就有了阴影。

但两人是迎面走,这段路的人行道又不宽,林嘉清只能尽量避让。

哪知那醉酒大汉故意逗趣似的,林嘉清往哪边走,他就往哪边走,来回几次,就是不让她过去,但偏偏大汉一手指头都没有碰她。

见状,林嘉清停下来,结果那酒醉大汉也跟着停下来,还咧嘴对她笑了一下:“嘿嘿。”

林嘉清心里一阵恶寒。

又一个借酒装疯的男人!

一时慌张直接下了人行道,走到非机动车道上,男人也跟着下来。

“滚开!”周霄刚走出便利店门口,就看到这一幕,立刻朝他厉声大喝。

酒醉大汉不知道是真没听到还是假装没听到，头都没回，继续堵住林嘉清的去路，嘴里还说："你们女人事真多！"

眼睛穿过大汉看着他身后的来人，林嘉清脸上没了慌张，只冷冰冰地对他开口道："你最好马上让开。"

醉酒大汉不以为然，一副我就不让看你能拿我怎么办的样子。

"听不懂人话是吗?！"

话音未落，下一秒大汉的衣领被人从后面拎起来，他的脖子被勒得难受，被迫把头仰起来。

周霄站在街沿上比大汉高了许多，往上扯着他的衣领毫不费力。

"哎哎哎……"大汉伸手扯着衣领，想把衣领拉下来一些，奈何周霄一直紧紧攥着，没成功。

"我……我没碰她！"大汉见对方明显比他厉害，慌了，瞬间酒醒，也听得懂人话了。

"那刚刚你在干吗?！"周霄语气生冷，并不是真的在问，他有眼睛看。

"我……我……"大汉眼神闪躲，一时语塞。

"我什么我！问你话呢！"周霄催促道，然后拍拍大汉的脸，"说说刚刚你在干吗，嗯？"

大汉软下来，吞吞吐吐道："我……我就是喝多了，一时脑子不清醒，把……把她的路堵了。"

"真没碰她？"周霄再一次逼问，眼睛看向林嘉清确认。

"一根手指头都没碰！"大汉立刻摇头，一副要哭了的样子，伸出两指，"我发誓！"

同时，林嘉清也对他摇了摇头。

周霄呼出一口气，没有就好，他真怕他来晚了。

把大汉松开，周霄又道："那你跟我女朋友道歉！"

"我错了！对不起！"大汉得了自由不敢跑，立刻照周霄的吩咐向林嘉清低头道歉，把腰弯成九十度，一把鼻涕一把泪地继续道，"我不该忘记今天是情人节！我不该和我媳妇吵架！我不该跑出来喝闷酒！我不该故意堵你的路……"

周霄与林嘉清对视一眼："没让你说这个！"

大汉全身抖了一下，立刻闭嘴。

"让他走吧。"林嘉清拉了一下周霄的衣袖，小声地对他说，反正那大汉也没对她造成什么伤害。

沉默了一下，周霄才出声："说完了就赶紧滚……"

大汉惊讶："啊？"像是不敢相信这么简单就放过他了。

"怎么，不想走？"

"走走，我马上走！我立刻就走！"大汉一秒都不敢耽误，立刻转身飞奔，虽然好像奔得不太稳的样子。

"汪——汪汪——"

周霄和林嘉清低头，看到他们旁边路过两只排排走的小狗，狗尾巴摇得可欢了，一只是刚刚林嘉清见过的拉布拉多，另一只是只可爱的小泰迪。

小泰迪的嘴巴里还叼着那块她剥的牛肉干！

林嘉清立刻对拉布拉多怒目而视："原来泡妞去了啊！害得我被醉汉堵路！"

从小松山山脚搭乘直梯一路到了山顶。

观景台上，每个角落都散落着几对情侣，估计跟他们一样，也是过来看夜景的。

"哇！好舒服啊！"林嘉清刚走到观景台就不由自主地感叹了一句。

夜里山顶的风微凉，深深吸一口山顶的空气，在胸肺里打个转儿，再把浊气长长地呼出去，整个身体如同被涤荡了一遍，舒爽异常。

周霄也觉得惬意。

两人肩并肩地靠在齐腰的护栏上，抬头放眼望过去，夜空像是一片广阔静谧的黑幕，到处都缀满一闪一闪的星星。

静静地欣赏了片刻。

"你帮我拍一张照吧！"林嘉清一边翻着手机一边对周霄说。

“用我的就行。”周霄举着他的手机说，“回去我再发给你。”

林嘉清点点头。

周霄打开夜景模式，帮林嘉清拍了几张，拍完没急着拿给她看，反而去了另一对貌似学生情侣旁边，对人家说了什么，不一会儿，学生情侣跟着他一起走过来。

“我和你也拍一张。”周霄把他的手机交给那对情侣，靠过来站在林嘉清身旁。

除了高中毕业照，两个人没有一张合影。

闪光灯咔嚓闪了几下。

“可以再靠近一点。”拍照的男生把手机放下来对他们说。

然后周霄看了林嘉清一眼，伸手把她的肩膀揽住，两人亲昵地靠在一起。

闪光灯又咔嚓闪了几下，男生朝他们比了一个 OK 的手势。

男生滑动手机看了一下他的拍照成果，感觉还不错，见周霄过来，把手机还回去。

“多谢了！”周霄接过手机，颔首对男生郑重致谢。

“举手之劳而已。”男生摇头。

转身刚刚回到林嘉清身边，那对学生情侣还未走远，女生似乎控制音量不太成功，激动的声音飘来：“第一次看到颜值这么高的情侣，那女生好幸福！”

“男生也很幸福！”她旁边的男生争辩道，忽然意识到那么大声，当事人估计都听到了，“嘘——我们小声点。”

男生的声音也不小，周霄和林嘉清均听到了他们的对话，两人相视而笑。

晚上的山顶越晚越冷，两人待了没多久就回去了。

距离情人节过去了一个多星期，一天龚问蕊打电话约林嘉清出去吃螺蛳粉。

“龚问蕊今晚约了我去吃螺蛳粉，我晚上不回来吃了。”周霄中午的时候接到林嘉清打过来的电话，让他晚上不用管她了。

“行，我正好也想打电话跟你说，晚上要回大院那边一趟。”周霄回道。上午的时候，周父突然打了一个电话给他。电话里没说什么事，但感觉他语气凝重。

江州一家生意十分火爆的螺蛳粉店。

“馋死我了！”龚问蕊吸进第一口螺蛳粉，满足地说，嘴上还沾了红油。

林嘉清轻笑了一声，看着她说：“是不是很久没吃了？”

“对啊，自从怀孕之后就没吃过，前几天去产检，问了医生可不可以吃，医生说可以吃，但是建议少吃。”于是她就把来这里吃螺蛳粉安排上了日程。

“我也好久没吃了，没伴儿。”林嘉清说，以前还会和陶蜜结伴过来吃，但是和周霄谈恋爱之后，只来过一次，那次之后就一次也没来过了。

“让周霄和你来啊！”龚问蕊啃着虎皮鸭脚，抬头对她说，一副理所当然的样子。

“算了吧！他现在又不能吃辣，点的螺蛳粉清汤寡水的，一点红色的辣椒油都没有，跟着他吃我没食欲。”林嘉清想也不想地予以否认。

“那倒是。”龚问蕊吐出鸭脚的碎骨表示赞同，对于他们这些螺蛳粉的重度爱好者来说，没有红油的螺蛳粉是没有灵魂的。

还有一点，是林嘉清难以启齿的，那就是周霄竟然有痔疮！

林嘉清发现的时候简直惊呆了，原来帅哥也是凡人……

“十男九痔。”周霄手上拿着药，在林嘉清看来极为坦然地对她说。

“那你以后想吃螺蛳粉叫我。”龚问蕊状似一副好心肠地说，“我陪你。”又问：“你们那天去小松山拍的照片挺好看的，叫旁边的人帮拍的吗？”

林嘉清点点头，有些不好意思：“你也看到了呀？”

周霄把两个人那天的合照发了朋友圈。

“对啊！难得看到他在朋友圈发自己的私人照片，还是跟你的合照，好像是唯一的一张吧？”龚问蕊说。

怎么会是唯一的一张？不是还有一张他打篮球的照片吗？

“我可以从你的微信看一下周霄的朋友圈吗？”林嘉清忽然问。

闻言，龚问蕊秒懂，笑得一脸鸡贼。

“可以啊，你是不是要看他有没有设置仅对你可见？”一边说一边把手机递过来。

点开微信，再点进周霄的朋友圈——真的没有。

打篮球那张照片仅对她可见，为什么呢？

林嘉清一时不解。

握着的手机突然响起来，林嘉清赶紧把手机递还给龚问蕊，还是瞟见了，来电显示是单一个“隋”字。

“喂？”龚问蕊看了对面的林嘉清一眼，接起手机来。

对面的人说了什么，惹得龚问蕊不快，后者语气不耐烦地回道：“不用，我自己去就可以，你该忙什么就忙什么去吧！”说罢挂了电话。

在旁人眼中，龚问蕊脾气火爆。

林嘉清小心翼翼地问了一句：“谁啊？”

“家里人……”龚问蕊随口解释，又激动起来，“为了我怀孕的事打来的，烦死了！”

“你消消气，这样对孩子不好。”林嘉清劝解道。

此刻，电话那头的人，脸上露出一个苦笑。

第七章 风雨与陪伴

周霄下了班,直接开车回父母家。

他惊讶地发现小姨和小姨夫也在。

周霄一到,人就齐了,于是大家吃饭。

饭吃到差不多,周父才说出让周霄和小姨夫妇过来的原因:“不出意外的话,年中我就要退下来了。”

周霄和小姨夫妇均感意外:怎么这么突然?

大家都不说话,气氛一时有些凝重。

周霄和小姨夫妇都看看周母,又看看周父。

周母表情没多大变化,明显已经知道了。周父也看不出任何不悦。

“怎么了,一个个都这么严肃?”周父环视一周。

“退了也好,反正离退休就只有两三年。再说,提前退了,我也可以好好侍弄一下我那些花花草草。”作为当事人,周父反倒是最轻松的那一个。

“怎么,我退下来,不会对你们有什么影响吧?”周父又环视一周,笑道。

大家都摇了摇头。

多年来,周父一向自律甚严,不为亲属谋利。周霄也是靠自己努力才有今天的事业,父亲退或不退,对他没有任何影响。

“提前说就是为了让大家有个心理准备。机关里有些事也挺复杂,退了未尝不轻松。"周父当领导多年,说话点到为止,这对他来说,既是一种习惯,也是一项纪律。

送走小姨夫妇,周霄单独去书房找周父:"您……没事吧?"

"光明磊落之人能有什么事?!"周父笑道。看着眼前比自己高出半头的儿子,他不禁拍拍周霄的肩膀,神色中颇多赞许和安慰,"别多想,就是提前退休,让贤而已!"

"其实我最怕你妈想不开。前天晚上跟她说过了,也开导过了,你妈已经好很多了。"

"其实我最怕您难受。没事就好。"

周霄还是担心。回到怡林园,他一副忧心忡忡的样子。

林嘉清从螺蛳粉店回来洗了个澡,去去味道。头发吹到半干时,听到门响,探头看到周霄进门,似乎眉头紧锁。

"怎么了?"林嘉清甚少见到周霄如此神情。

周霄仰靠在沙发背上,拍拍旁边的位置:"过来。"

林嘉清乖乖走过来,还没坐下就被周霄一把拉到怀里。

"抱一下。"周霄把脸埋在她的头发里闷闷地说道。

他很重,但是林嘉清没有推开他,用手指轻轻地一下一下梳着他的头发,轻声道:"不开心吗?"

"嗯。"周霄难得褪下铠甲,把脆弱暴露在她面前,"抱一下就好。抱一下就有能量了……"

万一父亲有什么事情,以后自己就是家里的顶梁柱了,既要守护林嘉清,也要守护母亲。

周霄曾经以为自己已经长大了,为凭自己的能力做到衣食无忧而自豪。今天他才发现自己并没有真的长大。从小到大,父亲是一堵坚实的墙,为家庭遮风挡雨,以后自己能不能接替父亲成为这样的一堵墙?他想象了一下,感觉到了责任的分量。

林嘉清任周霄抱着不动，安安静静的。从父母那里回来之后他就心事重重，是家里有什么事情吧？

大约十分钟之后，周霄松开林嘉清，说："好了。"

对上林嘉清的眼神，周霄笑道："担心我？"

"担心你。"林嘉清点点头。

周霄刮了一下她的鼻子："没事，就是我爸要退下来了，我怕我更配不上你了。"

"啊？"林嘉清用探询的眼神望着他。

"你是在'啊'哪一句？"周霄逗她，"是'我爸要退下来了'，还是'我怕我更配不上你了'？"

"讨厌！明知故问！"林嘉清瞪他一眼。

"你爸退就退呗，又不是你退！"林嘉清想了想，补充道，"年轻化本就是趋势嘛……"

她还是想宽慰他。

"头发还有点湿……"周霄转移话题，催促道，"你先快去吹干头发。"

吹好头发出来，周霄正好进去洗澡。

客厅太冷，林嘉清不想待，早早爬到床上躺着，拿着平板电脑追最近喜欢的动漫。

十分钟不到。

"在看什么？"周霄的声音冷不丁在门口响起。

"动漫。"林嘉清回道，抬头看了一眼，又低下去。

周霄洗完澡，腰上围着一条浴巾就出来了。

虽然已经见过很多次，林嘉清还是感觉不好意思。

周霄看到林嘉清对自己这么敷衍，显然不满，于是凑过来。

"怎么还不走？"林嘉清盯着平板电脑赶人。

"给我看一下你看的哪部动漫？"周霄故意更靠近一些。

林嘉清往一边躲了躲。

"片尾曲你也看？"周霄讶异的声音传来。

“我喜欢看……”林嘉清嘴硬。

过了片刻，周霄又问：“看完没有？”

“啊？”林嘉清抬头，“马上就看完了，还有一集。”

“那你看完了跟我说一声，我想和你做一件事。”

林嘉清紧紧地盯着就要走完的进度条，其实完全走了神，就为了周霄刚刚说的那句话。

“你看完了吗？”周霄算准时间站到门口，身上的浴巾已经换成了睡衣。

听到周霄的声音，林嘉清立刻全身绷紧，屏住呼吸回道：“还有一点点……”

“那我等下再进来。”周霄放下一句话又转回客厅。

周霄再次进来的时候林嘉清已经把平板电脑收起来了，坐在床头，感觉自己做好了准备。

周霄不紧不慢地走进来，手上拿了好几只辣眼睛的盒装的东西。

林嘉清吓了一跳：“你……你……这么多用得完吗？”

周霄已经拿着东西在她旁边坐下来，在拆包装了。

周霄忽然发现四周安安静静的，转头去看林嘉清。

“你闭着眼睛干吗，困了吗？先别急着睡，和我一起看一下这几张照片哪张比较好。”说着从盒子里掏出一沓照片。

林嘉清睁开眼睛道：“哦。”

照片是情人节那天在小松山拍的，周霄把它们都洗了出来。

“我想选几张放到相框里，摆在家里。”周霄一边说着，一边把照片放在床上排开。

林嘉清也认真起来，一张张比对着。

“这张蛮好的。”周霄指着他把她揽住的那张照片对林嘉清说，“你觉得呢？”

“就这张。”林嘉清点点头，确实觉得这张不错。

“那我先做个记号。”周霄说完在照片的背面做了一个记号，然后从另一个盒子里拿出一颗糖。

没错，是一颗糖。

周霄正要把糖塞进嘴里，顿了一下，发现林嘉清正盯着他手里的糖，于是伸过去：“你要吗？”

林嘉清沉默了一下，问：“你怎么买了那么多？”

周霄抬头，把所有的盒子都举起来：“多吗？三盒而已。”

林嘉清道：“多，多得奇怪。”

“我最近打算把烟戒了。”周霄解释说，“烟瘾上来的时候含一颗。戒烟是为了……”

周霄正要继续说，林嘉清捂住了她的嘴巴：“不用再解释了。”

周霄盯着她看了几秒钟，轻笑道：“我把这几盒糖都放在床头柜的抽屉里，你想吃也可以拿。我发现你变聪明了……”

林嘉清手下加力：“不许再说了。先选照片。”

周霄呜呜噜噜地说：“好。”

花了十几分钟，两人又选了几张。周霄选上瘾了。

“够了吧？”林嘉清真的开始打瞌睡了。

“那就这些吧。”

“那我睡了，你等下负责关灯。”林嘉清说着打了一个哈欠，然后转身躺下了。

周霄幽幽地说：“还有事情没做呢……”

“困死了……有什么事……明天再说……”林嘉清闭着眼睛，说出的话越来越小声，断断续续的，好像马上就要睡过去。

静了一会儿，灯咔嗒一声熄灭了。

林嘉清睁开眼睛，心道：好险！

第二天早上，吃过早饭，两人一起出门去上班。

一路上，林嘉清神清气爽，周霄无精打采。

“怎么,昨晚没睡好?”林嘉清问,“一早上都没说几句话,有气无力的样子……”

“有点。”周霄盯着前方道路说。

“那你今晚早点睡。”林嘉清建议。

“也许。”

林嘉清讶异道:“最近那么忙吗,没见你加班呀?”

“还好。”周霄还是只用两个字回道。

林嘉清还想再问,医院到了,她只好下车。

“早回。”周霄又说了两个字,不等她回答就把车开走了。

林嘉清望着渐远的车尾灯,一脸不解。

下午下班的时候,林嘉清碰到上夜班的陶蜜,就和她在科室聊了一下医院最近的新闻,又待了半个小时才回家,完全没把周霄早上交代她的话放在心上。

等她回到怡林园的时候,发现周霄早已经回来了,因为饭已经好了。

“洗手过来吃饭。”

林嘉清看着满桌的饭菜,随口问:“你们今天下班那么早?”

“下午公司没事。”

林嘉清点点头。

林嘉清发现周霄今晚做的菜都是她特别爱吃的。

吃完一碗,林嘉清站起来准备再添一碗。

周霄已经放下了碗筷,正靠着椅背看着她。

“你吃饱啦?”林嘉清不忘夸赞,“你今晚做的菜特别好吃!”

“好吃就多吃一点。”周霄说,“吃饱了才有力气。”

林嘉清到底还是被抓住了。

早回的意思是有充分的诱捕时间。

起床的时候,林嘉清感觉腰酸背痛,整个人像是被车子来回碾了几百遍。

“套路！全是套路！”林嘉清坐在床上捶了一下被子。

“醒啦?”周霄把粥摆到餐桌上,“早饭我做好了,你洗漱完就可以吃。”

林嘉清没什么表情地看了一眼神清气爽的周霄,不打算理会。

她进了卫生间,周霄突然挤进来:“我帮你。”

跟伺候太皇太后一样,帮林嘉清挤了牙膏,又打湿了洗脸巾,殷勤得很。

“行了,你出去吧。”林嘉清打掉周霄想帮她洗脸的手。终于受不了了,把他推出去关上了卫生间的门。

周霄隔着门大声喊:“那你快点出来吃早餐,我熬了你最爱的海鲜粥。”

从卫生间出来的时候，林嘉清看见周霄坐在沙发上看电视:“怎么还不去上班？”

“就要去了。”周霄嘴上这么说,身体却如老僧入定一般,一动也不动地焊在沙发上。

林嘉清把海鲜粥端在手上,慢慢地喝着。

直到林嘉清吃完早餐,周霄才起身出门。

林嘉清心想:这到底是为什么,是愧疚还是新套路?

周霄那边,出了门之后立刻小跑,今天早上有会,虽然他已经提前请了一个小时的假。

一路疾驰,车子刚开到公司门口,电话就响了。

“科长,您到哪儿了？今早的会要不要延迟……”助手打电话过来提醒。

“不用,我马上就到。”周霄说完挂了电话。

如今比起开会迟到,他更怕林嘉清生气,得确定人哄好了再走,要么下一次不好上钩了。

日子一晃又到了清明。

林嘉清要回去祭祖,当然,周霄不能陪着去,因为他这边也要扫墓。

“我们订婚好不好？”林嘉清回去的前一天晚上,周霄忽然问她。

订了婚就不用分开了。

“不好！”林嘉清摇头白他一眼直接说。

周霄一愣：“为什么，你不愿意？”

“那还不如直接结婚，订什么婚。”

周霄简直像被雷电击中一样。

听了如此豪言壮语，他心里有点酸胀，甚至有点想落泪。

周霄敲了林嘉清的额头一下：“傻！”

结婚这种话怎么能由她来说。

站在女生父母的角度，如果听到这句话，估计会觉得，自己的姑娘真是上赶着，怕自己嫁不出去，掉价。

在周霄看来，一个男人是有多不负责任才连结婚这种事都让女生开口。

他的傻姑娘。

清明扫墓。

林家又是一大家子出动，队伍好长一列，吃东西的时候变成一个圈。

此刻小胖墩儿正老老实实地坐在林嘉清的腿上，等着她剥鸡蛋给他吃。

“你是不是又长胖了？”林嘉清给小胖墩儿咬了一口刚剥好的鸡蛋，看着他越发圆滚的身材说。

“人家没有长胖。”小胖墩儿嘴里含着鸡蛋，说话含含糊糊。

林嘉庆本来正在另一边玩手机，听到对话凑过来，故意道：“你就是长胖了，我刚刚差点都背不动你！”

小胖墩儿的父母一直背着他都受不了，最后是族里年轻的几个人都轮流帮着背了一下，林嘉庆也背了。

“哇——”小胖墩儿立刻被他惹哭了，哭声抑扬顿挫，难过得不行，因为在他的认知里胖等于丑。

“林治饶你怎么了？”一个稚嫩的声音忽然传来。

林嘉清转过头去，便看见祁东牵着他小侄女的手站在一旁。祁东他们一大家子扫墓正好路过这里。

小胖墩儿听到小女孩叫他，立刻停了哭声，不好意思地小声说："没什么。"

"那你干吗哭？"

"我没哭！"小胖墩儿捂着脸消灭证据般狡辩道。

等了一会儿，小胖墩儿见小女孩不出声了，把手掌放下来，试探地问："你为什么不说话了？"

"你不说真话，我不喜欢你了，干吗要和你说话。"小女孩看白痴一样呛了小胖墩儿一句，松开祁东的手转身走了。

"哇——"小胖墩儿难受得立刻又要号起来，小女孩回头看了他一眼，他立刻止住了。

而后，祁东说："那我先走了。"多一句都没有。

态度好像跟他的小侄女说的一模一样：我不喜欢你了，干吗要和你说话？

态度不一样了，林嘉清第一时间感觉到了。

刻意拉开了距离，不过这样也好。

祁东大年初二当天晚上就知道了，周霄并不是林嘉庆的朋友，而是林嘉清的男朋友。祁母在饭桌上絮絮叨叨地说，没想到林嘉清平时一声不响的，不鸣则已，一鸣惊人，之前都没听说过谈对象，现在直接就带了个男朋友回来，牛啊！

"你也老大不小了，遇到合适的就处处。"祁母最终把话题转移到祁东身上。

"知道了。"祁东说，心里有些烦躁，他脑子里都是那天下午周霄挑衅的眼神。

还有林嘉庆，其实他早就知道周霄的存在了吧，不然为什么在他面前帮周霄打掩护。

那他这样算什么？

在别人中间横插一杠？这不是他做事的风格。

清明当天，周家一行人去南山公墓扫墓，出来的时候和江漫一家人在门口遇到了。

意外的是江父和周父竟然是相识的，但转念一想，也可以理解，江州本就不大嘛，转来转去都是熟人。

于是男人一边，女人一边，分别站在一起寒暄。

“真是没想到，今天这么巧能在这里遇到你。”江母肉笑皮不笑的率先开口。

何瑜和周母站在一起，此时见到江母有些尴尬，毕竟上次自己拜托她帮周霄做媒又反悔，自知理亏，便只能笑呵呵地回道：“是啊，好巧啊……”

“那就是你外甥吧？真人比照片上的帅气多了！”江母话锋一转，忽然转到周霄身上。

何瑜不自然地笑了笑，回道：“还行吧……”不懂她又提起周霄干吗。

见周母一脸不明所以，何瑜偏过身去凑到她耳边小声地说：“她就是我上次帮周霄找的媒人。”

怪不得，周母心道：这人看起来不像善茬。

这想法果然应验。

“呵呵，你说这是不是缘分？我们江漫跟你外甥和他女朋友曾经是高中同学呢！”

江漫此刻站在江母身旁，并没有专心听她们聊了什么，她看见周霄的那一刻就一直魂不守舍，现在一直在偷偷打量他，毕竟很多年没见过了。

只见他身姿挺拔地站在那里，话不多，玉树临风。

江漫的脸烫了起来。

她身旁的江母继续道：“不过听江漫说，周霄的女朋友以前上学的时候挺辛苦的，家在农村，每个礼拜才能回家一次。这孩子应该挺能吃苦的，毕竟是农村出来的嘛！”

话里话外都在讽刺周霄的女朋友是个农村人。

不过她没有如愿获得快感。

何瑜听了之后没有多大反应，反而嘴角扯出一个淡淡的微笑。

“对啊，我儿子的女朋友是挺好的，长得也漂亮！”旁边的周母非但脸色没有变难看，反而点头表示赞同，甚至还夸了起来，好像一副非常满意的样子。

江母本来笑意盈盈的脸色顿时难看起来。

其实多亏了年三十那天，周母和何瑜两个人算是见识了林嘉清富有的家庭情况，此时才能气定神闲地站在这里。放在平时，如果江母说起这话，估计变脸的会是她们。

江母心里冷冷地哼了一声，她大概猜到了站在一旁的周母是周霄的母亲，心里觉得这两个人不过是放不下面子，做做表面功夫罢了。

一计不成，又生一计。

“原来你就是周霄的妈妈啊，”江母一副恍然大悟的样子，又道，“那你就是周局长的妻子喽？”她本来只是猜的，刚刚听到周霄冲周局长叫了一声“爸”才确认的。

“是。”周母点头，她倒要看看这江母还想要什么花招儿。

江母故意捂着嘴巴笑了一下：“我没什么意思，就是问问，听说周局长还有几个月就退啦？”

听到这话，周母的脸色顿时难看起来：“你怎么知道的，江校长告诉你的？”

见周母脸色都变了，江母一时得意：“哎呀，不是只有我们老江知道，很多人都知道了……能提前退下来也不错，到时候想去哪里旅游就去哪里旅游……”

其实说着说着江母也有点慌了。

周父要退下来的事情，是江父跟同事说的时候不小心被她听到的。江父发现之后就提醒她，事情还没确定，文件都没有下来，让她不要出去乱说。

她为了找回面子，一股脑全说了。

见周母脸色已经铁青了，江漫伸手拉了一下她妈的衣袖，让她不要再说了。万一以后她还能跟周霄一起的话，还怎么和周母相处，今天就撕破脸，那以后住在一起岂不是很难堪。

不用江漫拉，江母也不打算说了，这事万一被江漫她爸知道就不好了。

此时男人们已经聊完，向她们这个方向走来，问她们聊完没有，聊完就走了。

“那周阿姨，还有周霄，我跟我爸妈就先走了。”江漫最先开口道别，朝周霄看了一眼，还故意喊了一声他的名字。

周母下意识地点点头，根本没注意江漫说了什么。

倒是周霄，听到自己的名字，下意识抬了一下头。

江漫挽着母亲的手心里窃喜，以为周霄抬头之后必定会认出她来，特意把腰挺直，面上露出一个标准淑女的微笑，等着周霄叫出她的名字。

“妈，小姨，我们也走了。”周霄视线掠过江漫和江母头顶，对周母和何瑜说道。

“来了。”何瑜应了一声，拉着周母走过来。

盯着周家一行人远去的身影，江漫脸上的微笑僵了一下，眼睛瞪得老大，难以置信，周霄竟然没有认出她来。

“你和周局长的儿子认识？”江父看了自家女儿一眼问道，刚刚见江漫主动叫人，但是对方明显没有反应。

“我跟周霄是高中同学。”江漫见他爸走过来，收起她那难以置信的表情，认真地回答道。

江父点点头，片刻又道：“他好像没认出你。”

江漫有点尴尬：“可能太久没见了吧！毕竟好多年了，大家变化都大。”

“爸，周霄他爸爸……就是周局长，真的还有几个月就退下来啦？”江漫想到她妈妈刚刚跟周母说的话，跟父亲确认。

江父皱眉，朝一旁的江母不赞同地看了一眼，对江漫严肃地说：“谁跟你说的，这种事不要出去乱说。”

在江漫把话问出来的时候，江母就知道大事不妙了，江父肯定猜到了是她说的。果然听完江漫的话，江父立刻凌厉地朝她这边瞪了一眼，还皱着眉，她立刻战战兢兢地立在那里。

周家这边的气压有点低，因为周母和何瑜的脸色都不好看。

周霄回头看了一眼,眉头皱了起来。不知道刚刚江漫母女跟她们聊了什么,两人脸色都不对劲儿。

至于江漫,他当然记起来了,只是不想理会而已,毕竟林嘉清年前还跟他提过, 这个人太有心机了,令人反感。

过去的事情没证据, 质问她她肯定不会承认, 何况还当着大家的面,周霄只希望以后这人不要再出现在自己的生活中就好。

江家。

回到家里之后,江母被江父叫到书房里说了一顿,此刻才蔫蔫地从书房里出来。

见到江漫坐在客厅里玩手机,便皱起眉头走过来,对着江漫劈头盖脸地说:“之前在公墓没机会说你,你一个女孩子家家的,那么主动叫人干什么,你不会还想着周霄吧?”

江漫翻了一个白眼,没有说话,心道:她妈妈肯定是因为被爸爸狠狠说了一顿,才把火撒到自己身上。

她屁股不动, 上半身作势往远离江母的一侧靠了一下, 用手捂住耳朵,一脸嫌弃的样子。

“问你呢?听到没有!”江母见她这副样子一时气急,上手拧她的胳膊。

“听到了,听到了!”江漫不耐烦地回道,停了几秒钟,又小声说,“怎么就不能想了? 周霄挺好的呀, 你在公墓的时候还不是夸他真人比照片好看。”

“他爸都要退下来了,那能一样吗?”江母本来已经要熄火了,听完后面那句顿时血压升高,只能压低声音说,因为不能让江父听到。

好看归好看,但是他爸都要退下来了,长得好看有什么用?!再说他爸还不一定能平稳地退下来呢,搞不好要进局子的。当然,这是她根据自己偷听来的东西推测的,真不真的不一定。

“妈,我发现你真势利。”江漫无语。可能的话,她以后是和周霄过,跟周父退不退有什么关系?

江母听到江漫说她势利，被伤到了，一时接受不了女儿竟然这样评价自己。

“我发现我们根本聊不到一起去。”没留意江母受伤的神情，说完江漫就打算起身回房。

被江漫一句话惊醒，江母回过神来，顾不上难过，冲她的背影大声道：“总之我不许你跟他在一起！”

江漫头都没回就进了房间。

江母气得胸口一上一下地起伏，一些利害关系又不能同江漫说，她只能干着急。

清明之后，江州的天气晴了一阵，就又开始下雨。

五一之前连下了一个多礼拜的暴雨。

“由于连日来的强降雨天气，×江出现了超警戒水位，我市多地发生了严重的洪涝灾情……江州市各级领导均亲临一线指挥防汛抗洪救灾工作……”

江州的地方台已经播了好几次关于防洪的新闻。

“嘉清啊，明天五一你没事就不要回来了啊，市区到村里的一段路都被水淹了，你爸他们都在家里不出去，你也别回来了，不安全。”林母晚上的时候特地打电话过来告诉林嘉清，让她别回去了。

“看来最近水灾有点严重啊！”林嘉清挂了电话，对一旁的周霄说。

两人刚吃饱饭，此时坐在沙发上肚子有点撑。

“是吗？”周霄随口应了一句，他天天就走那条路，又没被淹，所以对这次的水灾没什么特别的感觉。

“是啊，新闻上都说是江州市三十年一遇的洪水，我妈也说从来没见我们村到市区的那段路被淹过，这还是第一次。”林嘉清在认真地罗列证据说明此次洪水的严重性。

“真有这么严重？”周霄抬头讶异道。因为林嘉清说得挺严重的。

林嘉清点点头：“真的，所以我们要不要去超市多买一点粮食，万一我们小区也被淹了就不好了。”

周霄转头看了黑漆漆的窗外一眼，听那雨声不是很大，正好刚吃饱饭出去消消食，遂起身道：“那走吧。”

出门的时候还好，雨不是很大，回来的时候变成大暴雨，两人撑伞走到车里的那一小段路，他们差点被淋成落汤鸡。

真被林嘉清说中了。

暴雨一夜未停，小区里的水把一楼泡了半截，也不知道一夜之间哪儿来的那么多水，车库的车应该也被泡了，没办法，两个人只能各自打电话给单位和公司请假。

打过去才知道，领导也被困在了家里，出不去，整个江州到底淹了多少地方？

他们打开电视才知道，他们本地台今天没有播广告也没有播电视剧，而是实时跟踪报道江州的受灾情况。

“江州市已经紧急调集人员力量组成抢险队，查堤、巡堤……江州市各级党政领导均亲临一线指挥防汛抗洪抢险救灾工作……”

才看完电视，林母打电话过来问林嘉清这边的情况，她今早看新闻看到怡林园这一片都被淹了。

“还好，我住得高。够吃……够吃，昨天刚去了一趟超市。”林嘉清也没想到自己出口成真。一早醒来，她看到楼下浑浊的水，傻眼了。

周霄也打了一个电话回去。

“大院这边地势高，没被淹，就是你爸一大早就被局里的一通电话叫出去了……”周母在电话那头又问了周霄怡林园这边的情况。

“我们这楼下被泡了，现在出不去，在家里。”周霄把情况说了一下。

“那你们家里还够几天吃的？”周母看了外面越下越大的雨，在电话那头担心。

周霄闻言轻笑了一声，说：“您就放心吧！我跟嘉清昨天才去超市大采购了一趟。”

“那就好。”周母放下心来。

“我爸出门的时候有说什么时候回来吗？”周霄问了一下他爸的情况。这雨一直下，还那么大，视线都看不清了，会不会有危险。

“没说，早上接了个电话就火急火燎地往单位赶，说要去抗洪救灾一线。”周母其实心里也有些担心，但是她了解自己的丈夫，他总是会冲在第一线。

周霄挂了电话没多久，怡林园这边就停电了。

还好现在是白天，把窗帘全部拉开，透了一些光进来，但是屋外的大雨挡住了一部分光线，所以室内还是有些暗。

没了电，光线又不太好，陪周霄在客厅里坐了一会儿，林嘉清嫌无聊，又跑回床上躺着。本来是靠着床头在玩手机，不知不觉，听着雨声，没一会儿就睡过去了。

坐在客厅里看书的周霄忽然听到房间里没了动静，转头回去看了一眼，发现林嘉清已经在床上躺平睡过去了，不自觉摇头觉得好笑：怎么像个小孩子一样。

把手里的书倒扣在茶几上，起身走回房间。

周霄轻手轻脚地走过去把被子拉起来，盖到她胸口处，然后捏了捏被角。又坐在床边盯着林嘉清的睡颜看了一下，见她睡梦中嘴唇微张，忽然伸手恶作剧般轻轻捏了一下她的鼻子，直到林嘉清闭着眼睛挥手过来拍打，他才松开，笑得像一个做坏事得逞的幼稚男生。

下午四点多的时候，雨渐渐小了下来，但是楼下的水还没有全部退去。

林嘉清揉着眼睛，睡眼惺忪地从房间里走出来，走路的时候不小心脚下踢到东西。

原本低着头看手机，周霄突然听到声音回头看了一眼，发现是林嘉清，便问道：“你醒啦？”

林嘉清点点头，向周霄那边走过去，一边警惕脚下：“还没来电吗？”

“还没有。”周霄的眼睛在这期间一直看着林嘉清，直到她在他旁边坐下。

见林嘉清坐下了,周霄才把头转到手机上,手指飞快地在屏幕上打着字。

坐在沙发上醒了一下神,林嘉清终于完全清醒了,然而客厅安安静静的,周霄拿着手机明显在忙着跟人聊天。

“你在跟谁聊天?”林嘉清好奇凑过去,她很少见周霄跟谁用微信聊天打那么多字。

“你弟。”周霄忙着打字回道,头也没有抬起来。

“你是说林嘉庆?”林嘉清觉得不可以思议,再次确认。

周霄抬头,看了她一眼:“你有几个弟弟?”

林嘉清道:“你们俩有什么好聊的?还有,你们是什么时候加的微信?”

“过年的时候。”

“那我怎么不知道?”

“你没问。”周霄说得理直气壮。此时他已经把手机放下了,聊天结束。

林嘉清说不过他,偃旗息鼓。看着他的手机,她突然用一本正经的口气对周霄说:“问你件事。”

“你问。”周霄调整了一下姿势,面向她这边,看起来非常积极配合,仿佛只要她问了,他就一定会老实回答。

“你朋友圈之前不是发了一张你打篮球的照片吗,是不是设置了朋友圈权限,仅对我可见?”

“是。”周霄毫不犹豫地承认,“你怎么知道我设置了仅对你可见?”

林嘉清犹豫了一下,决定实话实说:“我用龚问蕊的手机看了一下你的朋友圈……”

说完明显有点忐忑:周霄不会觉得她很有心机吧?

“原来如此。”周霄点点头,没有特别的反应。

“那你为什么要设置仅对我可见?”

“因为我只想给你看。”

这话要是从别人嘴里出来,会非常肉麻,但是从周霄的嘴里说出来,林嘉清却一点也不觉得肉麻,反而心里窃喜,感动又满足。

没想到还真是她想的那样。

林嘉清又问:“那怎么才发了一张?”

周霄双手一摊:“后来可以经常见面啊……”

林嘉清怒道:“你就是个心机……”

这时,放在一旁的手机响了。

周母打来的,周霄接起来:“喂,妈——”

周母哭哭啼啼的声音隐隐约约从电话里传出来。

“什么?!”周霄的声音不自觉高起来,“我爸失踪了?!”

一旁的林嘉清震惊了,不敢出声打扰。

周霄眉头紧皱,对着电话那头的周母安抚道:“妈,你先别哭,冷静一下,这到底是怎么回事?”今天早上出门还好好的。

对啊,今天早上出门还好好的!所以周母一时根本接受不了丈夫落水失踪的事实。接到丈夫单位来的电话时,周母整个人都要崩溃了,周霄还不在身边,挂了电话自己大哭了一场,才想起来打电话给周霄。

“我爸单位的人打电话来怎么说的?”周霄再次跟周母确认,会不会是听错了,或者单位通知错了,其实他爸没有落水失踪。

“电话打过来……就说他是你爸的同事……然后……然后他就问我是不是周局长的爱人……”

周母抽泣着回忆电话的内容,断断续续地说。

“他说……说今天你爸……领着一个抗洪救灾小队去巡堤……然后……然后他站的那里……堤突然塌了……”

周母再也说不下去,在电话那头捂着嘴不让自己哭得太大声。

“妈——妈——”周霄在这边喊,“你听我说,说不定落水的不是我爸,他们可能打错电话了呢?又不是只有一个周局长……”

“你还有那个人的电话吗?发给我一下,我打过去再确认一下。”

周母哭声停下来,伸手擦了一下眼泪,嘴上直说:“好,好……我这就给你发过去……”

其实她心里也抱着一丝侥幸心理,像周霄说的,万一不是呢?

周霄收到母亲发过来的号码，手控制不住抖了一下，手机差点掉到地上。

他刚才其实一半是哄母亲，一半也是心里抱有一丝侥幸，万一人家通知错了呢？

哪有那么多通知错的，既然人家已经把电话打到母亲的手机上，还提了周局长，那大概率是真的了。但是周霄从感情上难以接受落水的那个人是他父亲，无论如何他都要自己亲耳听到才会相信。

“会没事的。”林嘉清在一旁轻声安慰道，担忧地看着周霄，她刚刚大概听到了他和周母的谈话内容，“要不我来打？”

“不用。”周霄拒绝，哑声道，“还是我自己打吧。”不管是什么结果，他希望自己亲自面对。

深吸一口气，周霄才把电话拨过去。周霄觉得过了一个世纪，电话才被接起：“喂？你好！请问您是哪位？”

周霄没有回答，反而一口气把想确认的事问出来：“请问刚刚是你打电话给周局长——周云海的家人说他落水失踪了，是吗？”

电话那头顿了一下：“是的，是我通知的，您是……”

“我是他儿子。”

此时周霄的眼睛已经有泪光闪烁。

“你可以和我说一下，我爸他具体落水的经过吗？”周霄喉咙动了一下，哽咽着说。

静了片刻。

“可以——”电话那头的人说，然后又重新复述了一遍周父落水的经过，话语沉重。

“当时雨很大，看都看不清楚，我们全身都湿透了。”

“有一处堤漏了，周局长和我们一起扛沙袋封堵，可他站的那个地方突然塌了……”

“我就站在周局长旁边，眼睁睁看着他掉了下去。”

“如果当时我能跑快一点……就可以拉住他了。”

电话那边的人陷入当时可怕的情境里，仿佛又看到周局长在他面前掉下去……他想跑快一点拉住他的，但是来不及，实在太快了，人掉下去一瞬间就没了踪影。

“我们一定会找到周局长的！”电话那头的人最后斩钉截铁地说。

虽然他也知道，就算把人找到了估计也是九死一生，毕竟那么湍急的洪水，水里的情况又复杂，如果不幸被什么东西撞到……生还的可能性极其渺茫。

周霄挂了电话，感觉脑子很空，心里也很空。

他要怎么跟母亲说。

“我爸可能被冲到下游去了。”

“他水性一直很好，一定不会有事的。”

周霄强打起精神，给周母回了一个电话，只能这样安慰道。

“嗯，一定不会有事的。”周母在电话那边哽咽着说。

她等周霄这个电话等得很忐忑，现下周霄这么说，尽管心里知道他极有可能是在安慰她，但她还是愿意相信。

好像只要他们都相信，老天就一定会保佑，保佑周父平安无事。

负责打电话通知的那个同志挂了电话之后，正盯着手机发呆。

今天早上雨很大，他一大早就被叫到单位集合。由于时间紧迫，每个人领了一件救生衣和雨披就出发了。

他是跟着周局长带领的那支小分队出去的。

最后其余人都回来了，只有他没有。

下午的时候，他们回到指挥中心的办公室，房间里一片静默。

江州市一把手李市长进来的时候，对着他们发了很大一通火。

“怎么回事？”

李市长站在桌前听他们几个大男人抹着眼泪描述了一遍事情的经过。

“找！活要见人死要见尸！”

李市长拍着桌子，心情沉痛地说，起码他们要给周局长家人一个交代。

“是！”

李市长叹了一口气：现在洪水还未退去，很多事情都需要有人去坐镇指挥。

“打电话通知周局长的家人没有？”李市长问。

回答他的是一片安静。

底下几个大男人一个都不敢吭声。

不敢打。

打过去要怎么跟周局长的家人说呢？今天早上好好的一个大活人，跟他们出去一趟就没了。

李市长也知道他们为难，又叹了一口气。

“先跟他爱人说一声吧。”

“就说落水失踪，但是我们一定会找到人的。其他的……你们看着安慰几句吧……不要一通电话打过去，带给他家人的都是绝望，这样要人家怎么活。”

“梁主任，这个电话你来打。”李市长最后把这个任务指派下去。

梁主任就是周父出事时在他旁边的人。

怡林园。

打完电话之后，周霄说他要上十二楼一趟。

两个小时过去了，还没见他下来，可能他需要一点自己的空间吧。

眼见天黑了下来，林嘉清转身进了厨房。

因为没有电，煮不了饭，林嘉清在厨房里翻了一下冰箱，还好肉没臭，打算今晚下两碗面条当晚餐。

“啊——”林嘉清切肉的时候切到手了，因为光线太暗了。

握着手指从厨房出来，在客厅的茶几上抽了两张纸巾包住。见红了，这可真不是个好的征兆，林嘉清想。

突然门开了，周霄从外面进来，看见林嘉清站在昏暗的客厅中间拿着纸巾包着手指。

“手受伤了吗？”周霄走过来，声音有些哑，放下手上的东西，要查看她的伤口。

“没事。”林嘉清说，任由周霄解开纸巾，一靠近她闻到他身上带了很重的烟味。

“都出血了，还好伤口不深，贴个创可贴。”周霄看着沾了血的纸巾蹙起眉，观察了一下她手上的伤口，放下心来。

“刀弄的？”

林嘉清支支吾吾：“嗯……切肉的时候不小心弄的……”

周霄侧头看了一下厨房，瞬间明了。

“你在沙发上坐一下。”他说。

然后起身，从他刚刚从十二楼拿回来的一堆东西里翻出几根蜡烛，点上一根，整个客厅顿时亮了起来，虽然比不上电灯，但是已经够用了。

他又轻车熟路地从一个抽屉里翻出一盒邦迪，抽出一张，过来蹲在林嘉清面前，低头，认真地把创可贴贴到她的伤口上。

“好了。”周霄说，但是头却没有抬起来。

“你……没事吧？”林嘉清问。

“你明天可以陪我回一趟大院吗？”周霄抬头，看着她问。

看着周霄通红的双眼，林嘉清怔了一下：“可以。”

夜里没有再下大雨，第二天一早，雨停了，楼下的水也退了。

周霄和林嘉清又各自请了一天假，车库里被泡的车没来得及理会，就打车去了大院。

让司机师傅在大院门口停车，下了车买了一些早点，才进去。

两人一进门就看到周母一个人低着头坐在客厅里，无依无靠的模样，周身蔓延着悲伤。

“妈——”周霄看得心疼。

“阿姨——”林嘉清跟在周霄后面也喊了一声。

听到声音，周母才抬起头，双眼红肿，脸色憔悴，见到两人，嘴巴动了一下，想说什么没有说出口，眼泪又不受控制地掉下来，急忙伸手去抹，带着浓重的鼻音："你们回来啦？"

"妈——"周霄又喊了一声，同刚进门喊的那一声又不一样了，饱含了更多的情绪。

林嘉清上前一步，蹲下来，握住周母的手："阿姨，我来看看您。"

周母为自己此前的种种羞愧万分，因为林嘉清还能不计前嫌过来安慰她，她觉得自己毫无颜面面对林嘉清。

张了张嘴，周母红着眼哽咽了一下，道歉说："小林，之前阿姨不应该说那些话……对不起……你能不能原谅阿姨……"

直到丈夫现在生死未卜，她才真正明白，如果丈夫真的不在了，这些身外之物对她而言又有什么用呢？

在乎那么多，只是徒增烦恼罢了。

只可惜她现在才醒悟过来，却好像为时已晚。更何况，以林嘉清现在的家庭条件，万一周霄的爸爸不在了，周霄和她的婚事，只怕林家也不会同意吧……

林嘉清愣了一下，没想到周母此刻会跟她道歉。

"都过去了。"林嘉清说。

虽然在这种时候，但是她还是不想违背本心，只能承认周母的话还是对她造成了伤害。

听到林嘉清的回答，周母的心沉下来，她明白曾经说过的话就如同泼出去的水，想收都收不回来，造成的伤害也一样。更何况，她甚至想在这种情况下，试图利用林嘉清的同情心，让她原谅自己。

"妈，你吃过早饭了吗？"周霄适时上前对周母说，到底是对自己的母亲不忍心，但他没道理要求林嘉清受到伤害之后还要她必须原谅他妈，她能为他做到现在这样已经足够了。

周母抬头，脸色苍白，摇头道："我不饿。"

"我们也没吃，阿姨您陪我们吃点吧。"林嘉清看着周母说。

周霄也盯着她，眼神中充满期盼。

“那我陪你们吃点。”周母把拒绝的话吞下,虽然并没有什么胃口。

周霄把手上的早餐放到餐桌上,准备进厨房里拿几只碗碟出来。进了厨房,发现里面冷锅冷灶,他停下,抿着嘴角:妈妈昨晚都没吃饭吧。

“妈,你吃个鸡蛋。”周霄剥好一个鸡蛋,递给周母。

周母摇头:“太干了,我不想吃。”她是真的不想吃。

周霄朝林嘉清看了一眼,她立刻会意,赶紧把一旁的瘦肉芥菜粥挪过去:“阿姨那您喝粥,这个不干。”

不好直接拒绝林嘉清的好意,周母沉默着,然后伸手接过,拿调羹慢慢地有一口没一口地往嘴里舀着。

周霄和林嘉清两人见她肯吃东西了,这才放下心来,不然父亲的消息没等到,母亲的身体就垮了。

客厅里安静得只剩下调羹和瓷碗碰撞的清脆声音。

过了片刻,周母放下手里的调羹,碗里的粥还剩了许多。

“你爸……那边有消息了吗?”她终于忍不住把话问出来。

从昨天开始,她就不敢主动去问,好像对她来说,没有消息就是最好的消息。

周霄停下手中的动作:“梁主任说有消息会第一时间告诉我。”顿了一下,又解释道:“梁主任就是昨天打电话过来——说我爸失踪的那个人。”

“哦。”周母说,脸上没什么反应,然后拉开椅子起身,对着两人说,“你们吃,不用管我,我就是有点累,想回房间躺一下。”说完就转身回了房间,转身那一刻眼睛又红了。

剩下周霄和林嘉清两人在客厅里,其实大家都一样没有胃口,特地买的早餐吃了还不到一半:本来也没买多少。

周母进了房间,把房门关上。

“我想去找我爸。”周霄说。

他把头偏向窗外,不让林嘉清看到他已经流到下巴的眼泪,盯着窗外的天空。

“那就去。”林嘉清心疼地说。

她怎么会看不到，都说“男儿有泪不轻弹，只是未到伤心处，”大概就是周霄此刻这样。

这种情况下的落水失踪，基本等同于已经死亡，只是大家都不愿承认而已，她能感受到这对周霄而言是万分悲切的丧父之痛！

可是就算周父已经不在了，哪怕变成尸体，周霄也要找到他！

“我陪你去。”林嘉清说，然后把手伸过去，握住他的，像是无言的支持和安慰。

周霄把头转回来，低头，通红的眼睛盯着他被握住的手，哑声道：“谢谢。”

谢谢她愿意陪在他身边，在他需要的时候。

虽然做好了打算去找周父，但是留着周母一个人在家里，没有人看着，她肯定又是不吃不喝，周霄不放心。

周霄只能把他妈拜托给小姨，电话打过去。

“怎么会？”何瑜接到电话，捂着嘴巴不敢相信，她现在才知道姐夫落水失踪的消息，她姐昨天没有打电话跟她说。

这消息，对她姐来说，不亚于天已经塌了！

何瑜心里担心不已。

在听完电话里周霄说的意思，何瑜立刻道：“你放心去吧！我马上过去，我会照看好你妈妈的。”

“你小姨怎么说？”林嘉清见周霄挂了电话，立刻上前询问。

周霄看着她说：“我小姨说她马上过来。”

“那我们什么时候走？”林嘉清问。

“还要做点准备。”周霄说。

比如请假，比如还要去租一辆车。

周霄开着租来的SUV行驶在江州市的马路上，林嘉清转头看向窗外，只见被淹到的地方一片狼藉。市内的洪水退去之后，许多人自发扛着工具打扫街道，恢复自己的家园。

但是人受到伤害了呢，要怎么恢复？

林嘉清把头转回来,看着周霄坚毅的下巴。

从梁主任那里知道周父落水的位置，知道他大概被冲到下游的方向，他们开着车跟着导航走。

江水并没有完全退去，还是一片湍急浑浊，他们开着车不敢靠得太近,到一个点就下车,周霄让林嘉清待在车里,自己一个人踩着泥泞的路仔仔细细在岸边寻找。

他甚至去买了一个望远镜,想看看江的对岸有没有他父亲的身影。

从早上找到下午,两人坐在车上颠了一路,周霄什么东西都没有吃。

车子再次停下来的时候,林嘉清拉住要开门下车的周霄,看着他疲惫的脸心疼地说:“你先吃点东西吧。一天没吃东西,不停地找,这样怎么撑得住。”

周霄停下来,转头看到林嘉清担忧的眼神,视线往下,然后看到她已经干得起皮的嘴唇,抿了一下嘴:是他太任性了,就算他顶得住,也不能让她跟着受苦。

“好。”周霄一天都没怎么说话,声音干哑。

见周霄答应,林嘉清欣喜,赶忙把手上早就准备好的面包和一瓶水递过去。

“你也吃。”周霄伸手接过,看着林嘉清说,然后伸手蹭了一下她干燥的嘴唇。

“起皮了。”他说。

有些后悔,不该让她跟着一起来。

吃了东西,周霄看了一眼车窗外面的天色:快到傍晚了。

“我今天最后再下去找一次。”他转头对着林嘉清说,语气坚定。

林嘉清看出他非去不可,只能点点头:“好吧。”

“不过我要下去看着你。”天就要黑了,他万一没注意脚下,发生意外……她不敢想。

犹豫了一下,周霄答应她:“好。”

于是两人一起下车。靠近江边的时候,林嘉清又一次感觉到了洪水的可怕。浑浊翻滚的洪水像是一只张着血盆大口的野兽，吞噬了人们的家园，还要夺走人们的生命。

“你就站在这里等着。”周霄对她说。

然后一个人穿过杂草丛，拨开带刺的枝条，在江边探头观察寻找。过了一两分钟，他好像发现了什么，跑到一处更靠近江水的地方，拉住岸边的一根树干，探出身去查看。

林嘉清本来是盯着浑浊的江面在看，被周霄突然奔跑的动作吓了一跳，再看他现在这个极其危险的姿势，半个身体悬在江面上，心提到了嗓子眼儿。

她不敢贸然喊他，怕他忽然受惊掉下去。

捂着嘴巴，小心翼翼地挪过去，万一他出现什么情况，她还可以拉住他。

那被周霄拉住的树干虽然挺粗的，但是随着他的动作，还是会一摇一摇地晃荡，看在林嘉清眼里惊险万分。

他今天一整天都是这样吗？林嘉清不敢想，如果有什么万一，她回去要怎么交代？

咚——

什么掉进了水里。

周霄低头看了一眼，才把探出去的身体收回来，在整个身体从江水边退回来的那一刻，被人用力往外拉了一把，差点倒在那人身上。

“你——”

“啪！”周霄刚抬头，就被林嘉清打了一巴掌。

“你今天就是这样去找的你爸?！”林嘉清伸手抹了一把眼睛，恨恨地质问道。

周霄的头被巴掌打得偏向一侧，脸上立刻浮现出一个红印，看得出来林嘉清打得很重。

“不然呢?！”语气有些冷。

周霄还保持着侧脸的姿势，没有转回来，眼睛盯着地上泥泞的洼地。

“你告诉我要怎么找？”周霄的眼泪掉下来，已然接近崩溃的边缘。

从上午找到下午，找了一天，越找心就越凉，越找心里的希望就越小，特别是看着这浑浊滔天的江水，他感受到的是绝望。

但是他爸应该比他更绝望，因为他就在里面。

周霄终于像个孩子一样蹲在地上号啕大哭起来，不用在乎形象，也不用忍着，放肆大哭。

“我找不到我爸了……”周霄伸手把整张脸盖住，泪流满面。

看着他这样，林嘉清心中大感悲恸，走过去，用手掌轻轻抚摸他的头顶，像小时候她爸爸安慰她一样。

“我知道。”林嘉清轻声说，眼睛也是通红的。

周霄突然抱住她的腰，埋头贴在她的小腹上，闷闷的哭声传来，让人心痛不已。

良久，两个人还保持着这样的姿势，像无言的慰藉。

天黑下来的时候，周霄终于松开胳膊站了起来。

“对不起。”他低着头说，“我不该让你担心。”

他也知道，稍有不慎，他可能也会跟他爸一样了。

“我只是刚刚看到一个长得很像人的东西被洪水推到了岸边的草丛里，就想去看看，也许就是……”

后面的话他说不出口。

“那你也不能这么冒险！”林嘉清气还没消，“你可以让我帮忙，哪怕拿一根绳子拽着你也好！总比你自己面对危险要好。”

“以后不会了。”周霄做出承诺。

“那你今天一天都是这样找的？”所以要把她留在车里，不能让她看到。

“不是，就只是刚才是这样。”

周霄说的是实话，他还不至于把自身安危看得这么轻。

“我手机掉水里了。”周霄又说，试图转移林嘉清的注意力。

她果然被转移了注意力，说：“没事，我手机在车上，电也够用。”

周霄点点头，把手伸过来牵住她：“那我们找个地方休息一下吧。”

明天还要继续。

林嘉清被周霄牵回车上，打开车里的灯。

“我想给我小姨打个电话。”周霄说，给家里报个平安。

林嘉清没说什么，把手机递给他。

“喂，哪位？”电话那头的人接了电话。

“小姨，是我——”

周霄的话还没说完就被何瑜打断：“你把我吓死了，刚刚电话怎么一直打不通？我还以为你出事了！你出了事你妈妈怎么办。

“我手机不小心掉了，现在这个是嘉清的。”周霄解释说。

“你们不用找了，赶紧回来，刚刚梁主任来电话了。”何瑜在电话那头说，语气却不太对劲。

“我爸有消息了？他没事吧？”周霄霎时间被巨大的喜悦击中，没有察觉任何不对劲。

“你们先回来再说。”何瑜说完赶紧挂断电话，她怕再多一秒就忍不住。

她可怜的外甥。

一个小时之前，梁主任给周霄打电话，几次都没打通，就把电话打到周母这里。

“嫂子，周局长已经找到了！”电话一接通，就听见梁主任急促地说。

“那他现在在哪里？”周母一下子站起来。

“在文县人民医院。”梁主任似乎犹豫了一下，接着说道，“你们要做好准备——”

“我知道了。”周母打断他，不让他继续说下去，“我们马上就赶过去……”

周母抹了抹眼泪。

“不行！江州到文县这段路有塌方，何况你们又不熟悉路况，走夜路太危险了！”梁主任断然阻止道。

周母沉默了。

“反正绝对不能走夜路！”梁主任在那头继续喊。

“这样吧，我明天早上过去接你们。”梁主任最后说，“嫂子，你帮周局长带两套衣服。”

挂了电话，周母表现得并没有很高兴，也没有很难过，只是低头站在那里。何瑜不知到底是什么情况，忐忑地问：“姐，姐夫他没事吧……”

周母仍低着头：“让我们做好准备。还有，帮周霄他爸准备两套衣服……”

“啊，怎么会这样……”何瑜万万没想到。

“打电话给周霄，让他们回来吧，明早过去看他爸，可能是最后一眼了……”

希望来了又走了，那么快，让人措手不及。

紧赶慢赶，周霄和林嘉清终于在晚上十一点回到大院。

下了车，周霄把车门用力一关，急匆匆地大步跑上楼去。

林嘉清落后一步，努力地想跟上他，这时却突然停下来，对着漆黑的夜空合起掌来，闭了一会儿眼睛。她许了一个愿。然后赶紧跑着上楼。

上天仁慈，到底给了他们一线希望。

冲进门去，周霄看到客厅里只小姨一个人，而且脸色不对。

“我爸他在哪儿？”

刚才电话里何瑜到底没说出口。

“你爸他已经找到了，但是……”何瑜还在嗫嚅。

“但是”两个字让周霄紧紧锁上了眉，握起了拳。他心惊肉跳地等着小姨后面的话。

何瑜吸了一下鼻子，才终于说出来：“那边让我们做好准备……明早去看你爸最后一眼……”

“什么?！”林嘉清冲到门口，刚好听到，怔住了。

她猛地扭头看向周霄，只见周霄无声地站在那儿，脸上血色全无。

林嘉清的胸口像被针扎了一般难受。

“我妈呢？”周霄哑着嗓子，勉强挤出力气开口。

“你妈在房间里，她说帮你爸收拾两套他最喜欢的衣服带过去……”

客厅里陷入了沉默，三个人都不说话。

“我去楼下挪一下车。”周霄说，然后转身下楼。

林嘉清没有跟下去：让周霄自己待一会儿吧，她想他此时需要自己的空间。

客厅里只剩下何瑜和林嘉清。

“小林，你也过来坐着休息一下吧。”何瑜说，然后倒了一杯水放在她面前。

她知道林嘉清今天跟着周霄出去奔波了一天，内心对她又多了几分肯定。

招呼林嘉清坐下，何瑜就开始坐在沙发上发呆。这种时候两人都没心情说什么客套话，坐在沙发上相顾无言。

大概过了一个小时，还没看到周霄上来，何瑜开始担心地频频看向门口，几次欲言又止。

“小姨，我想下去看一下周霄。”林嘉清忽然说。

“好。”见林嘉清主动提出，何瑜立刻点点头，她巴不得她赶紧下去看看，毕竟周霄一个人在下面待了那么久了。

林嘉清从沙发上站起来：“那我下去了。”

说完转身下楼。

车厢里烟雾缭绕。

周霄刚才挪好车，去大院门口的便利店买了一包烟，然后又回到车上。

不知道怎么纾解，好像只有抽烟有点作用，于是越抽越猛。

林嘉清打开副驾驶车门的时候被呛到了，转头咳嗽。

周霄扔掉烟头，开门下车，走过来，拍着她的背，关心地问道：“你没事吧？”

“我没事。”林嘉清停止了咳嗽，犹豫道，“你……没事吧？”

“不用担心，我没事。”周霄说。

他其实在跟他小姨通电话的时候，就隐隐有了一些预感：肯定是不好的事。为什么只是让他回来再说，而不是在电话里说。

开车回来的路上，他想了各种可能出现的情况，做了接受最坏结果的打算,只是真被宣判“死刑”的那一刻还是承受不住。

但是他爸就他一个儿子,他还有他妈妈要照顾,不能就这么垮了。

不管即将面对什么,他都会坚强下去的。

“累不累?”周霄看着林嘉清一脸疲惫和担忧,今天有些忽略她了。

林嘉清摇头,不累。

周霄捏了一把她的脸:“真是傻姑娘。”

“很晚了,今天不回怡林园了,我们先上去休息吧。”周霄说着,把车锁好,然后牵着林嘉清上了楼。

第二天一早,梁主任的车子到了楼下,通知他们下楼。

周母应该是昨晚一夜没睡,因为她房间的灯亮了一夜。早上从房间出来的时候,她手上提了一个箱子,身上换了一身衣服,还化了妆,显得人没有那么憔悴。

何瑜的丈夫也来了,因为昨夜何瑜跟他说了周父的情况,说到最后在电话里叹了一口气,让他早点过来。

六人一辆车挤不下,三辆车又多,最后是何瑜夫妻和周母坐梁主任那辆,周霄自己开一辆带着林嘉清跟在他们后面。

因为周母一直不说话,梁主任那辆车里气氛压抑。

终于到了医院,梁主任带着一行人直奔病房。

推开病房的门,没看见周父,只见一张床上空空如也。

“这张床上的人呢?”梁主任问旁边的病人。

“一个小时之前被医生拉走了!”旁边的病人看了看来人,答道。

“拉走了?拉走了……拉走了……”

周母重复念着这三个字,好像难以理解它们的意思,随即往地上瘫倒下去。

“妈!”

“姐!”

“阿姨!”

周霄、何瑜和林嘉清同时喊道，把周母搀扶到床边坐下。

周母的泪水奔涌出来，喃喃道："为什么不等一下……换一身衣服……"

"妈——"周霄红着眼睛，抱住母亲。

一时间，病房外聚集了一群人，窃窃私语。

"有人去世了吗？"

"肯定啊……哭得好可怜啊……"

"见不得这个，真见不得这个……"

梁主任则站在一旁呆住了，手足无措。

刚刚答话的病人也傻了，张着嘴，仿佛想要说什么。

"怎么回事，乱哄哄的？"

一个声音从门口传来，屋里的人扭头看去。

只见李市长和几个人立在门口。

李市长扫视了一圈儿，把目光停在梁主任脸上。这里的人，李市长只认识他。

梁主任回过神来，紧走几步到李市长面前，嗫嚅了半天，极其难为情地吐出几个字："误会了……误会了……"

李市长问："误会什么了？"

梁主任试图把声音压低到只有李市长能听清："是我搞砸了……家里人以为周局长没了……"

李市长狠狠瞪了梁主任一眼："还不赶快解释一下！"

"是……是……"梁主任转身面向周母，连连躬身，"嫂子，嫂子，您听我说，周局长还在……还在……"

周霄等人，包括周母，都惊愕地看着他。

"呃……估计我在电话里说的话让嫂子误会了……"梁主任抹抹额头上的汗，"误会了……"

"你是说我爸他没事？"周霄喜出望外。

"没死……没死……不是不是，人还在，还在，好好的呢！"

"嗐！我说的呢，敢情你们以为我说医生拉走是拉去太平间了……"那个病人也终于插进来解释,“你们脑洞也太大了……出院还不兴拉去做个复查啊? 真是……看来在医院里说话真要小心。”

围观的人这次听得真切，纷纷摇头走开:“吓也吓死了……真是……”倒似扫了兴致一般。

这边周母摇摇晃晃地站起来,又马上摇摇晃晃地要倒下。

“妈!”

“姐!”

“阿姨!”

周霄等三人赶紧扶她重新坐稳。

周母弱弱地说:“我这两天吃不下……没力气了……”

周母脸上的妆完全花了,众人想笑又不敢笑。

“散了啊,散了啊,都堵在这里干什么!”护士长走过来,驱赶着剩下的几个围观者。

她身后,护士跟着推进来一辆轮椅,一个男人坐在上面。

“何舒——小霄——”

男人正是周父。

周父在人前这么亲昵地呼唤妻儿,完全忽略旁人,是很早以前的事情了。

“爸!”

“老周——”

周霄很激动,眼睛又红了。周母则感慨万分。

周父看了看周霄,又看周母,突然比画着:“何舒,你的脸……”

周母愣了一下,伸手去摸,再看看手掌,恍然大悟。

周父说:“糊了……”

“糊就糊了呗,管它呢!”周母含泪带笑地说。

“你怎么坐着轮椅,不是说要出院了吗,哪儿不舒服?”周母在周父身上摸着。

“脱力了,还没完全恢复。”周父解释道。

周父把落水之后的经历讲了讲。

落水之后，周父被急流裹挟着，一下子冲出去好远，在江面上打转。

周父知道自己凶多吉少，但一想到妻儿，就努力寻找任何机会自救。

非常幸运的是没多久，他就碰见了一根漂浮的大木头。他死死抓住浮木不松手。不再沉入水下，节省了很多体力，让他能坚持得更久。他挺过了每一次木头与其他东西相撞的震动和疼痛。不知随木头漂了多久，漂了多远，他在前方看到了一根倾斜的电线杆，他毅然推开浮木，控制方向，努力接近电线杆，最后纵身一扑抓住了电线杆，爬了上去。

他紧紧抱着电线杆坚持了一夜，终于在第二天早上获救。

送到医院时他情况很不好，手脚都僵了，脑子也已经不清醒，直到昨天下午才缓过来。他醒过来的时候看到了梁主任，原来自己脖子上挂的工作牌还在，医院打电话通知了单位。

他要是知道梁主任会闹误会，就自己给家里报平安了。可惜当时他还握不住手机。

说到这里，李市长在旁边咳嗽了两声，他身后的几个人上前把一家人分开。

“周局长，我们是纪检委的，有事要请您跟我们去协助调查。”

周母吃惊地看着周父，又看看李市长。

周父则镇定而坦然：“组织有要求，我当然服从。”

“相信我，我过几天就回来了。”他扭头安慰周母，然后向周霄道，“照顾好你妈。”

周霄也很镇定，点头回应，然后走过去扶住了母亲的双肩。

纪检委的人随即带走了坐着轮椅的周父，临走时要走了周母带来的衣服。

周母苦笑着问梁主任：“其实你让我带衣服是这个原因吗？”

梁主任嗫嚅道：“……算是吧。”

周霄等人目送周父坐着轮椅的背影，直到纪检委的人推着轮椅在走廊尽头拐了一个弯消失不见。

一旁站着的李市长也跟了上去。

周母一时迷茫，转向梁主任：“梁主任……”

梁主任则说：“有纪律，嫂子，我不能说的。我去车上等你们。”

梁主任也走掉了。

周霄挽住母亲的手臂：“妈，我坚信我爸没有问题。咱们走吧。”

周霄等人向医院大厅走去。

住院楼下，跟在最后的林嘉清越走越慢，终于停下脚步，咬了咬嘴唇，扭身向李市长的方向追去。

医院停车场一侧，林嘉清拦下了正要上车的李市长。

“等一下！李叔叔！”林嘉清上气不接下气地说。

李市长转身，疑惑地看着林嘉清：“你是在叫我吗？”

“李叔叔，您还记得我吗？”林嘉清问。

“你是……”李市长显然在搜索记忆中的线索。

李市长眼睛一亮，指着她说：“你是林望的女儿。”

林嘉清急切地点点头。

李市长确实与企业家林望相识，也见过林嘉清，大约是林嘉清刚大学毕业那会儿。

李市长与林望的缘分在于他们是钓友，爱好相同，讲话也投机。

李市长和蔼地问：“你找我有什么事吗？”

林嘉清鼓起勇气：“我来……是想跟您说一下周叔叔，也就是周局长……”

“你和周局长是什么关系？”李市长想起林嘉清刚才也在病房里。

“他是我男朋友的父亲。”林嘉清坦白地说。

李市长心下明了，笑了笑：“你快回去吧！”

林嘉清却不动，李市长摇头失笑：“周局长的事是很严肃的事，我是不能跟你说的。”说完抬腕看了下表道：“好了，你回去吧。”

林嘉清赶紧说：“李叔叔，您误会了，我就是想跟您说，请组织认真地审查周叔叔，越彻底越好。我男朋友是个很正直的人，他的父亲也一定是个很正直的人。”

李市长差点笑出声来:“原来你是怕组织冤枉了周局长啊。”

林嘉清点点头:“是这么回事！我相信我男朋友,也相信他的家人。”

李市长看着林嘉清清澈的眼睛，那里面有些什么东西显然把他打动了:“小姑娘可不能乱讲话！你放心吧,一个清白的人是无法被冤枉的,白的是怎么样也变不成黑的的！”

林嘉清更加用力地点点头。

林嘉清目送李市长的车子离开。

周霄从她身后拍拍她的肩:“你跑到这里来干什么？”

林嘉清转身面对他:“我就是跟李市长说句话，让组织认真审查周叔叔,因为我相信我男朋友的家人。我说完了。”

周霄想了想,换成一张严肃的脸:“你怎么能这么做?！你替我出头,我很感动,但是不觉得有这个必要。再说了,麻烦人家之前,你能不能跟我商量一下？我不要面子的吗?！”

林嘉清笑道:“这叫一报还一报！”

周霄微笑着把林嘉清揽到怀里,林嘉清则用力地回抱他。

“谢谢。”周霄在她耳畔低声说。

谢谢她等了他十年，谢谢她此时的不离不弃，谢谢她为他做了那么多。他好像捡到了一块了不得的宝物,此刻闪闪发光,万分庆幸没被别人捡走,他得护好了,抓牢了,不能让她跑了。

“你就是一块发着光的宝物。”周霄想着，一不小心把心里话说了出来。

“也许只是牛屎上黏了一块玻璃，有点闪光。”林嘉清抬头眨着眼睛说,下意识地接上这个她听过的段子。

“贫。”周霄伸出手指刮了一下她的鼻子。

林嘉清吐了吐舌头,感觉自己好像哪里变了,换做以前,她是绝对绝对不会在他面前说这种话的。

周母渐渐缓了过来,无论身体还是心理。

周父被带走之后，周母也曾以泪洗面，怎么劝也劝不住。何瑜实在看不过去，说了一句重一点的话："哭有什么意思！人在就好，这种事还想不透吗？"

周母冷不丁被妹妹甩了重话，当时就止住了。转念一想，这话说得有道理啊：比起周父落水失踪，被带走这种情况更能让自己接受。从此就在何瑜和林嘉清的陪伴和安慰下好了起来。

看着母亲精神一天强似一天，周霄非常欣慰。

周霄把林嘉清拦李市长车的事讲给周母听。

周母感慨道："周霄，你还真是配不上林嘉清！"

周霄诧异道："这是从何说起？"

周母说："你爸爸说的，你爸爸看人真准，你也就是走运！"

确实，从周父落水失踪到现在，如果不是林嘉清在身边陪伴，周霄都不知道自己还能不能撑下去。

第八章 晴空与喜事

这次政府工作会议是周父被带走之后回来参加的第一次会议，也是最后一次。

散会的时候，市政府办公室的秘书正俯身跟李市长汇报些什么，底下的人稀稀拉拉都走得差不多了，周父才不紧不慢地走出来，特意在门口等了一下。

李市长同秘书从会议室里出来，一抬头就看到了周父。

知道周父是在等他，李市长打了个手势让秘书等一下。

“周局长，你找我什么事？”

“李市长，多谢。”周父这句道谢说得诚恳而铿锵有力。

言简意深，李市长和秘书都知道周父是在谢什么。

李市长笑了一下：“要谢就谢你自己有原则，禁得起查。还有，你儿子找了个好儿媳！那姑娘让我狠狠地查你，不查明白不要罢手。”说完就转身走了，秘书赶紧跟上。

周家。

周母一大早就去了菜市场，回来的时候手里提了满满当当的东西，她准备晚上张罗一桌好菜，好好庆祝一番。

原来周父今天去办完手续就光荣退休了，不知道的还以为她家要过年呢。

晚上开饭的时候一家人聚齐了，周母提前一天特地亲自打电话叫了林嘉清，所以今晚林嘉清也在这里。

众人举着杯子的时候，周母率先发言："祝我们家老周以后身体健康、福运连绵，万事逢凶化吉！"

轮到周霄："爸，我祝你身体健康，万事胜意！"

林嘉清紧接着："我祝周叔叔多福多寿，如鹤如松！"

何瑜说："祝姐夫幸福安康，一切顺利！"

大家各自对周父的祝福到这里还是很正常的，然后到了周霄的小姨夫这里。

小姨夫感觉大家把好话都说完了："那我就祝姐夫以后生活快乐，可以早日含饴弄孙！"

除了林嘉清之外，大家都把视线转移到周霄身上，这个愿望得他才能帮周父实现。

周霄战术性咳嗽两声，看了他旁边的林嘉清一眼，才开口说："这又不是我一个人说了算的……你们看着我也没有用。"

经周霄一提示，大家又把目光转向林嘉清。

林嘉清尴尬地扯出一个微笑："呵呵……这种事我一个人说了也不算，一步一步来吧，顺其自然……"

众人听完都笑了一下，只有周母有点失落，想着如果家里能有个孙子给她带就好了，她一天没事干闲得慌，家里有个小孩还热闹些。

在大家看不到的地方，林嘉清偷偷伸手用力拧了周霄一把，这人想得真美，婚还没结就想生小孩。

周霄疼得倒吸一口凉气。

"怎么了？"周母看着他一脸疑惑。

"没事，手被碰了一下。"周霄一脸镇定地回道。

哪里是手被碰了，他刚刚冷不丁被林嘉清用力掐了一下，痛得他差点跳起来，还好忍住了。

酒过三巡。

周父为自己斟满了一杯酒，忽然站起来，对林嘉清说："小林，这杯酒叔叔敬你。"

对面坐着的林嘉清赶紧端起杯子站起来，说道："叔叔，这怎么使得！要敬也是我敬您！"让长辈敬她酒，这不是折煞了她吗？

林嘉清边说边冲周霄使了一个眼色，哪知他老神在在地坐在座位上，一点也没有要帮忙的意思。

没人帮忙，林嘉清只得自己开口："周叔叔——"

"哎——"周父伸手阻止她说下去，继续道："这是应该的，这段时间辛苦你了，你阿姨和周霄都看在眼里，更何况你帮了叔叔大忙！"

最后一次开完会回来，他从周霄那里得到了答案。

"叔叔在这里谢谢你。"周父说完一饮而尽。

林嘉清想阻止都来不及。

饭后散了场，何瑜丈夫不胜酒力，夫妻两个说先打车回去了。周霄和林嘉清负责把两人送到楼下，顺便在楼下到处逛了一下。

两人手牵着手，慢悠悠地走在路灯下，一路闲逛。

时间还早，大院里有一群小孩在玩耍，叽叽喳喳的，很热闹，但其实有点吵，吵到周霄突然联想到他小姨夫在饭桌上说的祝词——含饴弄孙。

嗯，周霄伸手摸了摸下巴，有个长得像林嘉清这么好看的小孩好像也不错。

如果是个男孩，在外面打架打输了哭着鼻子回家找爸爸，自己可以气势汹汹地走在他前面，带他揍回去；如果是个女孩，可以让她坐在他的脖子上，像骑马一样逛完整个游乐园，还可以带她去办公室晃一圈儿，羡慕死办公室那几个单身汉。

嗯，这感觉还不懒，周霄美滋滋地想着，情不自禁地笑出声来。

"你笑什么？"林嘉清听到声音抬头看他。

这人要么一路不出声，要么一出声就在傻笑，得亏长得好看，不然就像个傻子。

周霄把脸上的笑容收起来，咳了一声："没什么。"

眼皮往上翻了一点，林嘉清不相信。

见她翻了白眼，周霄忍了一下没忍住，问出来："你喜欢男孩还是女孩？"

林嘉清没想到他突然问这个："干吗突然问这个？"

"就是想知道你的想法。"

林嘉清想了想："男孩吧，男孩不怕在外面吃亏。"

"那你呢？"林嘉清反问。

"我都可以，男孩女孩我都喜欢。"周霄顿了一下，接着说，"只要是你生的。"

从大院回来没几天，转眼就到了六一儿童节，五月就这么有惊无险地过去了。

又是一个周末，周霄中午出门去了，也没说出去干什么，神神秘秘的。林嘉清一个人在家有些无聊，想起好久没有联系龚问蕊，便打了一通电话过去，说想去看一下她，毕竟现在肚子应该很大了。

"喂，嘉清啊——"龚问蕊接起电话。

"是我，你最近怎么样，快生了吧？"

"嗯，快了，预产期这个月月底……啧，你能不能去那边待着？"龚问蕊回答的时候旁边有人在说话，被她凶了一句。

林嘉清心想：应该不是在和她说话吧？

等那边没动静了，林嘉清才好奇地问："你刚刚跟谁说话啊？"

"嗯……一个朋友。"龚问蕊支支吾吾。

"感觉你对他有点凶……"林嘉清没多心，只是批评她对朋友的态度。

龚问蕊蹙眉："没有吧……有很凶吗？"

"你有。"林嘉清斩钉截铁地说。

"有就有吧。"

"你给孩子取名字没有？"林嘉清思维跳跃，想到那天和周霄聊生孩子的话题。

“嗯……还没有。”龚问蕊对这个问题也是回答得支支吾吾，实际上孩子他爸天天拿着一本破词典在她面前翻啊翻的，烦死了，她好想让他直接滚蛋。

“那得赶紧了，都要生了，不是还要办准生证什么的吗？”林嘉清催促道。

龚问蕊在电话那头点头，忽然想到林嘉清看不到，连忙出声：“嗯嗯，知道了。”

“要不我去店里看一下你？”林嘉清突然说。

龚问蕊顿了一下，眼睛瞥了一眼在旁边走来走去的某人，开口说：“行了，离我把孩子生下来也没几天了，你到时候直接来看我女儿吧！”

林嘉清觉得好笑：“你怎么知道一定是女儿？万一是儿子呢？”

“嘿嘿……”龚问蕊笑得有几分得意，“这你就不知道了，我去做四维彩超的时候，问医生宝宝身上有没有长多余的东西，你猜她怎么说？”

龚问蕊卖了一个关子。

“怎么说？”虽然林嘉清知道龚问蕊就等着她问，但是她自己也非常好奇。

心理得到满足，龚问蕊立刻揭秘：“医生说放心吧，没长喉结！你说这不是暗示我肚子里是个女宝宝吗？”

“这哪里是暗示，已经是明示了好吗？就差直接把性别告诉你了！”

两人又聊了一会儿才挂了电话。

“宝宝是女孩？”一个男人迫不及待地问龚问蕊，语气里的欢呼雀跃都快要藏不住了。

这人明显刚刚在偷听龚问蕊打电话。

龚问蕊掀起眼皮看了他一眼，不大想理会，但是又想分享这个消息。

她最后从鼻腔中傲娇地“嗯”了一声。

“真的吗？太好了！”男人得到她的确认明显十分高兴，自顾自地说，“那我得想一下，取一个好听的名字才能配得上我的女儿！”说罢自己高高兴兴地又要跑去翻字典。

“你等一下。”龚问蕊叫住他。

男人停下脚步，万分期待地回头：龚问蕊肯理他了？

“你回去翻吧，在这里影响我店里的生意。”龚问蕊看着他说，脸上没多余的表情。

这狗男人长着一张斯文的小白脸，没见进店的女顾客眼睛都黏在他身上吗？

男人的脸瞬间垮下来，有些失望，恹恹地回道：“哦。”

然后慢吞吞地收拾自己的东西，花了差不多十几分钟的时间，磨磨蹭蹭的；终于没啥可收拾的了，最后才拿起他不知道从哪里拿来的字典，对她说：“那我先走了？”

龚问蕊头也不抬，手上拿着一本《育儿百科》在看，挥挥手，示意他快走吧。

“我真走了？”男人又问了一句。

龚问蕊抬头，面无表情地看着他，要生气的前兆。

男人见她终于肯抬头，冲她笑了一下，露出与他斯文模样极其不相符的两排大白牙。

“你走不走？”龚问蕊已经在生气的边缘了。

男人见好就收，把大白牙收起来：“我这就走。”

说完马上拎着东西往门口走去。

见男人终于走了，龚问蕊深吸一口气，正要把浊气呼出来。

“你有什么事就打电话。”男人忽然又回来，从门口探出半边身子。

龚问蕊显然一口气吊在那儿，不上不下。

男人见龚问蕊表情不对，赶紧道：“我就是提醒你一下……还有，我真的走了！”说完这句话立刻就闪了。

把浊气吞回肚子里，龚问蕊忽然气不起来了，摸着肚子说：“你可别像你爸一样啊。就只会气人。”

怡林园。

周霄出去了两三个小时才回来，进门的时候手上拎了两大袋东西。他特意挑了下午三点的时间进门，因为这个时候林嘉清一般在睡午觉。

谁知林嘉清一反常态正坐在沙发上看电视，看见周霄手上拎了两只好大的袋子，好奇地站起身来："你买了什么？"

"没什么，就一些吃的。"周霄说着就要把东西拿进厨房。

见他把全部的东西都拎进厨房里，林嘉清问："全是菜啊？"

"差不多……"周霄已经进了厨房，想找个隐蔽的地方把东西放好。

放好东西从厨房里出来，他径直走到林嘉清身边坐下。

"你今天没有午休？"周霄问。

"嗯，给龚问蕊打了一个电话。"林嘉清回道。

难怪。

周霄又想起上次看到龚问蕊的时候她的肚子已经很大了，便朝林嘉清问道："龚问蕊准备生了？"

猜得挺准的，林嘉清看了他一眼，点点头："预产期说是这个月月底。"想了想又说："到时候我们一起去看一下吧。"

"行。"周霄没有异议。

说完话，人没有动，眼睛一直盯着林嘉清。

龚问蕊都要当妈了，他们还没什么突破性的进展。

"怎么了，我脸上有东西吗？"林嘉清伸手摸了一下自己的脸。

"没有。"周霄说，停了几秒又说，"我在想事情。"

"那你在想什么？"林嘉清好像不长记性，又中了圈套。

"想让你当我老婆。"

"那你想得可真美。"

周霄无奈。林嘉清已经摸清他的套路，学会反套路了。

"你今天不打算睡午觉了？"周霄突然问。

"不困。"林嘉清摇了摇头，不知道为什么跟龚问蕊通过电话之后她特别兴奋。

周霄转头看了一下厨房的方向，好像今天的日子不太对，只能再找个时机了。

两个人在客厅里坐了一会儿，周霄起身去卫生间。他扔在茶几上的手机突然一连响了几下，林嘉清没看，但知道是微信。

可能是急事，对方见周霄没回消息就直接打了电话过来。

林嘉清远远瞄了一眼，隐约看到来电显示“小舅”两个字。

电话响了一分钟，林嘉清坐在沙发上犹豫，她打算如果手机过了一分钟还响就拿去给周霄接电话。

超过一分钟了，林嘉清起身，此时手机铃声却停了，屏幕也黑了，不过她还是把手机拿在手上，准备拿进去给周霄。

“我有电话？”周霄适时从卫生间里出来，手还是湿的，他刚刚听到电话铃声响了。

“嗯，你小舅的电话。”

“我小舅？”周霄表情古怪——他没有舅舅。

“对啊。”林嘉清语气肯定，“可能找你有急事吧，响了有一会儿了。”

“这样啊。”周霄笑着应了一声。

这时候林嘉清手上周霄的手机又响起来。

“我手湿，你帮我接一下。”周霄把湿着的双手举起来示意了一下，对林嘉清说。

“开免提。”他又补了一句。

林嘉清看了他一眼：“不太好吧？”他和他小舅打电话她在一旁听着像什么话。

“没事。”周霄说，一脸无所谓，说完还笑了一下。

“那好吧。”林嘉清低头，再次没有注意来电显示的全称，接起手机，然后点了免提。

“喂？姐夫！你终于接我电话了？我跟你说，你上次教我怎么追……”免提点开那一刹那，林嘉庆那大喇叭一样的声音从电话里传出来。

声音大到吓得林嘉清手一抖，不小心把电话挂了，林嘉庆那聒噪的声音戛然而止。

林嘉清低头仔细看了一下备注，这回看清楚了：“小舅子”。

刚才看漏了一个字。

他故意让她接的电话，故意让她开的免提，林嘉清明白了，立刻抬头去看周霄。

只见他站在那里双手交叉架在胸前，冲她挑眉道："看清楚了吗？"

好像在故意等着她看过去。

"看清楚了。"林嘉清咬牙切齿地说。

是小舅子，不是小舅。

周霄对她莞尔一笑。

林嘉庆那头，他突然打了一个哆嗦。被挂断电话之后他有点纳闷，但是不敢立刻又打过去，生怕耽误了他姐夫什么大事，虽然他的事也有点急：明明已经按照他姐夫教的方法去追女孩了，怎么一点都不管用？

确定是追他姐的时候用的方法吗？

"你可真会占便宜！"林嘉清吐槽周霄。

"那你嫁给我。"周霄忽然说，"嫁给我就不算是占便宜了。"

这婚求得太突然，林嘉清被吓了一跳。

林嘉清捂着嘴巴，不敢相信："你说什么？"

"我说，希望你嫁给我。"周霄看着她的眼睛一字一句地说。

林嘉清哽咽道："你想得美！求婚哪有你这样的！"

"那这样呢？"周霄突然上前几步，单膝跪下，然后从兜里掏出一个盒子，打开，里面赫然躺着一枚钻戒。

"这样愿不愿意嫁给我？"周霄问出这句话的时候心狂跳不已。

林家。

因为和父母提过周霄一家今天过来拜访，林父和林母都没有出门，林嘉庆也没出门，一家人还特意都换了一身正式些的衣服，坐在楼下客厅里一边看电视一边等着。

上午差不多十点，一辆黑色奥迪在林嘉清家的大门口停下来。

周父周母从后排座位下来，这车是周霄新买的，上次水灾那辆大众迈腾被泡了之后他就换了这辆。

一下车，看着眼前的中式大别墅，周母有些目瞪口呆，这一点也不比市里别墅区的那些千篇一律的大别墅差，只是走低调路线而已。

停好车，周霄和周父到后备厢拿礼物。周霄第一次带父母登门拜访，准备的东西有点多，大部分是一些比较贵重的茶叶丝绸人参之类的，还有一副周父专门找人定制的象棋。

坐在客厅里的林嘉庆耳朵特别尖，周霄他们刚下车，他就听到声音了，立刻飞奔出去。

开门一看，果然是周霄他们，立刻转头大声地冲屋里喊："姐！周大哥他们到了！"

把头转回来，林嘉庆又笑呵呵地跟周父周母打招呼："叔叔阿姨好！"

"好，好。"周母笑着应道，她对这个长得好看又懂礼貌的男孩子特别有好感。

她不着痕迹地打量了一下眼前这个男孩：去年大年三十那天她见过，和林嘉清长得很像，应该是林嘉清的弟弟林嘉庆吧？

林嘉清和她父母听到林嘉庆的声音出来迎接。

见到林嘉清父母的那一刻，周母又暗暗吃了一惊，虽然之前见过林嘉清气质儒雅的父亲，没想到她的母亲气质也不错。林嘉清身上温柔的气质就是从她身上来的吧。一家人相貌极佳，事业有成，虽然出身乡野，但是明显看着就比她家有过之而无不及，隐隐感觉自家好像矮了一头。

林母挺热情的，一见面就"亲家亲家"的叫个不停，周母立刻被她带动得也情绪高涨，嘴上都是在夸对方的小孩，一听到对方对自家的小孩评价那么高，两人聊得有些上头了。

男人的交流则稳重得多，问题都是问到实处，点到点子上的。

两家的孩子既然已经到这份儿上了，没什么意外的话，今天其实就是走个过场，以示男方对女方的重视。

在客厅里聊了一会儿天，两家人就动身去酒店了，林父特意提前订的。

一顿饭吃下来，周父在心里感慨万分，心道：林父身上竟一点市侩气息都没有，言谈举止得体，甚至颇为儒雅。

第九章 婚姻与孩子

距离林嘉清生下周茂已经过去了六年，现在周茂小朋友已经上小学一年级了。

样子长得越来越像周霄，只一双眼睛肖似她，不过挺好的，林嘉清心想，她儿子在学校一定很受女孩子喜欢。

但是突然有一天，周茂小朋友从学校回来之后就闷闷不乐，连他最喜欢的光头强都没有看。

“怎么了？”林嘉清走过来，一下一下地摸着自家儿子的头顶关心地问道。

“妈妈，我发现我一点都不喜欢和女生一起玩。”周茂小朋友声音闷闷地说。

林嘉清手上顿了一下，面上装作无事：“为什么啊？”心里却高呼呐喊着：儿子啊，你学什么都好，千万不要学你老爸！不跟女孩子玩没前途，以后要单身的！

“因为我们班的女生太烦人了！”周茂小朋友一脸懊恼。

“哪里烦你了？”林嘉清轻声试探。

周茂小朋友掰着小指头开始一件一件地数。

“她们下课之后老是跑来我的座位，太吵啦！

"玩游戏好菜,却总是要和我一组。

"每次玩游戏爱耍赖,一点都输不起!

"她们总是送东西给我,但是我不想要。"

"还有……"周茂小朋友停下来想。

"还有?"林嘉清皱眉。

"还有她们长得都没我好看,摔倒了还爱哭鼻子。"周茂小朋友用完五根手指头,仰头看着他妈妈说。

晚上睡觉之前,林嘉清同周霄说起这件事。

听完周茂小朋友的烦恼,周霄笑得岔了气,好一会儿才停下来:"跟我小时候不能说差不多,只能说一模一样!"

"所以高中就变成了那样?"林嘉清一脸黑线,她可不想让她儿子变成那样。

"我高中时哪样?"周霄不满了,他那是不给别人幻想,洁身自好好吗!

林嘉清转头看他一眼:"哪样?和尚样!"但凡他当年对她主动一点,也不至于错过了十年。

"没那么夸张吧?"

"一点都不夸张!"

辅导小朋友功课是最容易生气的。

看多了短视频里家长辅导小朋友功课最后崩溃的样子,林嘉清怕了,早早和周霄约法三章,一人辅导儿子一门功课。

小学初始阶段,她负责语文,周霄负责数学。

问:为什么是小学初始阶段?

答:因为过了这个阶段他们就无能为力了,现在的小学与以前他们上的小学已经不可同日而语。

一天饭后,林嘉清在教小朋友写小作文:看图写话,写一篇不少于五十字的作文。

"春天到了,今天天气很好,爸爸和妈妈带我一起去公园玩。公园里有鲜花有绿草,有很多小树木,还有一个很大的湖。”林嘉清引导周茂小朋友了解一下图片里有什么,让他自己说出来,最后帮他组织了一下语言。

“春天到了,今天天气很好,爸爸和妈妈带我一起去公园玩。公园里有鲜花有绿草,有很多小树木,还有一个很大的 fu。”周茂小朋友重复了一遍。

“停一下,你把最后一句话再念一遍。”林嘉清指着最后两行说。

“……有很多小树木,还有一个很大的 fu。”周茂小朋友听话地又重复了一遍。

“最后一个字读 hu,不是 fu。”林嘉清圈出错误的地方,“来,最后一个字你再读一遍。”

“fu——”

“hu——”

“fu——”周茂小朋友一脸认真。

“是 hu,不是 fu!”林嘉清的声音高起来。

“是 fu,不是 fu!”

林嘉清深吸一口气,克制着冲客厅里的周霄喊道:“周霄,你过来一下!”

“怎么啦?”周霄接到指令,起身过来。

“你儿子,你来教。”林嘉清说完,丢下周霄和周茂两人在书房里你看看我我看看你。

周霄认命地拉过椅子:“你妈刚刚教到哪儿了?”

“这里。”周茂小朋友伸出小手指着小作文。

周霄点点头:“不错啊,还记得学到哪儿了。”

“唔——这是已经写完了吧?”周霄看了一下要求问道,因为儿子的语文开学之后一直是林嘉清在辅导,他不太清楚。

“写完了。”周茂小朋友说。

“还有哪里不会?”周霄问,忽然灵光一现,“你妈妈刚刚在教你什么?”

“这里,妈妈教我读最后一个字。”

“嗯,那你读一遍最后一个字,我检查一下你会没有。”周霄说。

“哦。”周茂小朋友应了一声,“fu——”

“什么？”周霄揉了一下眼睛，看着最后一个“湖”字。

“fu——啊……”周茂小朋友天真地以为爸爸没听清楚，又重复了一遍。

周霄沉吟片刻，他知道林嘉清为什么生气了，因为他们的儿子 hu、fu 不分。

之前一直没发现，估计是被谁的口音带偏了，这个一时半会儿也改不过来。

周霄辅导完儿子写作业从书房里出来，林嘉清看他一点被气到的样子都没有，有些诧异：“刚刚那个字他念对啦？”

“没有。”周霄摇头。

“那你不生气？”林嘉清纳闷，这人好像没对儿子发过脾气，她怎么就忍不住。

“口音的事一时半会儿也纠正不过来。”周霄解释道，“平时尽量让他接触正确的读音吧。”

林嘉清点点头，也只能这样了。

因为他爸爸这句话，周茂小朋友被他妈妈荼毒。他妈提前录好的“湖”的读音，一回家就开始放，他听得都快魔怔了，以最快的速度改了过来，以至于他长大了，对童年的这段往事还记忆犹新。

林嘉清和周霄很黏，这是周茂对他爸妈的印象。

话说后来周茂参加工作之后，回家的次数变少了，有一次过年回家，他坐在客厅里看电视，往厨房的方向看了一眼，他爸妈又黏在一起了。他爸做饭他妈每次都会去帮忙打下手，两个人做什么都要一起，也不腻。他忽然有点羡慕。

“嘉清，周茂接到了吗？”

“接到了。”林嘉清看了后座上的儿子一眼回道，“你什么时候回来，要不要留饭给你？”她知道周霄这几年越发不爱吃外面的饭菜了。

“帮我留点吧，我九点回去。”周霄回道，顿了一下又说，“你到时候来接我。”

他是什么意思林嘉清知道:应酬要喝酒嘛。

“那你少喝一点。”林嘉清在电话那头交代,不是不让他喝,只是让他少喝一点。

“知道的。”周霄回道,继而伸手捏了一下眉心,作为部门的部长,部门聚餐喝一点酒不可避免。

但是,他不爱喝酒。

周霄今年三十六岁,刚刚当上部门部长两年,岁数长了但是相貌不显老,甚至魅力更大。

今天部门要聚餐是为了刚来的几个新人,在一起吃吃喝喝才好熟悉,熟悉了才能更好地开展工作。这一点,有好有不好,不能说全是糟粕,起码一直都在用。

新人是三男两女,都是刚刚毕业的大学生。其中一个女生长得很漂亮,有点像关之琳,名字里也有两个同音字,叫章知林。

办公楼下停了几辆车,但是周霄的那辆奥迪不在。

“知林,等下我们坐谁的车啊?”一个短发女孩问,她是跟章知林同一批进来的,但是比较胆小和害羞。

“我也不知道,跟大家都不熟。”章知林扫了一眼那几辆车回道。

短发女孩苦恼地想着:是啊,都不熟,坐谁的车好呢?

但是章知林似乎并没有为此苦恼和纠结,只是忽然对短发女孩说:“我想上个洗手间,你等我一下。”说完不等短发女孩回应就往楼上跑去。

“啊?”短发女孩张着嘴,才反应过来,只来得及看到章知林匆匆离去的背影。

有车已经开出去了,短发女孩还站在原地。

本来停在楼下的最后一辆车也要出发,经过短发女孩身边的时候叫住了她,问她要不要坐车,车上还有一个位置。

“章知林去洗手间了,让我等她一下。”短发女孩咬着嘴唇说,她也有些着急,但又不敢开口让人家等一下。

“这样啊,但是我车上只有一个位置了。”那个资格老一些的同事解释说，想了一下，对短发女孩道，“那你们等一下坐部长的车吧。”

那个同事人挺好的，车开走之前还主动打了一通电话给周霄说明情况。

“谢谢您。”短发女孩僵硬地道谢。

不一会儿，说去洗手间的章知林回来了。

“他们人呢？”她指着本来停了几辆车的空地问短发女孩。

“他们先走了，说让我们坐部长的车。”短发女孩回答，声音里有点委屈和幽怨。

如果不是章知林突然要去卫生间，还让她等着，她就不用坐部长的车了，虽然部长长相很出众，但是面上总是带着不苟言笑的威严，她有点怕，一点都不想靠近。

她怕，但是有人正好相反，千方百计地找机会靠近。

比如，章知林。

周霄刚刚结束同林嘉清的通话，又有电话打进来，是部门里一个资深下属。听完下属说的情况，他皱了一下眉头：车上的位置不够？

“你让她们在原地等一下。”周霄回道，说完便挂了电话。

周霄把车停在两个女孩面前，冲两人按了一下喇叭，示意她们上车。

短发女孩浑身抖了一下，一时迈不开脚，旁边的章知林也站着不动，不过她没有抖，一张年轻的脸故作疑惑。

“上车。”周霄见两人没有动作，把车窗摇下，蹙着眉转头朝窗外看了一眼，对着两个女孩说。

“部长。”

“部长好。”

两个女孩尊敬地称呼他。

周霄点点头，示意她们上车。

短发女孩叫完人立刻战战兢兢地去开后车门。

章知林落后一步，走在短发女孩的一侧，方向却是副驾驶的方向。

“你们坐后面。”周霄忽然说。

此时章知林的手还差一点就摸到了副驾驶的车门，听到周霄的话，章知林立刻改变路线。

短发女孩刚刚钻进后座，听到周霄的话惊了一下，朝车外看了一眼，章知林正好像是从前门的方向走过来的。

“怎么了？”章知林坐进来的时候表情正常，对着短发女孩问了一句。

短发女孩摇了摇头：“没什么。”

车里的气氛很沉闷，可能是坐在驾驶位上的人一言不发，气场太强大的缘故。

饭桌上，吃吃喝喝，周霄作为部门领导，说了一些场面话，为部门新来的年轻人加油打气，然后大家一起举杯喝酒。

一杯酒喝完，几个年轻人都有些激动，那感觉好像自己已经融入了这个部门，众人打开话匣子，包间里热闹了起来。

几个新人忙着向前辈讨教经验、拍马屁、拉关系，只有章知林时不时冲周霄瞥一眼，眼神里有崇拜和迷恋。

可能是因为长得比较漂亮的缘故，身边的男同事总找章知林搭话，等她再冲周霄的座位看过去的时候，发现他侧身同身边的人说了什么，然后身边的人点点头。

“我们部门真是公司的颜值担当啊，长得好看的人大概都在我们部门了！”章知林身旁的男同事有几分自豪地跟她说。

男同事其实长得也不错，白白净净的，戴着一副眼镜，说这话有几分自夸的意思：部门里除了他们部长，他应算是长得最好看的男的了。

把视线从周霄的身上收回来，章知林点点头。这话她同意，应该说全集团公司最出色的颜值担当在这里，不然她也不会第一次见到就沦陷了。

这么有能力的人，长相还那么出众。

“不过长得最好看的还是我们部长。”这个男同事忽然看了章知林一眼，对她意味深长地说，“可惜你们是没机会了。”

接近九点的时候，周霄和部门的二把手交代了几句，拿着外套提前退了场。

周霄走出包厢直接搭乘电梯下到一楼，一出电梯就把手机掏出来，边走边看，不知道林嘉清到了没有。

“我马上到，你在门口等一下。”

他低头翻到林嘉清五分钟之前发过来的消息，回了一个“好”字，然后站在门口显眼的地方等待。

“部长！”

突然一个清脆的声音响起。

周霄下意识地抬头，继而几不可见地皱了一下眉。

“你怎么在这里？”

章知林笑盈盈地走过来，歪着头看着周霄，举着手机解释道：“家里突然来了一个电话，让我回去。”

周霄“哦”了一声，表示知道了，不再多话。

一时有些冷场。

“部长——您也是要回去吗？”章知林见周霄回了她一个字就没了下文，有点不甘心，主动搭话。

“对。”周霄惜字如金，眼睛看着前方。

“那您是在等代驾吗？”章知林又问。

她是坐他的车来的，今晚包间里的人都喝了酒，包括他在内，总不可能是自己开车回去吧。

“不是。”周霄嘴巴里吐出两个字，然后视线忽然转向她这边。

发觉他的视线落到她这个方向，章知林忽然耳尖红了，微微低头，一缕头发掉了下来，她伸出一只手往耳后别了别，一时不太敢直视这个魅力非凡的上司。

周霄没有看她，而是越过她看向她的身后，对来人喊了一声：“老婆！”继而抬脚绕过章知林往来人的方向走去。

章知林僵了一下。

动作是急切的,声音是上扬的,章知林能感觉得到其中的愉悦。

转身，看过去，她心心念念的上司身边站着一位气质温柔的俏佳人。忽然对面俏佳人瞥过来一眼,两人的视线对上,看不见的地方好像有火花。章知林不甘示弱地扬了一下下巴。

把目光收回来,林嘉清被气到了,真是世风日下,挖墙脚的还有理了!

“那个女孩子是谁啊?”林嘉清尽量控制语气,她又不瞎,当然看到了周霄和女孩站在一起说话了。

“部门刚来的一个新人。”周霄笑了一声回道。

他爱极了林嘉清为他吃醋的样子了,因为自从有了儿子之后,她放在自己身上的精力越来越少。

林嘉清道:“挺漂亮的。”

林嘉清是真的吃醋了，走过来的时候，看到周霄和那女孩站在一起，还挺登对的,不知道的人还真以为他们是一对儿呢。

“唔,是挺漂亮的。”周霄点头赞同,盯着林嘉清的眼睛里有笑意。

林嘉清翻了一个白眼儿。

周霄当然知道见好就收,伸手把林嘉清的纤手紧紧扣住,看着她的眼睛说:“漂亮是漂亮,和我有什么关系?!况且,也没我老婆漂亮!”说完还拿手轻轻捏了一下林嘉清细腻的脸蛋儿。

“就你会说话。”林嘉清恼怒,但是下一秒又笑出来。

此时章知林还站在原地没有离去,看到周霄笑着伸手捏了一下林嘉清的脸,一瞬间睁大了眼睛,眼里都是不可思议。

一向不苟言笑的上司竟然是这样的人,她觉得他更有魅力了。

周霄又伸手去捏林嘉清的耳朵，一刻都闲不下来。每次两人在一起，周霄都喜欢有肢体上的接触。

“别摸了,你们部门的那女孩还看着呢!”林嘉清一把打掉周霄的手,用下巴示意他回头看。

那想挖墙脚的女孩意图也太明显了,一直盯着这边看。

手被拍下来,周霄有些不高兴,一瞬间脸拉下来,皱着眉头回头去看罪魁祸首。

章知林看得入神，忽然被周霄一个回头吓了一跳，因为他的脸是板着的，又变回那个不苟言笑的上司。

章知林隐隐觉得上司是对自己不满，立刻转身离去。

“你把人吓走了。”林嘉清说。

吓走了才好，周霄在心里道，他忍她很久了，肆无忌惮找机会搭话。

“爸爸！”周茂小朋友远远地看见他爸就大声喊，立刻松开林嘉庆的手迈着小短腿朝周霄跑过去。

一年级还没放暑假，周茂小朋友就天天嚷嚷着等放假了要去外公家玩，因为在他眼里村里比城里好玩多了。

“可以，但是你打算什么时候回来写暑假作业？”林嘉清蹲下身子看着他问。

“……两个礼拜之后吧。”周茂小朋友一脸纠结地伸出两只小手指。

于是周茂小朋友就被他妈妈打包送到了外公家。

刚刚来的时候，林父帮他做了一只竹蜻蜓，他那两天就拿着竹蜻蜓在门口玩。没过几天认识了一些小伙伴，玩疯了，跟着村里的几个小孩到处跑，追鸡逗狗。

林嘉庆挂了女朋友的电话，一脸幽怨地跟在一群小屁孩的背后，因为怕这几个孩子跑去河里玩水，被林母指派出来看着。

一只公鸡被小孩惊得跳起来，扑棱了一下翅膀，逃了。

祁东被吓了一跳，因为他刚开门就看到这只鸡从他面前飞过，扑棱翅膀的时候在空中留下了一根鸡毛，此刻正从半空中飘落下来。

往周围扫了一眼，本来还哈哈大笑的几个小孩立刻四散跑开：怕挨骂。

周茂小朋友也跑到他舅舅的身后躲起来。

“祁东哥！”林嘉庆尴尬地笑了一下，开口喊了一声。

刚刚那鸡是祁母养的，附近几家没人养鸡，听林母念叨过，林嘉庆还是知道的。他只是拿手机低头跟女朋友聊了两句，再抬头就发现这几个小孩又干了坏事。

祁东点头，对这种小事不是很介意，问林嘉庆："你今天不上班？"

"这两天休息，帮我姐看一下她儿子。"林嘉庆解释道，然后把躲在他身后的周茂拉出来，"周茂出来叫叔叔。"

祁东的视线落到周茂身上：小小的一张脸，明显跟他爸爸一个模子刻出来的，除了眼睛像他妈妈。

"叔叔好！"周茂乖乖地叫人，仰着小脸看着这个长得高高的叔叔。

"你也好！"祁东低头，特意把声音放低了。

因为他刚刚看到小孩跑到林嘉庆身后躲起来了，是干了坏事怕被他揍吗？祁东自己觉得好笑，嘴角翘起来。

"叔叔你好帅啊！"周茂小朋友最会察言观色，见他笑了，立刻嘴甜地夸道。

这个叔叔不仅没有揍他，还那么和蔼地跟他说话，长得还好看，于是他的胆子大了起来。

林嘉庆和祁东四目相对，交换了一个疑惑的眼神：现在的小朋友都这么会说话了吗？

"你也很帅。"祁东回道。

周茂小朋友立刻笑弯了眼，心里美滋滋的：这个长腿帅叔叔夸他也长得好看，虽然他早就知道自己长得好看了，但还是很高兴。

"跟他妈妈好像不是很像。"祁东看了周茂小朋友一眼，对林嘉庆说。

林嘉清可没那么会夸人。

林嘉庆感到汗颜："我也不知道像谁……"

话音刚落，一个长相甜美的女生从祁东家里出来。

"东哥。"女生冲祁东亲昵地叫了一声，然后走过来挽着祁东的胳膊。

"我女朋友。"祁东介绍道。

与祁东及其女朋友告别后，为了防止周茂小朋友再去干坏事，林嘉庆抓着他的一只手往回走。今天小朋友的游戏时间到此为止。

第十章 番外自白

祁东小时候看电视剧，抗战片，每次看到里面有军人英勇就义的画面他就热血沸腾，恨不得钻进电视机里跟他们一起冲锋陷阵，所以他的愿望是长大后成为一名保家卫国的军人。

很可惜没有当上，阴差阳错地进入司法系统，算是变相地实现了他的愿望吧。

祁东参加工作之前，对林嘉清的印象，更多时候是停留在小时候：一个爱哭鼻子的邻家小妹妹。她每次被人欺负了只会哭，还喜欢找他告状，意思是你要帮她揍回去，一点亏都吃不得的小屁孩儿。

碍于父母的耳提面命，他帮她揍回去了。

其实他那时候特烦林嘉清，总是黏着他，为什么不黏着他哥。

他想去河里游泳摸鱼，想去爬树掏鸟蛋，还想偷偷去把他三叔公家田里的荷花鱼提前抓起来烤着吃，但是林嘉清就像个小跟屁虫，他走哪儿她就跟哪儿，搞得他想干的事都不能干。

好不容易等林嘉清长大了一点，终于像个女孩子，喜欢在家玩芭比娃娃不跟着他了，他晚上高兴得睡不着觉，一骨碌从床上爬起来，叉着腰仰头就是三声大笑。

他哥用看精神病一样的眼神看了他一眼，那意思大概是：有病吧，大晚上不睡觉忽然爬起来笑成这样！

祁东无所谓，因为终于甩掉这个跟屁虫了，从今以后他想干什么就干什么。

好开心！

过了一段蛮长时间逍遥自在的日子，也见不着几次林嘉清。

祁东个子蹿得很快，皮肤还白，他大夏天的穿着短袖不论在太阳底下晒多久，都晒不黑。他见人都会喊一声打个招呼，不管心里愿意不愿意。可能长得好看吧，反正村里人一听他的名字都会伸出一个大拇指——这孩子真不错！

祁父祁母每次都笑得合不拢嘴：自家小子听话又懂事，能不高兴吗！

所以他们在发现祁东自己偷偷跑去报名参军的事后才会那么震惊：懂事的孩子什么时候变成了这样？

那时候高中毕业，志愿胡乱填了一个，就赶上征兵了。祁父知道的时候，祁东已经过了初检，回家就被祁父用皮带抽了几下。

他是不怕他爸的皮带，但是怕他妈的眼泪，只得作罢。

上了大学之后跟家里怄气，很少回家，于是他的整个青春期其实跟林嘉清并没有什么交集，见到她的次数屈指可数。

上大学的时候，和很多情窦初开的男生一样，祁东第一次谈了恋爱，女朋友是另一个系的漂亮女生。两人一起去图书馆，一起去食堂吃饭，一起去自习室，周末一起去逛街，他是很认真地在谈恋爱。

后来，他们这对情侣并没有一毕业就分手，虽然各自回到自己的城市发展，但是依旧保持着异地恋的模式。

可能是太远了，拼事业的时候没有那么多的精力放在感情上，又或者彼此需要的时候不能在身边，渐渐地，感情淡了，联系的次数越来越少。说不上谁先提的，反正两人长谈了一次后就平静地分手了。

几年的时间里，祁东没有再谈恋爱，因为再没遇上让自己心动的女孩。

再次见到林嘉清是个很偶然的机会，林父打电话给他，让他捎林嘉清回市里。

林嘉清很生涩地叫了他一声“祁东哥”,跟以前的印象完全天差地别,小姑娘长大了,变得漂亮又拘谨。

其实他问她要微信的时候,并没有动什么心思。

喜欢她的起因可能是带她去抓鱼的路上人家说了一句“他们很般配”吧。

林嘉清第一次见到周霄的时候,从没想过这个翩翩美少年竟然会是自己的同班同学。

人对美好的东西总是会有好感,她也不例外。

当好感一点一点累积起来,就变成了暗恋。

可是暗恋总是见光死,然而她还没等到见光。

一张聊天截图给她当头泼了一盆冷水,不管江漫是有意还是无意,但是在对话中透露出的,是周霄对她的无意,于是她决定强行终止这注定无疾而终的暗恋。

兜兜转转,十年过去了,万万没想到当年竟然是误会一场。

再见面,暗恋尚未熄灭的小火苗又蹿出来。

哪知对面也是一团小火苗,摇曳生姿的,对她勾勾搭搭,于是她陷进去了,但是留了一条腿在外面,随时准备撤退。

毕竟十年空白,她不知道他怎么走过,他也不知道她怎么走过……

所以他们喜欢的会不会是回忆里彼此的样子?她心里有这种想法。

恋爱中,各种误会接踵而至,总是让她在这场爱情里患得患失。

这种患得患失的感觉什么时候消失的呢?林嘉清也不知道。是结婚生子的时候吧?然后悄无声息就消失了,她也觉得很奇怪。

在产房里挨了一刀,伴随着一声响亮的啼哭声,她生命中最重要的男人诞生了。

现在,她拥有生命中两个最重要的男人。

提到这两个人,林嘉清嘴角会不自觉地翘起来。

她儿子周茂上幼儿园中班那一年。

“你妈呢？”周霄一回家就找老婆，进门没看到林嘉清，开口问他在那儿玩乐高的儿子。

“妈妈在书房帮我做灯笼。”周茂听到声音停下手里的动作，抬起头看着爸爸回道。

嗯，这是他爷爷教的：跟人说话必须看着人家说，不然不礼貌。

周霄应了一声，摸了摸周茂的头，把钥匙放好，然后转身走进书房。

林嘉清此刻正在书房里拿胶水粘得起劲儿，听到声音抬头看了一眼，发现是周霄，立刻回了一句：“你回来啦，我马上就好。”

那架势好像生怕周霄下一刻就要过来插手。

说完，林嘉清接着又低下头继续粘，手上动作明显加快了。

周霄看她那样子，心想：自己是有多可怕，不就是上个月不小心搞了一个大制作吗。

上个月，周茂所在幼儿园的老师布置了一个手工任务，让每个小朋友用小树枝做一棵桃花树带去学校。

当然，这个任务自然是落到了每个小朋友的家长身上。

林嘉清那几天一直为此一筹莫展，她手工很差，也就贴点小红花的手艺，于是让周霄想办法。

“这应该不难，包在我身上！”周霄想了想，当场放下大话。

见他那么自信地接过这个活儿，林嘉清便放心地撒手不管了，只等着看成果。

不过，周霄神神秘秘自己捣鼓，林嘉清一直没见到成果，直到送周茂去幼儿园交作业的那天早上，她终于看到了。

老天！如果有后悔药卖，林嘉清一定会立刻买来吃！

在一众小朋友的身影中，她儿子格外醒目，并不是她儿子长得有多好看，而是因为她儿子的桃花树和别人的不一样。

别的小朋友都是轻轻松松举着小树枝做的桃花树来到幼儿园，只有周茂小朋友一个人扛着比他还高的大树杈。

比他还高的大树杈……

比他还高……

林嘉清都快被气死了！

“扑哧——”不知是谁先笑的，几个在幼儿园门口的家长都笑起来，俱是笑得浑身颤抖。这谁还忍得住？

周霄自己也忍不住笑了，见林嘉清瞪过来，立刻把笑容收了起来，不好意思地摸着鼻尖。

他可不敢说这大树杈还是他去岳父家拿的呢！